POR DOIS MIL ANOS

POR DOIS MIL ANOS

MIHAIL SEBASTIAN

Tradução
Eugenia Flavian

Título original em romeno: *De două mii de ani...*
Copyright © Editora Manole Ltda., por meio de contrato com a tradutora.

AMARILYS é um selo editorial Manole.

Este livro contempla as regras do Acordo Ortográfico de 1990, que entrou em vigor no Brasil.

PREPARAÇÃO: Luiz Pereira
REVISÃO: Maitê Zickuhr
EDITORAÇÃO ELETRÔNICA: Vivian Oliveira
CAPA: Depto. de Arte da Editora Manole

Dados Internacionais de Catalogação na Publicação (CIP)
(Câmara Brasileira do Livro, SP, Brasil)

Sebastian, Mihail, 1907-1945
 Por dois mil anos / Mihail Sebastian ; tradução
Eugenia Flavian. -- Barueri, SP : Amarilys, 2017.

 Título original: De două mii de ani...
 ISBN: 978-85-204-5249-3

 1. Ficção romena I. Título.

17-06222   CDD-859

 Índices para catálogo sistemático:
 1. Ficção : Literatura romena 859

Todos os direitos reservados.
Nenhuma parte deste livro poderá ser reproduzida, por qualquer processo, sem a permissão expressa dos editores.
É proibida a reprodução por xerox.

A Editora Manole é filiada à ABDR – Associação Brasileira de Direitos Reprográficos.

Edição brasileira - 2017

Editora Manole Ltda.
Avenida Ceci, 672 – Tamboré | 06460-120 – Barueri – SP – Brasil
Tel.: (11) 4196-6000
www.manole.com.br | www.amarilyseditora.com.br
Atendimento: http://manole.zendesk.com

Impresso no Brasil | *Printed in Brazil*

*J'ose non seulement parler de moy, mais
parler seulement de moy: je fourvoye quand
j'ecris aultre chose, et me disrobe a mon sujet.
Je ne m'aime pas si indiscretement et ne suis
si attaché et mesle a moy, que je ne puisse
distinguer et considerer a quartier, comme un
voysin, comme un arbre.*

MONTAIGNE, *De l'art de conferer*

PRIMEIRA PARTE 9

SEGUNDA PARTE 49

TERCEIRA PARTE 143

QUARTA PARTE 231

QUINTA PARTE 279

SEXTA PARTE 311

PRIMEIRA PARTE

Acho que nunca tive receio dos homens ou das coisas, apenas dos sinais e dos símbolos. A minha infância foi envenenada pelo terceiro choupo do pátio da igreja de São Pedro, misterioso, alto, negro, com sua sombra avançando pela janela nas noites de verão até a minha cama, uma faixa escura que cortava em tiras o meu cobertor, uma presença que me assustava sem que eu pudesse entender, sem que eu pudesse perguntar.

Caminhei com a cabeça descoberta pelas ruas desertas da cidade ocupada pelos alemães: manchas brancas mostravam no céu a passagem dos aviões, as bombas caíam longe ou perto, a dois passos, emitindo primeiro um som seco e curto e, depois, uma longa e larga ressonância abrangente.

Eu olhava impassível, com a fria curiosidade de uma criança, as carroças carregadas de turcos congelados que passavam em dezembro em frente à minha porta e, diante daquelas pirâmides de corpos amontoados como troncos de lenha, nunca me assustei com a presença da morte.

Em uma balsa desconjuntada e pelas várzeas alagadas, atravessei o Danúbio em direção aos vilarejos lipovenos,* arregaçando as mangas da camisa quando considerava que o seu fundo podre não aguentaria. E Deus sabe como eu nadava mal.

Não, não creio que eu fosse medroso, ainda que os gregos do grande jardim, que nos jogavam pedras ao topar conosco por lá, me xingassem diariamente desde que me conheço por gente; ainda que tenha crescido ouvindo insultos, seguidos de cuspidas: "porco judeu medroso!"

No entanto, sei o que é o horror. Isso, sim. Cheguei a ficar petrificado, aterrorizado até a paralisia por pequenas coisas que a todos os outros pareciam insignificantes, mas que em minha vida adquiriam grandes dimensões e profundos pressentimentos. Em vão me aproximava de dia do choupo no outro lado da rua, em vão cutucava a sua casca preta e quebrava com a unha ensanguentada as lascas de madeira descobertas entre as frestas. "É apenas um choupo", dizia a mim mesmo encostado nele para senti-lo próximo e para não esquecê-lo. Esquecia-o, porém, à noite quando ficava sozinho no quarto, deitado

---

* Povo de origem russa estabelecido na foz do Danúbio, dedicado basicamente à pesca. (N.T.)

como sempre, às dez horas; na rua ainda se ouviam os sons dos passantes, vozes reprimidas, raros gritos. Logo depois, o habitual silêncio, conforme um ritmo e uma gradação que eu conhecia. Com algum esforço, poderia tentar lembrar hoje daqueles três ou quatro sobressaltos interiores com que começava a minha noite, verdadeiros degraus pelos quais descia fisicamente na escuridão e no silêncio. Aí então, à sombra do choupo, encontrava-me aterrado, com os punhos cerrados, de olhos esbugalhados, querendo gritar sem saber como, nem por quem...

* * *

Curiosa descoberta ontem no sebo. George Gissing: *La rançon d'Ève*. Uma obra dos anos 1900, eu acho. Nenhum detalhe sobre o autor (provavelmente inglês). Foram quatro boas horas.

Ao terminar de ler, fui buscar os jornais da tarde. Houve brigas de novo, principalmente na Medicina e na nossa faculdade. Hoje também não fui. Para quê?

* * *

Marcel Winder parou-me na rua para me dizer que outra vez bateram nele.

"É a oitava vez", disse-me ele, sem especificar se era a oitava surra ou a oitava ferida. De fato, o seu olho esquerdo estava bem roxo. Estava falador, quase alegre e de certo modo orgulhoso. Certamente eu não fui digno disso. Esquivei-me. Parece que os rapazes estavam se preparando para o 10 de dezembro, mas Winder não quis me dar detalhes.

— Não é coisa pra você, rapaz. Você tem preocupações mais elevadas. E, por acaso, só por acaso, as suas elevadas preocupações o impedem de nos acompanhar nessa perigosa jornada. Simples coincidência.

Winder perde seu tempo. Errou o tom: não tenho tais vaidades.

* * *

Trecho de uma carta de minha mãe recebida hoje:

(...) e principalmente não vá à Faculdade. Li no jornal que começaram de novo as brigas e que o filho do chapeleiro, que esteve em casa, disse-me que aí com vocês está pior do que em outros lugares. Deixe que outros cantem de galo. Ouça a sua mãe e fique em casa.

"Deixe que outros cantem de galo." Se minha mãe soubesse como soa essa frase...

* * *

Será que é só isso? Entrei hoje de manhã na aula de Direito Romano. Ninguém me disse nada. Tomei notas febrilmente, para não ser obrigado a levantar a cabeça acima da minha carteira. Lá pela metade da aula, uma bola de papel cai na minha carteira, ao meu lado. Não a vejo e nem a abro. Alguém me chama pelo nome pelas minhas costas. Não me viro. O vizinho da esquerda olha para mim atento, sem uma palavra. Não consigo suportar esse olhar fixo e levanto os olhos.

— Saia!

Foi a sua palavra curta e cortante. Ele se levanta de seu lugar, me dá passagem e espera. Sinto ao meu redor um silêncio tenso. Ninguém respira. Um gesto de minha parte e esse silêncio explodiria...

Não. Saio de minha carteira e caminho inseguro até a porta, entre duas fileiras de olhares. Tudo acontece respeitosamente, de forma ritual. Alguém perto da porta me dá um pontapé que me atinge parcialmente. Um pontapé tardio, camarada.

Estou na rua. Eis uma mulher bonita. Eis uma carruagem vazia que passa. Tudo está em seu lugar: uma manhã fria de dezembro.

* * *

Winder foi me procurar para me parabenizar pela façanha de ontem. Não sei quem lhe contou. Deixou-me um bilhete pedindo-me para ir depois de amanhã ao grêmio estudantil. Está sendo organizado um grupo em cada faculdade. Os rapazes têm que comparecer aos cursos necessariamente no dia 10 de dezembro. Uma questão de princípios, diz Winder.

Tudo isto me aborrece mortalmente. Gostaria agora de um livro límpido, grande, severo, de pensamentos opostos aos meus, um livro que leria com a veemência da minha primeira leitura de Descartes. Cada capítulo seria uma luta pessoal.

Mas não: eis que me encontro engajado em uma "questão de princípios". Ridículo.

* * *

Dia 10 de dezembro. Devo caminhar ereto, com a cabeça descoberta, na chuva, às cegas, para a frente, não olhar nem à esquerda, nem à direita, nem para trás, não gritar e, além de não gritar, deixar passar por mim o burburinho da rua, o olhar das pessoas, esse momento turbulento. É isso. Se fechar os olhos, só me resta a chuva miúda: sinto as pequenas picadas das gotas no rosto, serpenteando da arcada dos olhos pelo nariz e caindo dali bruscamente sobre os lábios. Por que não sou capaz de viver a profunda, indolente tranquilidade de um cavalo que puxa uma carroça vazia, na lama, sob a tempestade?

Sou um homem esmurrado. É tudo o que resta. Nada me dói. Além do pontapé na traseira, nunca levei uma pancada forte. O sujeito tinha uma aparência curiosa sob a boina. Até eu perceber a sua mão erguida, não acreditei que iria me bater. Era um estranho: talvez fosse a primeira vez que me via.

Sou um homem esmurrado e o mundo não para por causa disso. O Banco Ítalo-Romeno, capital realizado de 50.000.000. Onde o Minimax vigia, o fogo não se espalha. A capital da Islândia é... Por onde andará Isidor Leibovici? Se encontrou a portinha de saída da Secretaria, fugiu. Se não... E onde diabo fica a capital da Islândia? Não é Cristiânia, senhor, e nem Oslo, que é a mesma coisa...

Se chorar, estarei perdido. Resta-me algum conhecimento de mim mesmo para saber disto. Se chorar, estarei perdido. Feche os punhos, estúpido, e, se for indispensável, pense que é um herói, reze a Deus, diga a si mesmo que é filho de uma linhagem de mártires, sim, sim, diga isso a si mesmo, bata com a cabeça nas paredes, porém, caso queira olhar nos seus próprios olhos e se não quiser que a sua cara rache de vergonha, não chore. É só isso o que peço: não chore.

* * *

Se soubesse que isso resolveria alguma coisa, rasgaria a página escrita anteontem. Mais um lance patético desses e desisto do diário. A questão é se sou capaz de compreender tranquila e criticamente aquilo que acontece comigo e com os demais. Tirando isso...

Dizem que depois do almoço irão resolver sobre o fechamento das faculdades por tempo indeterminado.

Ontem, quando desci da plataforma do trem sob as luzes fracas da estação pareceu-me que a mamãe estava mais magra e envelhecida do que antes. Talvez fosse apenas a sua emoção de sempre na hora do primeiro reencontro.

A sua emoção... "Você pegou todas as sacolas? Não esqueceu nada no trem? Feche bem a gola. Tomara que encontremos uma charrete..." Fala muito, às pressas, sobre tantas coisas miúdas, e não enxuga a lágrima nos cílios de medo que eu a veja.

* * *

Primeiro passeio pela cidade. Passagem apoteótica pela avenida principal entre duas fileiras de negociantes judeus que me saúdam barulhentos, cada um em sua respectiva loja em um discreto sinal de cumplicidade.

— Não é nada, rapazes, aguentem firmes, Deus é bom, vai passar.

"Já faz dois mil anos", diz o senhor Moritz Bercovici (manufatura e calçados), ao tentar me explicar as causas das perseguições contra nós.

Na barbearia o dono reclama para si a honra de cortar o meu cabelo e, durante a operação, pergunta se ainda tenho vestígios, cicatrizes... enfim, "o senhor entende".

— Não, não faço ideia.

— E a surra?

— Que surra?

— A briga na universidade... não bateram no senhor?

— Não.

— De jeito nenhum?

— De jeito nenhum.

O homem fica contrariado. Corta meu cabelo de má vontade, sem entusiasmo.

* * *

Tarde em família. A minha prima Viky voltou com seu marido da viagem de núpcias. Parece que está grávida. Um dos meus tios diverte-se com o fato.

— Que apressadinhos!

A Viky fica vermelha e seu marido, sério.

— Ora rapaz, agora é hora, tudo acabou bem, quer, não quer, gosta, não gosta, é preciso... sabe aquela piada do trem?

19

E conta a piada do trem. Todos caem na gargalhada. Em um canto a mamãe me olha aturdida...

Eu poderia vir a ser como todos eles, um negociante gordo, casado, acomodado, jogando pôquer no domingo à noite e contando besteiras aos jovens recém-casados. Sabe aquela do trem?

Às vezes me pergunto assustado se conseguirei libertar-me deles por completo.

* * *

Pedi à mamãe que ficássemos em casa. Ela trabalha, eu leio. De vez em quando, levanto os olhos do livro e vejo-a bonita, calma, com o semblante mais tranquilo que conheço, com os olhos um pouco cansados pela idade. Quarenta e três, quarenta e quatro? Tenho medo de perguntar-lhe.

— Como você vive em Bucareste?

— Bem. Por que me pergunta?

— Por nada.

Ela continua trabalhando, sem me olhar.

— Sabe, mãe, se for muito difícil me mandar 4.000...

Ela não responde nada. Vou para a outra parte da mesa, pego a sua mão direita na minha e a aperto esperando uma resposta.

— É tarde, filho. Vamos dormir.

Eu já deveria ter desconfiado. As coisas iam mal lá em casa. Não havia mais dinheiro. Disse-lhe que, de agora em diante, dois mil por mês seriam suficientes, que iria ficar numa residência estudantil, que lá também é bom, não se passa frio, é limpa e confortável. (Ela não parece acreditar, eu falo às pressas, espantado eu mesmo com as qualidades que descubro de repente naquele barracão de Văcărești.*)

* * *

Ouço o respirar no quarto dela. Sei bem que não dorme e que sua respiração intencionalmente ritmada de pessoa adormecida é para me enganar e me tranquilizar.

Uma infantilidade, da qual deveria ter vergonha, mas não tenho. Na minha idade, não poder sair de casa por três meses sem esse aperto no coração, sem essa saudade que me embarga antes mesmo dos abraços de despedida. Se eu não tivesse vergonha, teria ido dar-lhe um beijo agora mesmo como fazia antigamente à noite, quando despertava no meio de um pesadelo. O pesadelo: esta mala pronta para a viagem.

---

* Antigo bairro judeu de Bucareste. (N.T.)

A volúpia de estar só em um mundo que acha que você faz parte dele. Não é orgulho. Nem sequer timidez. Apenas a costumeira, simples e involuntária permanência em si mesmo. Às vezes, gostaria de me separar fisicamente de mim para poder olhar-me de outro canto do quarto: como falo, como me agito, como fico contente, como fico triste, sabendo que nada disso tem a ver comigo. Brincar de duplo? Não. É outra coisa, é outra coisa.

* * *

Comi na cantina entre um russo que cheirava mal e falava alto e uma moça magra com as mãos ressecadas e com os lábios grosseiramente pintados. No chão, cimento. Frio. O casaco jogado nos ombros, os pratos de ágata, o garfo de estanho caído no chão.

Nunca serei um revoltado social, eu que havia encontrado naquele momento, não sei de onde, um sorriso sem melancolia.

Comigo são onze rapazes no quarto. Liova Sadigurski, meu vizinho da direita, barbeia-se com lâminas gastas que recebe de Ionel Bercovici, meu vizinho da esquerda. Por enquanto, limito minhas relações a estes. Temo ir mais adiante.

De manhãzinha, ao acordar, gosto de ouvir neste quarto comprido e frio o sopro polifônico destes dez homens que me cercam; a respiração entrecortada do estudante da Politécnica que fica perto da porta, a flauta estridente de seu vizinho, o arfar de Liova, o zumbido de besouro de alguém, não sei quem, ali no fundo perto da janela e, sobre todos eles, o grave, zoológico e poderoso ronco de Şapsă Ianchelevici, o gigante.

* * *

Vejo como voltam à noitinha da faculdade, solitários, um a um, cansados. E cada um conta as suas brigas com sofreguidão, como se fossem pontos de bilhar, cuidando para que o adversário não anote dois a mais.

Marcel Winder está na décima quinta. Anteontem seu chapéu foi rasgado, coisa que o torna totalmente superior e a caminho do martírio. Indica em voz alta, no meio do pátio, o local das pancadas. Aqui e aqui e aqui...

* * *

Hoje tiraram o colchão de Şapsă Ianchelevici. Ele não pagou a taxa por três meses e medidas foram tomadas. Ele olha tranquilo, encostado na parede, sem protestar. À noite deitou-se no estrado da cama, xingando. Joguei para ele um dos meus travesseiros para que o colocasse na cabeceira. Ele o jogou de volta, tão alto que quase quebra a lâmpada e se virou de cara para a parede.

* * *

Foi um dia difícil. Foi decidido que entrássemos sem falta na aula de Civil onde se tratava de registrar a frequência. Até agora, só havíamos nos apresentado de forma isolada, em grupos de três, no máximo. Isto evita os tumultos, mas não serve de nada porque em geral somos todos identificados e postos para fora.

Portanto, hoje precisávamos mudar de tática. Entramos em um grupo compacto. Sentamos nos bancos da frente, perto da cátedra. Não respondemos às provocações miúdas, mas nos defendemos, no caso de ataque. "Até o fim", estas eram as palavras de ordem.

É uma estratégia equivocada, eu acho. Mas não vou dizer isso aos rapazes, tão excitados com o seu sucesso de hoje. Os outros também levaram surras, possivelmente, mas quem viu o Isidor Leibovici prensado no canto perto da lousa, com o casaco rasgado e com o lábio rachado cheio de sangue? Șapsă Ianchelevici fez milagres: estava pálido e sério, brandindo na mão o pé de uma cadeira que havia quebrado para a briga.

À noite, Marcel Winder fez a lista dos que apanharam para colocá-la no informativo. Disse-lhe para tirar o meu nome: acho que não levei mais do que dois tapas e, além do mais, não é preciso que a mamãe fique sabendo.

* * *

Calmaria no *front*. Talvez a adversidade esteja adquirindo certa classe.

— Caro colega, teria a bondade de me mostrar a sua carteirinha?

Fui cercado por três deles que ficaram à espera. Tiro a carteirinha e a entrego àquele que me perguntou.

— A-há! Peço que abandone a sala. Por aqui.

E me indica o caminho.

* * *

Isidor Leibovici apanhou muito. De novo. Eu não estava presente, mas me contou Marga Stern que estava lá. Esse rapaz está predestinado.

Admiro sua discrição rígida, altiva e firme.

— Outra vez, Leibovici?

— Outra vez o quê?

— Que você apanhou de novo.

— Não.

25

— Foi sim.

— Sim, pois é... você deve saber melhor do que eu se apanhei ou não.

Vira-se nos calcanhares e sai indignado, com a cabeça enfiada nos ombros.

No meio do pandemônio, perdi ou me roubaram as luvas. E está um gelo... Que droga!

* * *

Não, não sou um cara forte. Onde estão as juras que fiz dois anos atrás sobre a capa recém-fechada do livro de Zaratustra? Por que caminhei ontem à noite pela rua, sozinho, à toa, infeliz por não poder chorar e, ao mesmo tempo, assustado com o pensamento de que seria possível? Por que à noite, quando encosto a cabeça no travesseiro, sou vencido pela insistência desta possibilidade, que me persegue como uma pedra no caminho do qual fui afugentado?

Imbecil, três vezes imbecil.

O que mais me incomoda é a sensação de perder, dia após dia, a segurança da minha solidão, de me tornar solidário com Marcel Winder e Șapsă Ianchelevici, de descer pela escada da comiseração em comum, de tornar-me junto com eles, igual a eles, um indivíduo que se compadece e se afaga. É a cordialidade judaica, que odeio. Sou tentado pelo pensamento de, ao primeiro pretexto, lançar uma palavra brutal para que saibam que, embora eu esteja aqui entre dez homens que me consideram "seu irmão de sofrimentos", eu estou sozinho, absolutamente sozinho, definitivamente sozinho.

Olhe aqui, Marcel Winder, se me der mais um tapinha nas costas, arrebento você. É meu problema se apanho, é seu problema se racham a sua cabeça, não tenho nada para compartilhar com você. Não há nada que você precise saber de mim, cuide do seu caminho que eu cuido do meu.

* * *

Há três dias não se acende o fogo. Acabou a lenha e estão esperando um subsídio prometido...

Liova está doente: 39 graus. Veio vê-lo um residente da Caritas que prometeu levá-lo para lá assim que liberarem um leito.

O da Politécnica ficou com as orelhas congeladas e as enfaixou com um grande pano amarelado que lhe cobria toda a cara e eu passo mal na mesa da cantina quando o vejo com aquele algodão e a guta-percha esfarrapada.

Șapsă Ianchelevici lavou as suas meias e estendeu-as no pé da cama para secá-las. Hoje veio vê-lo uma moça, vinda de seu povoado, acho, e lhe trouxe uma sacolinha com nozes. Ele riu encabulado: acho que ficou com vergonha de aceitá-las na nossa frente.

Não sou eu, entre eles, um bobalhão cheio de escrúpulos críticos e que controla a "postura"? Um esteta, é isso que sou. "Decência, discrição, isolamento" – valores de cinco tostões em nome dos quais se pede à dor que se comporte como uma pessoa polida.

Barbudo há quatro dias. Está frio demais para ficar um quarto de hora à frente do espelho.

* * *

Hoje aconteceu um incidente que poderia ter acabado mal. Eu voltava da Administração onde havia ido para me aquecer e estava a dois passos da porta quando Ștefăniu passou à minha frente. Não me viu. Só agora percebo que não tinha me visto. Não tive naquele momento a calma suficiente para entender isso e cometi a besteira de me virar para contorná-lo e foi aí, então, que ele me viu. Atingiu-me apenas com a sua bengala (uma boa pancada no ombro esquerdo). Saí de perto dele, embora assim pudesse atrair a atenção de outros e virei à esquerda no corredor. Ele atrás de mim. Passei pela galeria de cima em direção ao Conselho, pensando em parar na sala dos professores. No entanto, não encontrei a chave na porta e não teria conseguido empurrá-la com o ombro. Ainda bem que estava aberta a porta que dá para a escada do Conselho. Assim que saí à rua, pensei que não me seguiria mais. De fato.

Deveria escrever hoje para a mamãe. O quê?

Dez da noite. Agora há pouco o estudante de Medicina da Bessarábia trouxe dois pedaços de madeira nos bolsos do casaco. Porém, como há tempos não se acende o fogo, a estufa soltou muita fumaça e agora, quando esfriou de novo, há um cheiro azedo no quarto que sufoca o Liova.

Alguém saiu e deixou aberta a porta. Ninguém se levanta para fechá-la. Ionel Bercovici joga pôquer em sua cama com Marcel Winder e outros dois que não conheço.

Ouve-se, de quando em quando, a tosse do Liova. Alguém bate palmas porque isto o irrita ou porque está com frio...

Sábado à tarde
Todo judeu é um rei
Todo canto da casa ri
E todo homem é feliz.

Quem canta é Șapsă Ianchelevici, encostado na parede com o casaco nos ombros e com as mãos nos bolsos. Tem uma voz pausada, profunda, que sai com dificuldade e que engasga um pouco ao final de cada verso.

... a ieider i-id a melăh... todo judeu é um rei...

É uma melodia que já ouvi em algum lugar, há tempos. Talvez em casa, no tempo do vovô.

Meus olhos ardem. Não é nada, rapaz, ninguém está vendo. Não percebe que isto faz bem, que é melhor do que o orgulho de cerrar os punhos e se conter?

Cante, Șapsă Ianchelevici. Você é um rapaz crescido de vinte e cinco anos que jamais leu um livro em

29

sua vida, que passou pelo mundo cheio de certezas, indiferente a tudo o que acontece, pisando tranquilo com seus pés de animal bom, que lava sozinho as suas meias e come no almoço um pedaço de pão com três nozes, que diz indecências e dá risada delas sozinho, que desde que existe nunca contemplou um quadro, nem amou uma garota, que xinga e cospe no chão, mas veja agora, quando nós estamos aqui calados, como às margens do caminho, você sozinho, Șapsă Ianchelevici, observe como está: amargurado, insociável e faminto. E só você canta.

* * *

Fui até a reitoria pedir uma informação. Na volta, o vestíbulo que dez minutos antes estava vazio, agora estava lotado. Não reconheci ninguém, mas parecia haver uma briga das grandes.

Era uma barreira. Alguém me observa, ou eu tenho a impressão de ser observado. Subo a escada correndo. Pulo de três em três degraus, com estrondo fecho atrás de mim as portas que encontro, bato nas quinas das paredes. No segundo andar, à esquerda, percebo que desse jeito não vou muito longe; encosto na parede e com a mão trêmula procuro uma porta. Tenso, viro a maçaneta. Está aberta.

Uma sala pequena, incômoda. Dez ou doze ouvintes. Na cátedra, um homem muito jovem: estudante ou assistente. Ele fala. Talvez seja a exposição de um seminário.

Ainda estou tonto. Não sei: terei receio dos que estão lá fora? Terei vergonha dos que estão aqui dentro? Preciso fazer alguma coisa que me ocupe e me domine. Pego o lápis e o bloco: tomo notas. Mecanicamente, ausente, pela simples necessidade de efetuar movimentos organizados que detenham a minha emoção. Não sei o que diz aquele homem lá na cátedra. Escrevo como um estenógrafo, como um mecanismo. Preocupado apenas com os trajetos do lápis no papel, indiferente a tudo o que se diz, ausente de tudo o que acontece.

Eis que estou aqui à noite com este estranho papel nas mãos:

Há algo de profundamente artificial no sistema de valores em que se apoia a nossa vida. Não apenas na economia política, onde as deformações são visíveis e o mal é facilmente identificado. As atribulações monetárias são apenas as mais evidentes, mas nem sempre são as mais agudas do velho mundo. Há outros desmandos mais graves, outras agonias mais tristes. Não vamos entender nada da crise econômica que estamos estudando se ficarmos presos aos seus aspectos técnicos. Estes são secundários, absolutamente secundários. Não é um sistema financeiro que está desabando, mas um sistema histórico. Não estão sendo eliminadas algumas formas, alguns fatos, alguns detalhes, mas toda uma estrutura. Quando existe uma crise da noção de valor na economia e nas finanças, ela não é um fato particular, pois se insere na crise geral dos valores em todos os âmbitos da vida moderna. Vivemos com excesso de abstrações, com excesso de quimeras. Perdemos o chão sob os pés. Perdeu-se a relação entre o papel moeda e o ouro, assim como a relação entre todos os símbolos e nós mesmos. Há um abismo entre o homem e o meio. Estas formas de vida que vocês veem, desumanizaram-se. Eu diria brincando, em romeno, que elas se desomenizaram. *Peguem cada uma das nossas instituições, as ideias, as concepções, os lampejos e as nossas bobagens, peguem uma por uma e chacoalhem-nas. Verão que o som é oco. A vida evadiu-se delas, o espírito foi embora. Por quê? Não sei o porquê. Pelo abuso de inteligência, talvez. Não estou brincando. Nós fomos criados em uma cultura, uma civilização que parte da razão como valor primordial, coisa que é um luxo caro, além de ser um atrevimento exagerado. Entre nós e a vida sempre achamos que somos nós que decidimos. Esta é uma ousadia trágica. Nós não somos nada e houve alguém, um tal Descartes, que pensou o contrário. Pagamos essa conta trezentos anos depois.*

Receio que hoje tenha chegado o tempo dos bobos. Aliás, não receio nada, alegro-me, pois já sei o que a inteligência foi capaz de fazer e aonde nos levou. Voltamos agora arrependidos, amargurados, carregando o cansaço de três séculos e penetrando novamente nos bosques da idiotice e da vida viva.

É isso que chamam de obscurantismo. Tanto melhor.

* * *

Não é nem estudante, nem assistente, é professor de Economia Política. Este ano está ministrando um curso sobre "A noção de valor na história das doutrinas econômicas". Ele se chama Ghiță Blidaru. Os rapazes o chamam de Ghiță. Ele vem de Munique ou de Berlim, não sei bem. É mais velho do que parece e mais jovem do que é: 35 anos. Tem um rosto afilado, comprido, assimétrico, com um sorriso um tanto tímido, arqueando as sobrancelhas de modo dominador. Fala com negligência, arrastado e, às vezes, interrompe com um "não é?" dito como um desafio.

Da preleção de hoje, eis uma passagem que foi apenas um parêntese:

> Ser lógico? Ser lógico não é como escrever nos livros de vocês, pensar de acordo com fórmulas e equações, mas pensar conforme a natureza interna das coisas. Se vocês fazem questão de obter uma definição escutem a seguinte: a lógica é uma sistematização da intuição.

E ele ri.

* * *

A aula sobre Adam Smith:

> Se me perguntarem o que fazemos aqui em um curso em que os parênteses são mais longos do que o tema do programa propriamente dito, responderia mais ou

menos assim: destituímos os valores, nós os chacoalha-mos como árvores secas. Inteligência, individualismo, livre-arbítrio, positivismo... E procuramos apenas um valor, aquele que ultrapasse todos os outros. E esse se chama, se não me engano, vida.

* * *

Às quartas e sextas, das seis às sete, é aula do Bli-daru. Somos alguns poucos frequentadores e nos co-nhecemos, mas não nos falamos. Às vezes, aparece alguma figura nova nos bancos do fundo. Gosto de virar a cabeça de vez em quando para olhar para eles à medida que o homem da cátedra vai falando e ver a cara de surpresa do recém-chegado.

* * *

Hoje ele falou sobre a superioridade dos fisiocra-tas acima de todas as escolas econômicas modernas. Amplo demais para que eu transcreva aqui as minhas anotações da aula. Falava enlevado, com um tom violento, que prometia uma inversão brusca na se-quência dos argumentos. (Tem tiradas semelhantes aos de um bufão esperto.) Intrigado, eu esperava o desfecho quando, de repente, sob as nossas janelas ressoou uma marcha militar. Estava passando um pelotão com uma bandeira.

Ele pulou da cátedra, aproximou-se rapidamen-te da janela, abriu-a e ficou lá observando e balançando a cabeça ao ritmo dos tambores. Em seguida, voltou-se para nós:

— E vocês, não gostam da rua?

* * *

A terceira lição sobre os fisiocratas. O curso de Blidaru troca as hierarquias mais silenciosas. Apenas três palavras sobre aquilo que nos manuais está consagrado e, ao contrário, dez preleções sobre aquilo que o manual despreza com fúria.

Na economia fisiocrata há um elemento mais poderoso que todas as suas ingenuidades. Certamente aqueles velhos de 1750 não tinham a menor ideia do mecanismo da circulação de bens e aquilo que eles imaginaram nessa matéria não era apenas falso, mas também romântico e fantasioso. Para além de todos esses erros fica uma intuição cujo valor é infinitamente maior do que uma estatística precisa. A economia deles sai da terra e volta para a terra. Eis aí uma ideia bucólica, uma ideia simples sobre a vida, uma ideia que vem da biologia, das mais entranhadas crenças do homem cotidiano. Essa verdade curta, simples e clara não pode ser derrubada por nada. Desorientados como somos, talvez reencontremos um dia essa verdade que vai nos devolver a terra, que vai simplificar tudo e vai instaurar uma nova ordem, não tramada por nós, mas nascida de nós.

* * *

Outra vez estão falando em fechar a universidade. Os ânimos estão mais exaltados. Há uma semana a faculdade está ocupada pelos militares.

O curso de Ghiţă Blidaru continua, escondido nesta sala escura do segundo andar, onde não vem ninguém, porque ninguém sabe.

À noite, no alojamento, faz-se um silêncio de vale nevado. Só de vez em quando, pelo corredor, passos cansados, uma porta que se fecha, um chamado sem resposta.

Trabalha-se bem nesse silêncio. Releio um tratado de economia com as notas de Ghiţă nas mãos. Apaixonante confrontação.

* * *

É preocupante. Havia muita gente nova na nossa aula. Moças desconhecidas, hostis, nas carteiras das primeiras fileiras.

Blidaru, brilhante. Talvez fosse o inevitável êxito, ao final das contas. E se fosse outra coisa? Veremos.

Não, não vou renunciar a isso. Saí da aula de Civil, saí da aula de Estética, saí de onde quiseram e sairei de onde quiserem, de História, de Sociologia, de Chinês, de Alemão, mas não vou renunciar às aulas de Ghiţă Blidaru.

Por enquanto, recebi dois socos durante a aula de hoje e escrevi oito páginas de anotações. Por dois socos, foi uma pechincha.

Alguém me parou na porta.

— A carteirinha!

Teria sido burro de entregá-la. Tentei passar entre eles de surpresa, mas me alcançaram na parede da frente com apenas um soco. Olho para eles do canto em que me empurraram. A porta está entreaberta. Vindas de dentro ouvem-se risadas, vozes, chamadas de uma carteira a outra. Cinco para as seis. Agora deve entrar Ghiţă. Se me deixarem entrar... Se me aproximasse desses cretinos na porta e falasse com eles, talvez me compreendessem. Por Deus, um lugar no último banco... Não seria o fim do mundo... Não, é idiotice... Fez-se silêncio. Aplausos. Certamente, ele entrou. Fecha-se a porta. Alguém, o único a manter a guarda na porta da sala, me encara longamente.

— O que é que há?

— O que há? O que há é que você e os outros me envergonham, eu me sinto superior a vocês. Você nunca vai conhecer a triste altivez da derrota, sozinho entre dez mil. E tem ainda que amanhã de manhã vou encontrar o Ghiţă Blidaru e vou falar com ele.

* * *

Não posso reconstituir a cena. Sinto-me agora incapaz de recordá-la completamente. Foi brusca. Duas ou três palavras. Um olhar inesperado e pronto.

Ghiță saía da secretaria. Aproximei-me dele e lhe falei. Nem sei o quê. Juro que não sei e que isto não é um truque para me poupar de mais um momento de repulsa.

Interrompeu-me.

— O que o senhor quer?

— Senhor professor, me puseram para fora...

— E daí, o que quer que eu faça?

Foi embora sem esperar resposta.

Eu deveria correr uma, duas, três horas pelas ruas, deveria brigar com dez mil de uma vez, deveria cortar a machado um vagão de toras, para cair exausto na cama à noite e dormir até esquecer.

* * *

Terceira noite de pôquer. Jogávamos na biblioteca ao redor de um abajur até às três, quatro da madrugada.

Ontem ganhei 216 *lei** e depois os gastei todos num puteiro, no qual entramos de dois em dois.

Ionel Bercovici beijou-me: "Veja só, e eu que achava você um arrogante".

* * *

---

* *Leu,* plural *lei*: moeda oficial da Romênia. (N.T.)

É um boteco nojento. Aquele vinho branco avinagrado é uma bebida repulsiva só de olhar. Fecho os olhos nos primeiros copos. Depois vai. A noite termina tarde em Cruce, na casa de Mizzi, a puta de Cernăuți, que por dez *lei* a mais faz qualquer coisa. Caminhamos o dia inteiro entre baionetas. Éramos um grupo pequeno lá embaixo na secretaria quando chegaram as compactas milícias da Medicina. Fomos cercados por todos os lados e só saímos de lá em meio a um corredor de gendarmes. Fomos conduzidos pelas ruas, seguidos de perto, mudando algumas vezes o caminho, apressando o passo, para deter-nos em um ou outro pátio. Quem sabe nos perdiam de vista... Até de noite. Até agora.

Se não fosse o gosto amargo e consolador das noites de jogo, se não fosse a tola alegria do pôquer, o que teria sobrado?

* * *

Existe algo, no entanto. É a volúpia de ser sujo, o orgulho oculto de cair, de renunciar a escovar o chapéu e amanhã trocar de camisa e depois de amanhã consertar os saltos gastos. Penetrar na miséria, profundamente, irrevogavelmente, e amá-la pela lama, pelo aroma familiar, pelas cascas de pão seco, pelo calor íntimo da humilhação. Saber que perdeu definitivamente o leme da vida, que o soltou das mãos certa manhã em que não trocou o colarinho da camisa porque não fazia diferença.

Não nos foi dito tantas vezes que somos um povo sujo? Talvez seja verdade, talvez a nossa mística, a nossa ascese, a nossa santidade seja esta: a sujeira. Uma maneira de se ajoelhar, de se mutilar lentamente, voluptuosamente, para além da estrela branca da pureza.

* * *

Logo de manhã, no pátio da residência, Marga Stern, atrapalhada, disse-me como se fosse uma notícia que não me dizia respeito:

— Veja, está chegando a primavera.

IV

Fugi. Há duas semanas, num dia em que disse a mim mesmo que precisava escolher entre ser o quarto no pôquer ou viver. Fugi e fiquei satisfeito porque foi difícil.

É um quarto pequeno. Uma mansarda. Mas é minha. Uma cadeira, uma mesa, uma cama. Quatro paredes brancas e uma janela alta através da qual veem-se as copas das árvores do Parque Cişmigiu.

A conta está fácil e me pergunto como não a descobri antes.

Tenho 2.000 *lei* por mês: 1.000 para o quarto, 300 *lei* para 30 pães, 300 *lei* para 30 litros de leite e 400 *lei* para o resto.

Vou escrever à minha mãe e pedir para ela bordar em um guardanapo esta frase que descobri: A VIDA É SIMPLES!

Catorze dias sozinho. Gostaria de saber, com precisão estatística, quantas pessoas há nessa cidade, nesse vasto mundo, mais livres do que eu.

Encontrei em um sebo por 60 *lei* um Montaigne maravilhoso de por volta de 1780, em papel fino fosco, com anotações admiráveis. Apaixonante. Muito mais apaixonante por ser ele um libertino, um cético e um artista, e eu, apenas um torturado.

Que bom descanso. Eu não desconfiava, nem sequer desconfiava, de tão estúpido que sou, que estas férias poderiam existir.

Preguei na parede em frente à cama um grande mapa da Europa. Precisaria de um globo terrestre, mas não tenho dinheiro suficiente.

Talvez seja uma infantilidade, mas sinto a necessidade do símbolo de um mapa para me apoiar e para poder ler as cidades e os países. Isto faz com que eu me lembre diariamente que a Terra existe. E que qualquer fuga, é possível.

* * *

Estava lindo o Parque Cișmigiu agora há pouco, com aquele sol metálico, branco, com a água de um verde vegetal, com árvores ainda sem folhas e nuas como uma turma de adolescentes no recrutamento.

Como são feias as pessoas com os seus sobretudos antiquados, com os chapéus corroídos pelo inverno, com os sorrisos intimidados pelo sol, com os seus passos pesados, enlameados. Olhei como passavam e senti pena de sua inconsciente falta de graça.

* * *

Era uma moça jovem vestida corretamente que parou no bulevar numa banca de frutas. Falei qualquer coisa que me veio à cabeça, sem pensar. Ela deu risada e concordou em passear comigo.

Não me perguntou onde a levava, subiu as escadas e, quando fechei a porta, desvestiu-se sem dificuldade. Um corpo miúdo, agradável, sem beleza, muito jovem. Fizemos amor a tarde toda com a janela aberta, ambos nus. A garota gemia de prazer e, no final, passeava pelo quarto com meu casaco nos ombros, curiosa, fuçando os mapas na mesa, abrindo os livros e fechando-os com barulho.

— Vai voltar?

— Volto sim.

Não me pediu nada. E esqueci de perguntar-lhe como se chamava.

Que alegria estar nu! Sentir com a exatidão e a precisão anatômica o seu equilíbrio de animal reencontrado, ouvir o pulsar certeiro do sangue, conhecer a volúpia de erguer um braço e deixá-lo cair, vasculhar a sensação de sua vida física, única.

É preciso escrever isso no elogio ao amor.

* * *

Tive um estranho encontro com Ștefan D. Pârlea. Ele me parou. Eu não teria me atrevido, embora tivesse por ele dos tempos do Liceu, não sei bem por que, uma leve simpatia.

Rapaz ossudo, duro, carrancudo, com poderoso aperto de mãos, olhos de rapina, de uma feiura viril, que é quase um jeito de ser bonito.

— Veja lá o sol...

Caminhamos os dois em direção à periferia, surpresos por não encontrar o nosso Danúbio de casa. Contou-me o que mais estava acontecendo no curso de Blidaru que ele também tinha descoberto fazia tempo.

Falamos muito, sobre um montão de coisas, livros, lembranças, mulheres. Paramos em uma padaria do outro lado da ponte, para comprar roscas com gergelim e fomos comendo pela rua, tanto que as pessoas olhavam para nós.

— Sabe, Pârlea, poderíamos ser amigos se não houvesse tantas besteiras para nos separar.

— Não, você está enganado. Nós não podemos ser amigos nem hoje, nem nunca. Você não percebe que eu tenho cheiro de terra?

Em seus olhos havia alguma coisa absurda, arrepiante.

Eu não percebo que ele tem cheiro de terra? Percebo sim, e por isso o invejo.

Sinto uma saudade imensa da simplicidade e da inconsciência. Se eu pudesse resgatar de algum lugar do fundo dos séculos algumas sensações simples e fortes – fome, sede, frio – se eu pudesse passar por cima de dois mil anos de talmudismo e de melancolia, para sentir uma vez mais a alegria límpida de viver, pressupondo que alguém do meu povo a tenha sentido alguma vez...

A minha felicidade, porém, quando ocorre, é tumultuada, obscura, feita de infinitos rodeios, prestes a cair a cada passo.

Há três dias, eu estava feliz. Hoje, estou deprimido. O que aconteceu? Não aconteceu nada. Desmoronou em algum lugar uma viga interior. Abriu-se em algum lugar uma lembrança mal trancada.

Aos vinte anos de idade, com saúde, sem grandes compromissos pessoais, sentir-se portador de um destino que o divide em dez pedaços e que o anula em cada um deles.

Não, não somos um povo acomodado. Sinto-me mal em minha companhia; que mal deve se sentir um estranho nessa companhia. Somos impulsivos. Estamos excedidos de nós mesmos. E além do mais, somos impuros.

Somos: ou seja, eu, Şapsă Ianchelevici, Marcel Winder.

Ele tem cheiro de terra, o felizardo.

Nesse confronto comigo mesmo, lamento que eu ainda guarde certa simpatia por mim. Lamento por me surpreender amando o meu destino. Gostaria de me detestar violentamente, sem nenhuma desculpa,

45

sem nenhuma compreensão. Gostaria de ser antissemita por cinco minutos. De perceber em mim um inimigo que precisa ser aniquilado.

* * *

Voltou a moça da semana passada. Não a recebi.

— Você não me disse para voltar?

— Sim. Mas agora digo que vá embora.

Algo me diz que somos incapazes de viver um momento de vida até o fim. Seja qual for. Que permanecemos continuamente ao lado do que está acontecendo, um pouco acima, um pouco abaixo das coisas, mas nunca no meio delas. Que deixamos os sentimentos e os acontecimentos pela metade, inconclusos, arrastando-se incompletos atrás de nós. Que nunca fomos plenamente canalhas, nem plenamente anjos. Que os feixes de lenha da alma que queimamos, extinguiram-se pela metade. Que vivemos em eternas transações com a sorte e com o azar.

* * *

É melhor assim. Catorze horas de trabalho. O exame que se aproxima é apenas um pretexto. Eu me sinto bem nesta prisão de livros, na qual nada me atinge, nem de fora, nem de dentro.

No momento, seria bom eu pegar uma febre tifoide. Talvez este exame a substitua. O importante é esquecer de mim, mandar ao diabo todos os problemas do mundo e fazer alguma coisa mecânica, extenuante, que me domine por completo.

Marga Stern, afavelmente, apareceu na mansarda. Usava um vestido branco, sua mão estava quente e a colocou na minha testa, de brincadeira.

Muito pouco para uma sedução, querida amiga.

* * *

Marcu Klein, seu canalha. Se você estivesse aqui perto de mim eu o abraçaria e depois lhe daria quatro bons tapas para que não se esqueça.

Você não estava sozinho. Éramos uns quarenta ou sessenta, todos juntos, esperando o exame de Civil. Das oito da manhã quando fomos chamados, até as onze da noite, quando finalmente entrou Mormorocea, o professor. Dava para ver que estava bêbado e meio sonolento. Todos nós percebemos, junto com você, seu espertinho. Estávamos todos cansados desse longo dia, inutilmente perdido. Fomos até as carteiras, talvez um pouco enojados. Só você apertou os punhos e ficou carrancudo.

O homem da cátedra balbuciou uma pergunta e cochilou. O rapaz ao seu lado, respondeu calmamente e com precisão. Quando terminou, houve um instante de silêncio. Mormorocea rosnou bravo porque aquele silêncio havia interrompido o seu sono.

— Você não aprendeu nada. Que fale esse outro.

"Esse outro" era você. Que se levantou. Fechei os olhos porque sabia, sabia o que ia acontecer, entende?

— Professor, isto é uma vergonha.

Por que não ficou calado, Marcu Klein? Quem o induziu, seu louco, sozinho entre quarenta, a falar por todos, a acusar e vingar-se? De que necessidade absurda provém esse seu grito de denúncia contra a injustiça? De que educação ancestral do sofrimento e da revolta? Que instinto perverso não o deixa passar ao largo sem se deter para descobri-lo? Você sabe como é fácil fazer uma lista de dissidentes? Tenho muita raiva de você porque não posso odiá-lo o bastante e porque assim como você, pertenço a um povo que não sabe aceitar e se calar.

* * *

Telegrama para mamãe:

"Passei nos exames. Estou feliz."

Será que estou feliz? Não sei. Só sei que lá em casa, na margem direita do Danúbio, existem vinte metros de areia tépida e, à minha frente, um rio inteiro para nadar.

SEGUNDA PARTE

I

Novembro, o mês mais lindo! Essa chuva miúda, generalizada, indiferente, que obriga você a se fechar em si mesmo na rua, que o distrai dos incidentes ao redor e o torna impermeável, solitário... Você sai de casa com um cachimbo e um pensamento e anda horas inteiras pela cidade, sem ver ninguém, esbarra nas pessoas, nas árvores, nas vitrines, para voltar à noite como uma nave ao porto.

Novembro é a minha estação. O mês em que releio livros, folheio papéis, tomo notas. É uma espécie de fome de trabalho, de agitação, de começar de novo todas as tarefas.

Sinto o odor das plantas molhadas pela manhã ao sair e o círculo cálido de luz das lâmpadas à noite quando volto...

* * *

Entrei em uma livraria para folhear as revistas. Alguém bateu nas minhas costas. Viro-me: Ghiţă Blidaru.

— Você não foi à aula de abertura...

Fico espantado, ou muito alegre, ou com receio de responder com impertinência: pelo sim, pelo não, calo-me.

— Não quer me fazer uma visita? Quinta, às quatro e meia, em minha casa. Tudo bem?

Toca o chapéu com um dedo, à moda dos rapazes, saúda e vai embora.

* * *

Ele tem três cômodos cheios de livros e o quarto, vazio, ocupado por ele: uma cama simples, quase uma cama de campanha e nada mais. Na parede que dá para a porta, uma pequena e precisa reprodução de um inverno de Bruegel.

Quase metade da parede da frente é tomada por uma imensa janela retangular, de vidro grosso, maciço, mais de cristal do que de vidro.

É um interior despido, preciso, sumário, com um inexplicável ar de intimidade e de calor.

Sinto-me intimidado a ponto de ficar imóvel. Eis esse homem que amei com mágoa. Foram muitos os cercos isoladores lendários que cresceram à sua volta em um ano, desde aquela noite em que eu o ouvi pela primeira vez lá em cima na universidade.

Com seu olhar de mestre predestinado, com suas ásperas sobrancelhas arqueadas, com sua mão meio mole, meio enérgica, ei-lo nesta casa que se parece com ele, linear como ele, precisa em cada objeto, estrita em cada detalhe.

Em seu roupão caseiro, com um cachecol no pescoço, com a cabeça um pouco inclinada na direção da lâmpada da direita, há algo de pastoral em sua postura, em sua testa franzida, levemente abrandada por um sorriso que arde calmo na sombra.

Ouço-o com certo pânico. Pânico de que se cale de um momento a outro, um momento de silêncio em que eu vou ter que falar. Vou dizer o quê? Meu Deus... vou ter que responder, vou ter que contar, falar e dizer o quê? E falar como? Sob a pressão de sua presença que me inquieta mais do que me alegra, embora saiba que me alegra bastante.

Será que percebeu o meu pânico? Ele se levanta e vai buscar o fumo para o cachimbo. Acende-o, aproxima-se da janela e olha para fora atentamente, como se estivesse seguindo alguma coisa na tarde que cai.

$$* * *$$

Não gostaria de revê-lo. Sinto vergonha. Raras vezes fui tão estúpido, obtuso, categoricamente burro. Essa minha inteligência! Apenas uma boa disposição mental de jovem e nada mais. E quando não há nem isso, não há mais nada. De que outra maneira poderia explicar a minha total ausência de ontem? Duas horas ele falou e duas horas eu calei. Participei apenas dizendo "sim" e "não" numa conversa da qual tudo esperava. Não sei o que significa esse "tudo", mas deve significar muito, já que sinto tão agudamente que falhei na visita de ontem a Blidaru.

* * *

Ele falou segunda-feira na Fundação, no ciclo do Instituto Social. Não quis me arriscar a ser visto no meio daquela imensa multidão, em meu lugar no segundo balcão.

Quanta magia e quanta simplicidade há nesse homem. Fala desbragadamente, dando voltas, com rispidez, com rodeios. Joga aqui uma palavra, abre ali uma porta secreta, chuta uma pedra encontrada no caminho. Tudo ao acaso, como se fosse acidental. E depois, no final da palestra, quando você olha desolado o campo de pensamentos que ele devastou desse jeito, de repente as coisas começam a se organizar, não sei como, por alguma guinada. As ideias lançadas a torto e a direito em três quartos de hora, sem ligação, voltam ao rumo no último quarto de hora, tranquilas, claras, necessárias, com admirável rigor, fechando um ciclo de reflexão como se concluísse uma construção sinfônica.

Saberei alguma vez, mais tarde, quando ficar velho, em que medida Blidaru é um pensador. Mas, por enquanto, sei quão grande é como artista...

54

* * *

Encontrou-me no saguão quando saía da aula e me pegou pelo braço, sem formalidades, como um camarada.

— Venha, vamos andar um pouco.

Acompanhei-o até em casa, a pé pela avenida e, no caminho, tentei falar-lhe algumas vezes. Mas não deu certo, não por minha culpa desta vez e sim por culpa dele, que não estava com vontade de conversar, apenas de caminhar pura e simplesmente, com as mãos nos bolsos do longo paletó, com o chapéu sobre os olhos e com o nariz ao vento, farejando o cheiro de chuva, das árvores molhadas, do final de novembro.

Eu caminhava agitado ao lado dele, à procura de uma brecha nas miudezas de sua fala, uma brecha pela qual pudesse lançar aquelas poucas perguntas que queria fazer-lhe, que não estão claras para mim, mas que me parecem tão necessárias. Em vários momentos tentei um começo de frase, mas desisti. Em vários momentos esbocei em pensamento três palavras, mas não soube como levá-las adiante.

Deve ter percebido que estava me remoendo ali à sua direita, inibido pelo silêncio e agoniado pela necessidade de falar-lhe, pois deteve-se, de repente, à luz de uma vitrine, olhou-me diretamente, de supetão.

— O que há com você?

— Senhor professor, gostaria de dizer-lhe...

E não continuei.

— Sei o que quer dizer. Você quer dizer *"tudo"*. Ou seja, a coisa mais simples e a mais difícil do mundo. Pare com isso. É urgente? Não é, acredite em mim. Estamos aqui para passear: então, vamos passear. Vamos falar disso em outra ocasião, quando acontecer. Só as coisas que "acontecem" são as que se fazem direito.

Deu-me um cigarro, pegou-me pelo braço e levou-me adiante, mudando completamente de assunto.

II

A universidade foi fechada anteontem, dia 9 de dezembro, à espera do dia 10. No entanto, os dias estavam tranquilos: umas poucas rixas e uma manifestação banal na rua.

As coisas ficaram mais calmas. Reli no caderno verde, esta página do ano passado.

Como eu era jovem! Chegará um dia em que levarei uma surra sem que isto mude nada, absolutamente nada da minha tranquilidade ou intranquilidade íntima. Talvez seja a única maneira de ser forte. E, de um jeito ou de outro, provavelmente, muitas outras pancadas estarão reservadas para mim.

Pergunto-me se o fato de ter fugido da residência, do meio deles, para levar a vida difícil que levo: acaso teria sido um ato de coragem ou de covardia?

Pergunto-me se tenho o direito, em nome da minha solidão, de dar risada do heroísmo barato de

Marcel Winder, que conta até hoje com volúpia as surras que levou. Ele tagarela, eu taciturno, a verdade é que ele encara as adversidades de frente ao passo que eu, dou-lhes as costas. Talvez seja mais elegante, mas será mais justo?

Não posso esquecer-me de Isidor Leibovici, que continua na primeira linha, paciente e quieto, sem gestos, sem ilusões, sem vaidades.

Uma visita à residência estudantil. Uma negra miséria negra. Não mudou nada aqui. As mesmas estufas, ora frias, ora esfumaçadas, as mesmas salas compridas de cimento rachado, as mesmas pessoas. Algumas caras novas, rapazes do primeiro ano.

Falta Liova. Morreu durante o verão. Tinha algo de mortiço esse menino. E acho que ele se realizou na tuberculose como outros se realizam escrevendo um livro, erguendo uma casa, terminando um trabalho. Conversei sobre ele com os nossos antigos colegas de quarto do ano passado. Ninguém sabia dizer grande coisa.

"Ele tinha umas botas amarelas, quase novas – disse Șapsă Ianchelevici – e quando foi embora as deixou aqui. Mas não servem: são pequenas."

Ó, Liova, nem para isso serviu a sua morte.

Que estranha sonolência, que horrível gelo nesta casa que tem um nome tão cálido de "residência"...

Vivem aqui algumas centenas de jovens. Só um dormitório, só um, tem vida agitada, respirando paixão: é o "dormitório dos problemas sociais". É chamado assim, ironicamente, porque aqui fica a cama de Winkler, velho estudante de Medicina que foi reprovado nos exames pelo sionismo e por S.T. Haim, da Politécnica, respeitado em Matemática e marxista violento nas discussões.

Os dois brigam constantemente.

— Vou me queixar de vocês, grita Ionel Bercovici, desesperado porque não consegue terminar uma página de Direito Constitucional.

— Seu cretino, replica S.T.H. (assim abreviado, como o chamam não sei por quê), quer deter o avanço da História até você passar no exame?

Tanto Winkler como S.T.H. não me veem com bons olhos. Perceberam que eu era um estranho. Que me afastei, como um passante que observa, um espectador sem inclinações por uma causa ou por outra. Fiquei ouvindo quieto em um canto, sem intervir, uma disputa confusa e resisti com determinação aos olhares cruéis e fulminantes que me lançavam de esguelha.

— Diletantes, é isso que vocês são — gritava S.T.H. —, amadores em tudo o que fazem, em tudo o que sentem, em tudo o que pensam que sentem, amadores no amor, quando vocês têm a impressão de fazer amor, amadores quando se metem a fazer ciência, amadores na pobreza, quando vivem na pobreza. Nada, de cabo a rabo. Nada heroico. Nada pela morte. Tudo pela vida, por uma vida conservada, negociada, tolerada. Você que se diz sionista, não tem a menor ideia de que existe de fato uma terra chamada Sião. Eu não acredito nela, mas você acredita. Então, por que não vai para lá e fica nessa terra? Você fica aqui fazendo propaganda, distribui recibos de cotas para outros 10 mil espertinhos como você, que resolvem o drama com uma carteirinha de sócio.

— E você? — pergunta Winkler, sempre calmo.

— Eu? Eu estou aqui, onde devo estar. Onde quer que eu esteja, estarei onde é preciso, porque eu faço a revolução. Pelo simples fato de existir, pelo simples fato de que penso. Cada palavra minha é um protesto, cada silêncio meu é um chamado que supera os seus blocos de recibos, um chamado que ultrapassa o sorriso de...

Ele se vira bruscamente para mim, apontando-me um dedo ameaçador, tirando-me do meu canto retraído, porque a minha reserva o irritava visivelmente e porque no fim das contas não podia mais suportar aquela presença estranha, nem hostil, nem amigável, apenas atenta. S.T.H. precisa de plateia, precisa de combatentes, de resistência.

Ao me lançar a provocação, esperava que eu reagisse e seus olhos brilhavam soltando faíscas curtas, faíscas frias, que provêm "da cabeça", não da alma, tenho certeza. Está tenso como uma lâmina dobrada vibrando à espera da distensão. Recebo e suporto o seu olhar, embora perceba que é ardente. E continuo calado deixando em suspenso a sua expectativa sobre um silêncio em que ele vai se afundar, certamente.

De minha parte, espera um gesto, um sinal, um começo de réplica, algo que possa permitir-lhe explodir sem ser ridículo, mas eu teimo em não lhe facilitar as coisas de jeito nenhum e toda a sua violência, toda a sua fúria acaba no vazio, esgotada, inútil.

Mas s.t.h. não perde a partida. Qualquer um em seu lugar, teria perdido. Só ele que não. Ele espanta a irritação em que estava, passa tranquilamente a mão pela cabeça, dá um passo em minha direção e, com voz amigável, surpreendentemente melodiosa, considerando a sua veemência até então, pergunta-me:

— Vamos ao cinema hoje à noite?

s.t. Haim, meu bom amigo, quão bem jogamos o nosso jogo. Que triste esse jogo...

* * *

Despedi-me de s.t.h. ontem à noite e hoje de manhã bateu à minha porta, lá pelas sete e meia (quando dormiu? quando se levantou?), para me alertar que havia enfiado um bilhete por baixo da porta. Ouvi-o em seguida, descendo tempestuosamente as escadas.

Gostaria de perturbá-lo. Essa sua serenidade me espanta. Montaigne de quem me falava ontem à noite é uma heresia. Stendhal, uma frivolidade. Se só isso lhe basta para dormir tranquilo, tanto pior para você. Desejo-lhe longas e tenebrosas insônias.

"Gostaria de perturbá-lo." Se ele pegou isso de Gide então é um tolo. Se está falando por si mesmo, é duplamente tolo.

s.t. Haim, o enviado do destino para me chamar à ordem! s.t. Haim vindo com Montaigne debaixo do braço para me desnortear, para trazer à tona as tragédias que abandonei!

O messianismo e a psicologia são duas coisas que não andam juntas. s.t.h. é um missionário que não tem noção do que acontece com as pessoas ao seu lado.

Ele quer me perturbar. E eu gostaria de encontrar uma pedra para recostar a minha cabeça.

Se eu tivesse, como ele, um instinto missionário, tentaria apaziguar ao meu redor a maior quantidade de coisas, de consciências. A dele em primeiro lugar, a de s.t.h., esse lunático cansado, essa criança agoniada por quimeras.

"s.t. Haim", eu lhe diria, "você é um sujeito cansado. Pare, aquiete-se um pouco no lugar. Olhe. Ponha a mão nisto e veja que é uma lasca de pedra, pegue isto nas mãos e veja que é um pedaço de madeira, veja: este é um cavalo, esta é uma mesa, este é um chapéu.

"Acredite nestas coisas, viva com elas, pare de olhá-las com benevolência, sem procurar nelas fantasmas atormentadores. Olhe para essas coisas simples e seguras, resigne-se a conviver com elas, no seu limitado horizonte e sua modesta família. E olhe para fora, entregue-se à passagem das estações, à fome, à sede: a vida vai se ocupar de você como se ocupa de uma árvore, de um animal."

E quem vai me dizer as mesmas coisas? E quem vai me ensinar como aprendê-las?

* * *

A hostilidade dos antissemitas no fim das contas seria suportável. Mas, que fazemos com a nossa hostilidade, com o nosso próprio conflito íntimo? Talvez um dia façamos as pazes com eles, quem sabe? E conosco, quando?

* * *

Fugir de si mesmo um dia, dois, vinte, não é fácil, mas não é impossível. Estudar matemática e marxismo como S.T.H., estudar sionismo como Winkler, ler livros como eu, sair atrás de mulheres ou jogar xadrez, ou bater com a cabeça nas paredes. Mas, um dia, num minuto de desatenção, você se encontra consigo mesmo num canto da alma como se encontrasse na esquina um credor que você andou evitando. Você vê a si mesmo e então percebe quão inúteis são as fugas desta prisão sem paredes, sem portas e sem grades, desta prisão que é a sua própria vida.

Não há vigilância suficiente. Alguns disfarçam melhor, outros pior; alguns, anos a fio, outros, apenas por algumas horas! Ao final, surge esse irrevogável retorno à tristeza, como uma volta à terra.

Ontem à noite lembrei-me, não sei por quê, depois de tantos anos, do meu avô materno. Vejo-o, na sua mesa de trabalho, entre milhares de arcos, molas, parafusos, engrenagens, mostradores, ponteiros. Vejo-o inclinado sobre eles com o monóculo sempre preso na arcada do olho direito, decifrando com suas longas mãos aquele mundo de mistérios mecânicos que ele dominava com rigor, submetendo-o e impondo-lhe movimento.

Daquela mesa monstruosa da qual eu, criança, não tinha permissão de me aproximar, porque uma pecinha perdida poderia ser o início de um caos; com aquelas minúsculas peças de metal ele organizava pequenos mundos autônomos, pequenos seres abstratos que reuniam centenas de vozes ritmadas em uma música miúda e dentada que produzia uma harmonia estrita, severa, regrada. Debaixo de cada vidro de relógio há um planeta com uma vida pessoal, indiferente a tudo o que acontece lá fora e o vidro parece ter sido feito de propósito para separá-lo desse "lá fora".

O velho inquieto, como costumava ser, deve ter invejado mais de uma vez a tranquilidade daqueles seres de metal que saíam de suas mãos, vivia absorto entre eles, horas, dias, anos. O seu ofício deve ter sido uma evasão, um refúgio. Talvez ele fugisse de si mesmo e também sofresse do temor de não se encontrar consigo mesmo.

À noite, quando escurecia e se levantava sobressaltado da mesa sobre a qual silenciara o dia inteiro, não era o fim da jornada, não havia um sorriso de descanso no seu rosto de homem brando. Estava sempre com pressa. Pressa de quê? Apressado para o quê? Pegava o chapéu, o paletó, a bengala, balbuciava uma palavra e fugia pela rua, sem fechar a porta, em direção à sinagoga ali perto, imiscuía-se naquele grupo com o mesmo ar de homem perseguido, apertava algumas mãos e finalmente parava diante de seu atril, onde reencontrava sobre um livro aberto, o mesmo silêncio que mantinha diante das engrenagens dos relógios. Lá o vi muitas vezes, lendo. Parecia mergulhado na construção de outros pequenos mecanismos e as letras do livro – selvagemente pequenas – pareciam ser outras peças minúsculas que o seu olho deveria organizar, chamando-as do vazio, da imobilidade. Em casa eram relógios, aqui eram ideias, abstratos tanto uns como outros, frios, precisos, sob o controle de um homem que procurava esquecer-se de si mesmo. Terá conseguido? Não sei. Às vezes, seu olhar faiscava de longe, à espera de não sei que coisas, no desespero de não sei quem.

Entre ele e eu, há pelo menos sessenta anos de vida e vinte anos de morte. Até mais, bem mais. Ele vivia na Idade Média. Eu vivo hoje: alguns séculos nos separam. Leio livros diferentes dos que ele leu, acredito em coisas distintas daquelas que ele acreditou, caminho entre outras pessoas, sofro outras inquietações e, mesmo assim, sinto-me tão seu neto, seu descendente direto, descendente de sua melancolia incurável.

* * *

Nós que nos revoltamos tantas vezes por tantas coisas, por que não nos rebelamos uma vez sequer contra o nosso gosto pela catástrofe, contra a nossa simpatia pela dor? Há uma amizade eterna entre nós e o sofrimento e, não apenas uma vez, nos meus momentos mais lamentáveis, surpreendo em mim um laivo de orgulho por este sofrimento que satisfaz certa vaidade. Existe algo de trágico nisso, e certamente, em igual medida, uma tendência ao histrionismo. Neste mesmo momento em que estou tão profundamente triste, sinto em algum lugar, para lá da consciência, a saída em cena do tenor metafísico que carrego na alma.

Talvez eu seja mau pensando assim, mas nunca serei suficientemente mau comigo, nunca vou me administrar suficientes bofetadas, suficientes socos.

* * *

O que eu repreenderia no antissemitismo, antes de qualquer coisa, se me fosse dado o direito de julgar, seria a sua falta de imaginação: "maçonaria, agiotagem, homicídio ritual", e depois?

Que coisa pequena! Que pobreza!

A mais insignificante consciência de judeu, a mais reles inteligência judaica, descobre em si mesma pecados infinitamente mais graves, negrumes incomensuravelmente mais difíceis, catástrofes incomparavelmente mais vertiginosas.

Contra nós eles só têm a pedra, às vezes, o revólver. Nós, em nossa eterna luta contra nós mesmos, temos esse ácido sutil que nos consome lenta, mas inexoravelmente, e que é a nossa própria alma. Entendo perfeitamente por que o renegado judeu é mais amargurado do que qualquer outro renegado. Ele carrega em si uma sombra que, quanto mais pisada, mais próxima está. E o fato de negar o seu povo, o próprio fato de renegar, é mais uma vez um ato judaico porque todos nós, no nosso íntimo, afastamo-nos de nós mesmos, dez vezes, mil vezes e sempre voltamos para casa, pela vontade de alguém que só pode ser o próprio Deus.

* * *

Eu não sou crente, de jeito nenhum, e este problema está em algum lugar fora de mim e não me cria grandes dificuldades.

Não pretendo entrar em acordo sobre isso e aceito sem me envergonhar todas as inconsistências. Sei ou digo que Deus não existe e me lembro com prazer do Manual de Física e Química do Liceu que não o colocava em lugar algum no universo. Isto não me impede de rezar quando recebo uma notícia ruim ou quando quero me prevenir de alguma coisa. É um Deus familiar a quem, de vez em quando, ofereço sacrifícios, após um culto com regras estabelecidas por mim e, acho, confirmadas por Ele. Eu lhe proponho uma febre tifoide para mim em troca de uma gripe que pretendia dar a alguém que me é querido. Indico-lhe em que termos preferiria receber uma pancada e em que termos gostaria que me perdoasse, pois aquilo que lhe dou é muito mais do que aquilo que guardo, pois o que lhe dou é de mim e o que guardo é dos outros, aqueles poucos outros que amo. Parece-me que não se incomoda com essa conversa entre nós dois e que não a toma como uma negociação, pois percebe o pensamento bom com que me dirijo a Ele.

No entanto... sinto às vezes que há algo mais além disso: aquele Deus por quem os velhos brigam nas sinagogas, aquele Deus pelo qual eu também brigava, há muito tempo, em criança, aquele Deus cuja solidão eu louvava todas as manhãs lendo a reza.

"Deus é uno, Deus é único."

Se Deus é uno, não significa que Ele está só? Só como nós, talvez, de uma solidão que dele nos vem e que por Ele guardamos.

Isto esclarece tantas coisas e obscurece outras tantas...

Longa conversa com Ghiță Blidaru. Finalmente disse-lhe "tudo", aquele tudo que eu receava e que ele havia adivinhado tão facilmente apenas com um olhar. Tudo o que estive pensando nos últimos tempos, tudo o que escrevi aqui no caderno, tudo o que não escrevi...

Falei atropeladamente, rápido, muito, com longas pausas, pulando de uma coisa para outra, dando voltas, falei mal, transtornado, desorganizado. Mas ele tem um jeito de ouvir que parece simplificar os nossos próprios pensamentos por pior que os expressemos. A sua simples presença é suficiente para pôr ordem ao seu redor.

— Você precisaria fazer alguma coisa que o ligasse à terra, não sei bem o quê. Direito não, sem dúvida, nem Filosofia, nem Ciências Econômicas. A seiva poderá devolver-lhe o sentido da matéria, se o teve alguma vez, ou ensinar-lhe daqui para frente se não o teve. Um ofício feito de certezas.

Dei de ombros, desolado com um remédio tão vago. Será que no fundo eu procurava algum remédio?

E ele continuou:

— Você desenha?

— Sim.

— Bem?

— Bastante mal em "desenho artístico", como se diz na escola. Bastante bem em desenho linear.

— E em Matemática, como vai?

— Não gosto muito. Ia bem no Liceu, sem grandes paixões.

Não entendia nada das perguntas dele, respondia mais intrigado do que curioso. O que se seguiu foi surpreendente.

— Não quer ser arquiteto?

Calei-me. Estaria brincando? Queria fazer uma experiência? Queria me mostrar quão fúteis são os meus "problemas"? Estaria preparando uma armadilha?

Calo-me atrapalhado e ele não insiste e muda de tema, não sem deixar uma abertura para uma possível retomada.

"Seja como for, pense nisso seriamente. Vale a pena."

* * *

Percebo perfeitamente que a proposta do professor está cheia de riscos. Para mim a minha "carreira" nunca foi um problema, pois tenho a certeza de que sempre serei pobre e aceito isso de bom grado; seja como for, o que ele me propõe, se não for uma verdadeira aventura, é, sem dúvida, uma imprudência... As razões psicológicas pelas quais me instiga a dar tamanho salto na vida serão verdadeiramente tão fortes a ponto de merecer o esforço de encará-lo? Estou atordoado e quase aborrecido por ele ter me criado do nada dificuldades dessa ordem.

* * *

"Salto na vida." Velhos hábitos patéticos dos quais não consegui me livrar. No fundo, o que ele pede é muito simples. Resolvi acreditar que serei advogado. Por quê? Não sei. Por costume, por preguiça de escolher, pela indiferença em relação à profissão, a qualquer profissão.

Com um pouco de esforço conseguiria me ver arquiteto. Simples questão de educação mental.

Não farei grandes coisas num tribunal, não faria grandes coisas nos canteiros de obras. Não seria impossível encontrar ali aquilo que lá certamente me faltaria: o sentimento de servir à terra, à pedra, ao ferro.

Deve ser uma sensação de realização, de calma. Talvez, a quietude que persigo.

* * *

Não, não posso aceitar. Tenho pela frente provas, aulas, trabalhos, muita coisa para largar pelo caminho e começar de novo, um outro começo.

Fui procurar Ghiță para contar-lhe a minha decisão, mas não o encontrei em casa e devo reconhecer que isto me alegrou, pois embora estivesse decidido a rejeitar a sua proposta, sentia que com a minha resposta categórica eliminaria qualquer possibilidade. *"Il faut qu'une porte soit ouverte ou fermée"*.[*]

Não o encontrei em casa e isto me deu o direito de manter essa porta nem bem aberta, nem totalmente fechada.

* * *

No entanto, aceitei. Não tive a coragem de dizer claramente que "não". Tentei todo tipo de objeções que ele derrubou uma por uma...

Não é tarde demais agora, na metade de dezembro, a dois meses do encerramento das matrículas?

Não, não é tarde. Ele se encarregaria de fazer a minha matrícula. Tem bons amigos em Arquitetura e vai conseguir.

Não será difícil demais acompanhar o programa? As aulas não estão bastante adiantadas? Os exames não estão muito próximos?

Não, não vai ser difícil. E se for, muito melhor.

---

[*] "É preciso que uma porta seja aberta ou fechada". Em francês no original. (N.T.)

Assunto decidido, não dava mais para discutir com ele. A Arquitetura me ganhou. Apertou minha mão com firmeza.

— Saiba que estou satisfeito com o que fiz, você vai aprender a caminhar no chão. Isto é muito importante para a vida. Você verá.

IV

Quanto mais penso, mais o encontro de ontem no trem parece-me milagroso. Aquele homem miúdo, vivaz, de olhar inquieto, com sobressaltos bizarros no meio da fala, como no meio de um sono agitado, aquele homem abarrotado de pacotes no canto do compartimento de terceira, era Ahasverus[*] em pessoa. Num primeiro momento, quando entrou pela porta precedido de duas malas e seguido de outras três, além de inúmeros grandes e pequenos pacotes mal embrulhados em folhas rasgadas de jornal, naquele primeiro momento senti uma fúria súbita contra ele.

De onde apareceu esse sujeito? Eu estava justamente me alegrando por ter encontrado um lugar tão bom, num dia como esse, em pleno feriado de Natal, em um

---

[*] Alusão ao judeu errante Ahasverus, personagem mítico que faz parte da tradição oral cristã. (N.T.)

trem tomado por estudantes e militares em viagem em direção ao interior, quando eis que aparece esse judeu, levando consigo uma mudança inteira, abrindo a porta de par em par para que todo o frio entrasse, afastando a minha mala, pisando as minhas botas, jogando o seu casaco sobre o meu, enfurnando-se depois no assento, entre mim e meu vizinho, pedindo desculpas com os olhos, mas não menos tenaz em sua decisão de conquistar um espaço, em nome da passagem de trem que segurava à mostra entre os dedos.

Era uma aparição cômica e todo mundo sorria, coisa que eu também tentei fazer, embora a contragosto, pois, por um lado tinha pena de sua cena ridícula, mas, por outro, teria sofrido muito se suspeitassem que nutria simpatia por ele. Não sei explicar bem por que eu tinha um estranho sentimento de cumplicidade do qual sentia a urgente necessidade de negar. Procurei a minha agenda às pressas e me mostrei muito compenetrado nas contas, ausente de tudo o que acontecia perto de mim. Mas observava o infeliz do meu vizinho com o canto dos olhos.

Estava mais calmo, seguro na posição ocupada e agora lançava assustados olhares de reconhecimento ao seu redor fitando atentamente cada camarada do compartimento para deter-se finalmente em mim, não definitivamente tranquilo no que me diz respeito, mas dirigindo-me um esboço de sorriso cordial: sinal de que me reconhecera.

Isso me enfureceu ainda mais. Parecia-me que seu olhar, sua intenção de familiaridade, solidarizava-me com ele, com sua ridícula aparição, com sua incômoda presença.

Levantei a cabeça e o fitei feroz para que entendesse que não queria nada com ele. Sentia que iria morrer de vergonha se ele falasse comigo.

Mas a minha hostilidade não o desarmou, pois continuou olhando-me, balançando a cabeça e piscando sem parar.

— Não precisa se zangar, jovem. O judeu é um homem com pacotes, tantos desgostos quantos pacotes.

Amei-o de repente por estas palavras, fui tomado por uma sensação de vergonha, por ter sido tão covarde com ele e comigo, tanto que senti a necessidade de me punir imediata e exemplarmente.

Respondi-lhe no ato, com brusca vivacidade, bem exagerada, falando alto para ser ouvido por todos os passageiros do compartimento para que entendessem que não me envergonhava daquele velho incômodo e que reconhecia nele um amigo, que seu sotaque judeu não me perturbava, que eu não ligava para as suas botas cheias de neve, que seus embrulhos insolentes não me atrapalhavam, ao contrário, tudo me parecia normal e que não entendia o que poderia ser tão cômico e de quem poderíamos rir.

O velho falava um romeno claro, com leves inflexões de judeu moldavo e então, com um esforço, tentei falar com o mesmo acento inquiridor tomado do iídiche, coisa que nunca tinha me acontecido até então; mas havia decidido castigar-me severamente, pois sentia que deveria recompensá-lo pela minha covardia na sua chegada.

Suponho que o meu velho Ahasverus entendeu de boa vontade o jogo que eu estava fazendo, pois mantinha um sorriso permanente de tolerância que passeava sobre mim como um facho de luz de uma pequena lanterna de bolso.

"Deixe disso, deixe disso", parecia dizer o seu sorriso, "não lhe peço tanto. Conheço você e sei que não é tão mau como quis parecer há pouco, nem tão bom como quer parecer agora. Estou encarando uma longa viagem e o que você quer que eu faça com as pedras que me jogam ou com as mãos que me estendem, eu que não tenho tempo nem de recebê-las, nem de respondê-las, pois veja, em algum lugar distante sou esperado, sou sempre esperado e preciso ir para lá, mesmo que seja para não chegar nunca."

Ele sorria com essa incredulidade balançando a cabeça e entendi que, na verdade, não posso fazer nada por ele, e os outros, nada contra ele.

Disse-me que se chamava Abraham Sulitzer, para minha decepção, pois pela integridade do símbolo deveria chamar-se simplesmente Ahasverus.

— Qual a sua ocupação? — perguntei-lhe. — O que faz?

— O que faz um judeu? Caminho.

Essa resposta parecia-lhe suficiente.

Abraham Sulitzer caminha: este é o seu ofício. É vendedor de livros judeus. Na dúzia de malas, caixas e pacotes que arrasta com ele, carrega todo tipo de livros:

bíblias, talmudes, comentários, histórias hassídicas, contos do gueto, poesias hebraicas, literatura iídiche...

Ele faz a ligação entre as editoras da Alemanha ou da Polônia e os leitores do gueto moldavo. Conhece todos os mercados da Bucovina em que ainda se ensina seriamente a leitura, todas as casas bessarábias em que se reflete profundamente sobre um texto talmúdico, todas as sinagogas de bairro em que ainda se comenta um problema com a concepção judaica. Leva na memória um catálogo geral de todos os manuscritos e impressos hebraicos que existem no país, conhece pelo nome as pessoas nos mercados, nas casas. Ele fecha os olhos e pode dizer quem é o dono de um raríssimo exemplar do *Megillat Efa,* de Sabbatai Kohen, o lituano, livro impresso em Amsterdã em 1651. Ele pensa um instante e diz com precisão qual rabino, de onde e como, pode explicar a você sobre a grande disputa do talmude de Barcelona de 1240 ou de Tortosa de 1413...

Ele sabe de tudo, tem tudo reunido sob a sua testa estreita, para além de seus olhos que piscam miúdos e inquiridores.

Livros, manuscritos, autores e problemas dos quais ouço falar pela primeira vez, palavras estranhas, nomes de outros séculos, dados de uma história da qual nem suspeitava – tudo isso Abraham Sulitzer leva com ele, vivos, tão vivos hoje em sua mente como eram séculos atrás na mente de quem os escreveu ou os concebeu. Ele vive na atualidade deles, na sua paixão permanente. Foi inútil passar por cima destas verdades durante algumas centenas de anos, foi inútil mudar a cara da terra, foi inútil derreter no nada tantos passados, aquelas velhas luzes ainda estão presentes, aquelas velhas paixões ainda perturbam. Abraham Sulitzer leva tudo consigo pelos caminhos em prol da eternidade de tudo.

Comprei dele uma bíblia em iídiche com ilustrações para a minha avó e uma história alemã de Şapsă Zwi, para mim.

Deu-me a impressão de que ele teve dificuldade em se desfazer delas, parecia perguntar-se se não as estava entregando em mãos erradas.

* * *

Ventava violentamente. De manhã tentei descer até o Danúbio, porque me disseram que estava congelado e teria sido lindo andar sobre a margem lisa, mas não houve jeito de chegar até o cais. Rajadas de neve vinham do porto e subiam em direção à cidade.

Resolvi fazer uma reunião de família. Convoquei, à volta da estufa, as minhas duas avós: a Mãezona e a Baba.

A Mãezona é a mãe do meu pai. A Baba é a mãe de minha mãe. A Mãezona tem uns oitenta e cinco anos. A Baba não deve ter passado dos setenta. Sendo mais jovem é também mais vivaz: ainda tem amor próprio, vaidade, charme.

Ela foi muito bonita na juventude e sabe disto. De seu esplendor daquele tempo restaram seus lindos

79

olhos azuis límpidos com um toque de orgulho no seu pestanejar malicioso.

Usa chapéus de seda e paetês, experimenta três vezes um vestido e dá indicações à costureira, olha-se muito no espelho e quando ninguém está vendo passa um pouquinho de pó de arroz, bem pouquinho. Como vovô foi relojoeiro e joalheiro, recebeu uns grandes brincos de diamantes, uma corrente de ouro, óculos de ouro, uma pulseira de rubis.

Usa todos eles com pompa, visivelmente mergulhada em suas lembranças de mulher bonita.

A Mãezona, ao contrário, entrou na velhice totalmente resignada, sem lamentar, sem vaidades tardias. Desde que a conheço usa apenas um tipo de vestido preto, reto, simples, fechado com os tradicionais botões de osso. Branca, cansada, calma – é uma avó de contos de fadas. Fala uma língua romena rude, uma língua da roça, de aldeia montanhesa. Ela nasceu aqui, na cidade, nos anos do Regulamento Orgânico,[*] e morou no distrito. Seu pai trabalhou anos seguidos numa fazenda em Gropeni onde cuidava dos livros contábeis e, mais tarde, seu marido, meu avô por parte de pai, trabalhou no porto. Ela, a Mãezona, viveu com o Danúbio diante dela. Quando lhe pergunto e quando tenho tempo de ouvi-la, conta coisas extraordinárias do século passado sobre a

---

[*] Código de trabalho servil que vigorou na Romênia de 1831 a 1849. (N.T.)

cidade, sobre as pessoas do local, sobre a vida social daqueles tempos. Conta principalmente de um baile, seu primeiro baile, que deve ter sido algo sensacional na vila do povoado. Pelos detalhes que me deu, acredito que deve ter sido lá por volta de 1848, talvez nos dias da Proclamação de Izlaz.* Aqui a história associa-se à minha crônica familiar.

São muito esquisitas as nossas ramificações ascendentes. Por parte do meu pai, temos pelo menos um século de vida romena, na cidade e no distrito, vivendo com vizinhos romenos, trabalhando com eles, tendo ligações com eles. Há dezenas de anos, ou centenas, estivemos por aqui, porém isolados dentro de nós mesmos, não sei. Em 1828, nos registros da cidade, o nome de meu bisavô está claramente escrito. Não deve ser uma questão de assimilação, mas sinto nesta linhagem familiar certo toque de acidez devida seguramente ao Danúbio, à margem do qual cresceram quatro gerações seguidas. Aquele meu bisavô de 1828 – o Mendel de Gropeni, como era conhecido – falava e escrevia romeno, usava botas e casacão. Lembro até hoje da aparência ruinosa de estivador que meu avô tinha à noite quando voltava das docas com suas botas cheias de grãos e limalhas, com as mãos calosas, branco da cabeça aos pés pelo pó dos sacos de trigo e milho que respirou a vida in-

---

* Programa do movimento revolucionário de 1848 que proclamou a independência administrativa e legislativa do povo romeno. (N.T.)

teira, catorze horas por dia, de sol a sol. Havia algo de rude e anguloso nele: algo de carregador, de carroceiro, de diarista. Nas tardes dos feriados ele lia não sei quais imensos livros hebraicos, mas não se entregava a essa leitura com a mesma paixão que o meu outro avô, o pai de minha mãe. Aquele era um intelectual, esse não, embora ele também tivesse muita leitura, pelo que diziam.

Vivia fora, entre os ventos, com os pés nas pedras e na terra perscrutando o horizonte inundado da várzea, falando alto para abafar com sua voz o rumor do rio, o apito dos vapores, o chiado das roldanas. Um homem do Danúbio.

A família de minha mãe saiu muito mais tarde do gueto. Os bucovinos e os moldavos do norte foram todos homens que viveram em casa, à luz do candelabro, sobre os livros. Sempre viveram em volta das sinagogas. Talvez seja daí que venham os seus olhos negros, as mãos longas e finas, a palidez do rosto. Eles têm uma saúde precária, instável, que mais resiste pela tensão dos nervos do que pela força do corpo.

Uma notícia ruim, uma noite mal dormida, uma espera, devasta-os de súbito: olheiras escuras, lábios brancos, olhos febris. Estranha sensibilidade de estufa, diante da qual a dureza dos homens da família de meu pai parece uma grosseria. Talvez assim se explique a surda incompreensão que sempre os dividiu, uns indiferentes demais, outros suscetíveis demais, onde o vigor de uns parecia descaso para os outros e a sensibilidade desses parecia, por sua vez, afetação.

A incompreensão entre o Danúbio e o gueto.

* * *

Fico pensando naquele meu bisavô de 1828. Deve ter nascido nas últimas décadas do século XVIII. A Revolução Francesa, a Revolução Americana, Napoleão... Parece-me que há algo de fabuloso em sua existência e tentei recolher dados de algumas velhas tias que tiveram contato com ele em seus últimos anos de vida, mas não consegui grande coisa. Nasceu aqui e viveu aqui. Trabalhou arduamente a vida inteira, quase um século.

Certo dia, já tendo passado muito dos noventa anos, recolheu suas coisas, chamou os filhos, repartiu entre eles o que tinha para repartir, guardou algumas moedas de ouro, alguns livros e alguns papéis, colocou tudo numa trouxa e disse que ia embora. Para onde? Para Eretz, Israel! Para casa. Com quem? Sozinho.

Essa decisão de um homem de cem anos parece-me tão selvagem que fiz mil perguntas à minha avó, para entender o que havia na raiz daquela fuga. A verdade é que não foi uma fuga. A coisa foi muito simples, cristalina. O velho acordou certa manhã com aquele pensamento e pronto.

Imploraram, tentaram detê-lo contra a sua vontade, tentaram fazer com que aceitasse, pelo menos, uma companhia até Jaffa – um dos filhos poderia levá-lo até lá e procurar-lhe uma casa. Foi tudo em vão. Estava irredutível. Deu-lhes tudo o que tinha, colocou nas costas a trouxa com o pouco que havia guardado e desceu em direção ao porto, seguido, como numa cena bíblica, pelos filhos, filhas e netos, chorado por todos. Só ele tranquilo, sereno, em paz. Velho vigoroso. Morreu em Jerusalém, alguns meses após a sua chegada. A Mãezona dizia que naquela noite ele apareceu para ela em sonho, com a vestimenta branca dos mortos e lhe disse: "Veja, eu morri. Você terá um filho e vai lhe dar o meu nome".

Era o ano de 1876. Com esse dado, talvez não seja difícil achar algum dia a laje de seu túmulo, se é que alguém lhe colocou uma lápide.

É bem mais provável, no entanto, que o sepulcro esteja perdido sem nome, entre outros sepulcros sem nome.

Não existe na família nenhuma fotografia do velho. Ele se recusava a submeter-se a tais bobagens. Pouco tempo antes, havia chegado à cidade um alemão com uma máquina complicada, tendo ele se instalado numa esquina da rua principal. A caminho do porto, diz a Mãezona, no dia da partida, todos pararam ali e imploraram ao velho que ele deixasse pelo menos essa lembrança: uma fotografia. Balançou a cabeça, zangado. Não.

* * *

Se eu tivesse tempo, seria revelador seguir em um mapa as migrações da minha família. Parece ter havido poucas partidas.

Se as pessoas da minha família podem ser, cada um por seu lado, inquietos, lunáticos e instáveis, o seu espírito de grupo é, antes, lento, sedentário, tenaz. Houve alguns que se desligaram, foram embora, perderam-se. As raízes, porém, ficaram aqui, com as tradições intocadas, com uma unidade persistente contra todas as evasões.

Parece-me que faz muito sentido o fato de que todos os nossos parentes estejam reunidos em dois grupos compactos: os parentes do ramo do meu pai, aqui no cotovelo do Danúbio, e os do ramo da minha mãe lá em cima, no norte da Bucovina. Os deslocamentos acontecem em um raio muito pequeno e, mesmo assim, o centro de gravidade familiar permanece imutável na consciência de todos, pois basta um evento familiar – uma morte, um nascimento, um mau momento – para que todos se reúnam, felizes ou alarmados, à procura de uma palavra de ordem.

As evasões são ainda mais difíceis de explicar, embora tenham sido poucas e descontínuas.

Ouvi falar de um tio que, quando jovem, no século passado, fugiu para Viena em pleno inverno, de trenó, atrás de uma mulher. Vaga história de amor e a única, acho, em uma família em que, neste aspecto, os homens são sensuais, mas não apaixonados. Ouvi falar também de um irmão de minha mãe que foi para a América em 1900. Há em algum lugar, em um velho álbum, uma fotografia dele daquele tempo: uma figura jovem, quase adolescente, uma testa atrevida de pioneiro e, sobretudo, certa sombra, certa luz, sinalizando futuros fracassos.

Foi embora, com algumas moedas no bolso e com um amontoado de loucuras na cabeça. "Socialista" sussurravam as pessoas desconfiadas. "Louco", dizia zangado o avô, que não queria saber de nada e que trancava a porta ao rapaz, à noite, quando este voltava tarde da cidade.

Parece que naqueles anos, muitos foram embora, em pequenos grupos, de todos os cantos do país, para o Alaska, para a Califórnia, alguns à procura de ouro, outros à procura de fantasias. Pouco antes da Guerra, uma carta vinda da legação americana trouxe a notícia de sua morte em algum lugar, em uma cidadezinha do Texas, onde ele se tornou, não sei como, trabalhador em uma plantação.

* * *

Dei para a avó Baba a bíblia ilustrada, comprada de Abraham Sulitzer no trem e que agora ela lê em voz alta para mim e para a Mãezona que não sabe ler.

É uma tradução iídiche bastante ordinária, acho; uma edição popular, em papel de má qualidade, com gravuras baratas. A Baba lê com certo ar de superioridade dirigido à Mãezona e a mim que somos do ponto de vista dela dois perfeitos analfabetos, pois para ela e diante de sua bíblia, todos os meus livros franceses e alemães não me tornam menos ignorante.

Acompanho bem comportado a leitura desde o começo, desde a criação do mundo. Ouço a Baba e parece que esta história se renova e que adquire um interesse quase jornalístico, não bíblico. A Baba lê com avidez, com visível curiosidade, vira freneticamente as folhas e participa da leitura, como se fossem pessoas conhecidas, de seu trato, vizinhos do bairro, parentes chegados.

Em certos momentos, nas passagens decisivas, ela para um instante, balança a cabeça e, com a língua no céu da boca, emite um som de surpresa, reprovação ou desgosto (tsc, tsc, tsc) como se quisesse chamar a atenção de Abraão, de Esther, de Sarah ou de Jacó que estão fazendo alguma bobagem ou cometendo uma imprudência.

Não há nada de cerimonioso na leitura da Baba. Os patriarcas não a intimidam. Eles não passam de donos de mercearias, com filhos e esposas, com problemas e atribulações. E se ela, minha avó, pudesse colocar à disposição deles sua experiência de mulher vivida, que já viu muito e passou por tantas coisas, por que não fazê-lo?

Quem é que sabe? É possível que esses patriarcas tivessem um filho doente que precisasse de fricções com vinagre aromático ou, talvez, alguém tivesse machucado um dedo e necessitava de algumas folhas de tanchagem, sabe-se lá! Talvez, alguma esposa bíblica quisesse sal com limão para colocar na comida, porque acabou e o armazém fica longe... Acontece, acontece na vida, por que não aconteceria na Bíblia?

* * *

Uma manhã branca, vasta, cristalina. A noite inteira uivou o nordeste pelas ruas, pelas janelas, pelos telhados.

Agora está tudo quieto e transparente como embaixo de um infinito globo de vidro. Se você gritar de uma ponta da rua ouve-se até a outra ponta, até mais longe, até o Danúbio.

Consegui ir até o porto. As dunas de neve que ontem se erguiam impetuosas em redemoinhos sobre nós, agora jazem vencidas como imensas feras com o focinho sobre as patas. Leões brancos, gigantescos, de jubas e topetes sinuosos, arqueados.

Há uma luz intensa como se fosse um caroço de sol gelado. Algo abstrato nesta quietude translúcida.

Só o Danúbio está agitado e crespo. Cinzento e petrificado no seu rolar de seixos, tem alguma coisa de agonia em sua calma aparente. Poderia se dizer que congelou onda após onda, pois na dor de perdê-las, lutou por cada uma delas.

Nada lembra a torrente rápida do meu Danúbio de março, a calmaria imperial do meu Danúbio de outono. É outra coisa, completamente outra, mais profunda, mais tumultuada, mais surda.

V

Na parte da tarde sempre ficamos no estúdio de desenho e modelagem. Está difícil, devo reconhecer. Entretanto, é um trabalho que eu poderia amar, ao contrário das aulas propriamente ditas da parte da manhã, tão medíocres aqui como em Direito ou Filosofia. Por isso, tenho o prazer de reencontrar a plastilina e a argila no ateliê. Sei que o que faço não tem nenhum valor e me pergunto se alguma vez conseguirei realizar alguma coisa neste mundo de terra, pedra e cimento.

Como exercício mental, porém, nunca fiz nada mais calmante do que esta brincadeira com plastilina, material dócil e maleável que, ao mesmo tempo, toma iniciativas inesperadas, pois às vezes encontro-me segurando nos dedos uma forma que não procurei, um oval com uma inclinação engraçada, uma imagem angulosa com traços tortos, lapidares e sei lá mais quantas coisas malucas extraídas involuntariamente da indiferença do material que esconde em si tantas facetas.

Nesse meio tempo, com as mãos ocupadas, com o pensamento voltado ao pequeno fenômeno que se descortina sob os meus olhos, tenho um sentimento de liberdade que não devo ter tido nunca nos meus melhores dias de férias.

É um afastamento de mim mesmo, preciso como uma sensação física.

No final da tarde, quando penduro meu guarda-pó no cabide e lavo as mãos, tudo me parece limpo e ordeiro, como em uma casa simples bem-administrada.

Se eu fosse mais idílico escreveria uma loa às ferramentas, um canto à alegria de trabalhar. Felizmente, sou bastante sensível ao ridículo das minhas expansões íntimas e percebo quão pueril e diletante é meu entusiasmo. Tenho um pouco da inocência de um estudante de Medicina do primeiro ano, disposto a descobrir a cura do câncer. Um verdadeiro arquiteto daria boas risadas se lesse o que estou escrevendo aqui.

* * *

Parece que as últimas aulas de Blidaru, do recesso de Natal até hoje, foram formidáveis. "Isto não é mais Economia Política", reclamavam os especialistas na secretaria da faculdade. Talvez tivessem razão. Pelo que pude captar até do próprio professor e daquilo que me contaram, parece que, na realidade, o seu curso sobre política monetária não eram mais aulas de economia, mas de filosofia e cultura.

Meu calendário acadêmico não me dispensa nem mesmo uma quinta ou um sábado quando ocorrem as palestras de Ghiţă Blidaru. Além disso, ele me prometeu que se me encontrasse ali iria me colocar para fora: "você não tem nada que fazer nas minhas aulas. Fique e trabalhe onde você está e ponto-final".

* * *

Vejo-o raramente em sua casa à noite e, quando nos encontramos, ficamos conversando até tarde. Ainda não descobri uma boa técnica para conversar com ele. São muitas coisas que preciso dizer a ele, mas tenho muita dificuldade em falar-lhe. Às vezes, levo de casa, como um aluno, a "cola" do que eu deveria dizer-lhe, mas assim que estou ao seu lado, tudo vira de cabeça para baixo, pois ele é um daqueles homens que ditam leis para todos, obrigando você a se submeter não apenas aos seus argumentos como à sua atmosfera e estilo. Quanta paixão há nesse homem tão nitidamente construído, quantas tormentas esconde o domínio de si, seu pensamento geométrico. Até hoje é o único homem diante do qual me sinto obrigado à submissão, sem que isso me pareça um sentimento de abdicação, ao contrário, sugere-me uma realização, uma reintegração.

* * *

Perguntei-lhe por esses dias se ele não acha que a Arquitetura vai me condenar a preocupações particulares demais, se não vai me isolar num círculo de problemas totalmente profissionais e se não vai tirar de mim, qualquer que seja a minha profissão, algo que parece ser essencial, acima de tudo: estar em conexão com aquilo que se fermenta no seu tempo, com a sensibilidade desse tempo, com as buscas, com o senso geral.

"Não", respondeu ele, "não é uma questão de isolamento. A Arquitetura ou a Medicina ou a Música ou a Economia, todos são planetas do mesmo sistema solar. Indiferentemente do que fazemos ou trabalhamos por si, deciframos as mesmas diretrizes que nos são comuns. As verdades e o senso de vida de um certo tempo possui uma unidade orgânica, familiar.

"É tolice imaginar que uma revolução que começou em algum lugar, em uma disciplina, poderá ficar limitada a ela. A história é criada de dentro, não de fora, do centro, não da periferia. A nossa estupidez consiste em que só reparamos nas mudanças visíveis, aquelas óbvias, aquelas que comprometem a nossa vida imediata.

"Por isso, imaginamos que uma revolução é apenas e em primeiro lugar, uma reviravolta política ou econômica, coisa que é de uma inocência angelical. O ponto de partida de uma revolução pode estar na Física, na Astronomia, na Matemática, em qualquer lugar. Basta imaginar que apenas um único pensamento ou vida humana pode mudar toda uma estrutura, porque daquele momento em diante tudo estará virtualmente mudado. Tudo está ligado nesta vida, neste mundo: não existem fatos, nem preocupações isoladas, tudo faz parte de um ciclo. Por que você quer que a Arquitetura fique fora dessa corrente? Trabalhe tranquilo: queira ou não queira, iremos nos encontrar no final, você que faz Arquitetura, eu que faço Economia Política, aquele que faz Antropologia, aquele outro que faz Álgebra. Os veículos são diferentes: o caminho é o mesmo."

* * *

Certa noite, há pouco tempo, voltando de um encontro com Ghiță Blidaru, lembrei-me da brutalidade da minha primeira conversa com ele. Conversa, se é que se pode chamar assim! Eu o parei para me lamentar de que havia sido expulso do curso dele. Ele foi rude comigo. Nem olhou para a minha cara. E até hoje, ao me lembrar disso, morro de vergonha. Como sofri naquele momento. Falei-lhe daquele dia, embora receasse que ele pudesse ver nisto um atrevimento de minha parte, não pude deixar de perguntar-lhe:

— Poderia me dizer o que aconteceu aquela vez em que o senhor foi tão brusco, tão cortante comigo?

— Não sei mais, não me lembro. Talvez estivesse aborrecido ou zangado. Não me lembro mais. Mas vou lhe dizer uma coisa: não lamento. Nunca gostei de ser solícito demais com as pessoas, nem com as mais queridas. Principalmente, com essas. Eu penso que de cada cem sacudidas distribuídas ao léu, umas duas caem como uma luva a quem as recebe e vai produzir efeitos. Quando ando pela grama não me importo de pisar em uma haste de erva ou em uma barata. A terra não gosta que você tenha essas delicadezas com ela. Pise, amasse o quanto quiser. Depois de seus rastros, as raízes continuarão crescendo, se forem raízes. Quando você caminha no chão, caminhe no chão, quando você caminha entre pessoas, caminhe entre pessoas. Um pouco às cegas. Não há mal nenhum. Você talvez estrague algumas coisas, as mais fracas, mas vai fertilizar as outras. Comer "a vaca louca" é um exercício indispensável. Não me poupei e não vou poupar ninguém, principalmente se for alguém querido.

É um alimento tônico. Você range os dentes e segue adiante.

VI

Folheando este caderno (nunca me aconteceu antes de relê-lo, mas ontem à noite, procurando *Ligações Perigosas* para entregar à Marga, encontrei-o e o abri com certa curiosidade como se fosse um livro desconhecido), percebo que há muito tempo não escrevo mais nada sobre ela, sobre Marga Stern. É estranho, pois nos últimos tempos não me aconteceu nada mais precioso que conhecê-la (não sei por que evito dizer "amá-la", que seria mais simples e exato, uma hesitação que ela também notou algumas vezes, sem me recriminar, mas com um toque de amargura).

Não creio que esta ausência seja um simples acaso. Com um pequeno exercício de memória, descobri, relendo o caderno, algo ainda mais curioso. Observo que quase todas as pausas longas do diário coincidem com momentos agudos ("agudo" é muito para se dizer) do nosso amor. Cada vez que há alguma interrupção nas minhas notas, procuro bem e encontro nesse lapso algo que diz respeito à Marga.

Sou um "amor difícil", como ela diz, mas felizmente ela sabe e aceita essa dificuldade.

Peço a Marga que venha, peço que vá embora, chamo-a vários dias seguidos e outras vezes evito-a semanas inteiras, um jogo que poderia ser atroz se não houvesse entre nós algum tipo de pacto tácito de liberdade e preguiça. Sou grato a ela por saber respeitar com tanta lucidez as regras do jogo. Há nela um certo cansaço que a impede de ser patética. E há algo mais. Um leve sorriso de complacência que deve ser a vingança dela contra mim.

Eis-me aqui fazendo psicologia, e não queria.

* * *

Fica este fato curioso que, sem exceção, todos os bons momentos do nosso amor foram marcados aqui, no meu diário, com uma página em branco.

Há dias em que amo essa garota com uma simplicidade e uma boa-fé que me acalmam e sinto que a alegram. Espero-a sem pressa, sem agonia, com alguma indiferença até, o drama da indiferença necessária neste amor brando – e quando ela vem, quando está por perto, apoiada de costas na estufa de azulejos ou encolhida no canto direito do sofá ou inclinada com atenção por cima do meu ombro, sobre a mesa em que trabalho, todas estas coisas miúdas são grandes alegrias, iguais e transparentes.

Vê-se que, na verdade, há algo incompatível entre Marga e meu diário. Há nele ideias genéricas demais, "problemas" demais.

Percebo que adquiri o detestável hábito de enunciar verdades categóricas. Com muita frequência, falo no plural neste caderno ("nós" somos assim, "nós" não somos assim, o "nosso" destino, a "nossa" vocação) e incluo nesse "nós" experiências coletivas e confusas que, em outro momento, não teria deixado passar assim, sem uma comprovação pessoal.

Marga que se orgulha de não possuir nenhuma aptidão para as ideias genéricas, é para mim, usando uma expressão pedante, um "retorno à individualidade". (Se ela lesse isso, ficaria horrorizada. Ela que perdoa tantas coisas, isso ela não perdoaria.) Que sei eu? Pode ser que o nosso amor tenha seus "problemas", concretos, imediatos, dela para comigo e de mim para com ela. Nada destrói mais radicalmente os juízos abstratos e as ideias genéricas que um amor, pois o amor traz tudo de volta à sensibilidade, refazendo superstições, certezas, dúvidas e valores, obrigando você a vivê-los, verificá-los e criá-los de novo. Em todo amor há algo de *originário*, um princípio de nascimento, de criação do começo de todas as coisas.

Não, não amo Marga com paixão, sei muito bem disto e ela também sabe, mas basta que ela venha em um momento bom para afastar de uma vez "as grandes perguntas" e colocar em seu lugar um mundo inteiro de ecos íntimos, vivos, imediatos, certamente de valor medíocre, mas vivos, vivos.

* * *

O que eu mais amo nela é esse seu terrível medo da abstração. Se acontece alguma vez, por descuido, de falar-lhe de algum dos meus famosos processos de consciência, essa garota, em geral tão compreensiva, fecha-se de súbito, discreta, mas decisivamente, recusando-se a responder e mesmo a compreender. Ela tem uma incrível inclinação para as coisas, para os objetos, para os fatos concretos, por pessoas determinadas e precisas.

Eu, você, este livro, esta cadeira, esta janela. Ela é a única nesse meu mundo – família, amigos, conhecidos – que não considerou que a minha mudança de Direito para Arquitetura fosse uma extravagância. Quando anunciei o fato, aprovou-o, quase sem surpresa. "Faz muito bem." Em relação às minhas novas atividades ela demonstra uma atenção e um interesse que, no começo, me surpreenderam. Pede-me esclarecimentos, quer detalhes, observa, pergunta. Obrigou-me um dia a levá-la ao ateliê e ficou lá a tarde toda, circulando à vontade entre as mesas, travando amizade com meus colegas, ela que é normalmente tão pouco expansiva. Fazia perguntas, pedia explicações técnicas, mexia com familiaridade na plastilina, tentando modelar. Quando vem à minha casa, se eu estiver trabalhando na prancheta, proíbe-me de interromper o trabalho, aproxima uma banqueta da mesa, senta-se com os joelhos nela e os cotovelos na mesa e olha com uma seriedade que me parece incrivelmente infantil. Uma verdadeira vocação.

Há algo de despretensioso na inteligência dela – talvez algo limitado ao mesmo tempo – algo de bom senso, do sentido de medida. Entendo agora por que quando a ouvi há tempos pela primeira vez tocando piano, fiquei impressionado com a sua reputação de boa pianista. Tecnicamente talvez seja, pois eu não sou entendido, mas musicalmente seu jeito de tocar é pelo menos bizarro. Naquele dia tocava, infelizmente, um noturno de Chopin, tornando-o irreconhecível, linear, preciso, de contornos exatos, fixos. Marga não tocava: esquematizava. Ouvindo-a, consegui entender pela primeira vez o que significa a "construção" de uma obra musical. Dava para vê-la desenhada, lógica, frase por frase, ciclo por ciclo. (Talvez daí venha a sua curiosidade pela Arquitetura.) Este modo de tocar talvez tenha inúmeros riscos musicais, mas também apresenta algumas vantagens. É um prazer ouvi-la tocando Mozart: é um Mozart lapidar, em relevo, minucioso, como os dentes de uma serra cirúrgica, de uma fineza ideal.

* * *

De onde Marga Stern obtém essa calma que a coloca em direta ligação com os objetos, de onde extrai essa opacidade salutar que a livra de visões e fantasmas? Invejo nela esse espírito aplicado, concreto, feliz e sua saudável generosidade. Invejo nela a falta de imaginação e a resistência à abstração. Tenho diante desse espírito bem organizado a admiração que teria por uma obra bem construída, harmoniosa e vigorosa.

Será que não há nada de judaico nesta mulher querida, nem um resquício, nem uma sombra, nem um ensimesmamento sobre as camadas rasgadas das lembranças ali depositadas?

Perguntei-lhe bobamente, como se lhe perguntasse se está com dor de cabeça. Respondeu-me dando de ombros.

"Não entendo o que quer dizer. Claro que eu tenho as minhas melancolias. Quando você está bravo ou quando o amo demais, enfim, quando me acontece alguma coisa ruim, quem sabe?"

A verdade é que Marga é mulher antes de ser judia. E se o destino da raça a obrigasse a uma inquietação e a um sonho nebuloso, seu destino de mulher – mais poderoso – a atrairia de volta para a terra, ligando--a a ela, trazendo-a de volta para as leis da vida, que estão ocultas nela à espera do passo seguinte: a maternidade. Aqui há uma serenidade biológica que se traduz diariamente em um forte sentimento prático, sentimento de previsão e de espera.

Releio o que escrevi acima e dou risada. Garota querida! O que sobra de você, de seu riso cálido, de seu beijo bom, demorado, dos seus braços que me envolvem lânguidos pelo pescoço, o que sobra de você nestas linhas que a complicam, comentam, mudam?

Há algo de obediência em sua sensibilidade, algo de submissão, de sensatez, com calores que domina com dificuldade por defender a virgindade, apesar dela e apesar de mim. Conheço o seu corpo dolorido de esperas, conheço as linhas de suas ancas curvas debaixo do vestido, cheias de preguiça, cheias de melancolia.

Não existem grandes perguntas, só existem pequenas certezas que dizem respeito a ela e que se iluminam em sua presença.

* * *

As linhas escritas há poucos dias sobre Marga em relação àquilo que denominei ironicamente de "grandes perguntas" são de uma mediocridade assustadora. Se eu não tivesse decidido de uma vez por todas sancionar as minhas bobagens, rasgaria a folha, porém, escrever um diário seria uma tarefa fácil demais se você tivesse a possibilidade de modificá-lo depois, consertando aquilo que na sua cabeça foi mal pensado. Você não pode consertar sem simular. E não quero isto.

Fiquei com vergonha até a humilhação, até a desfiguração com a prepotência daqueles pensamentos, com a sua banalidade, a sua pobreza tão confortável. Tive vergonha ontem à noite na rua, quando, ao dobrar a esquina, mergulhei de repente no drama da revolução social. Não sei exatamente como tudo aconteceu. Havia sido realizada uma assembleia de trabalhadores do bairro e, no final, interveio a polícia. O pessoal ou não quis evacuar a sala, ou saiu devagar demais, ou houve alguém que gritou alguma palavra de ordem revolucionária e aí então, começou a pancadaria. Eu passei tarde demais por lá para pegar a briga no seu ápice e, além do mais, não teria visto grande coisa, pois a batalha aconteceu na parte interna, na sala e nas poucas portas, estreitas demais para permitir a fuga dos que estavam se engalfinhando.

Quando cheguei, já estava terminando o enfrentamento. A maioria foi levada entre baionetas, espancados, rasgados. Alguns estavam estendidos na calçada, sangrando. Havia um que gemia horrivelmente, com a cabeça rachada, embaixo de uma calha de um telhado que escorria a água do degelo. Senti que alguma coisa me incomodava, não era revolta nem indignação, mas uma sensação intolerável de impotência diante da dor e, devo reconhecer que meu primeiro pensamento foi "que azar" ter passado por ali, pois preferiria não ter assistido a essa infelicidade, não ter sabido que existiu, não ter visto e nem ouvido. No entanto, estando ali, eu não podia, *não se podia* passar ao largo, não porque pudesse passar por desertor, mas porque percebi de pronto que não me perdoaria nunca, pois isto romperia irremediavelmente um recôndito da minha intimidade que ficaria ferida para sempre em seus esconderijos.

Achei que era preciso que eu também fizesse um gesto para me solidarizar com aqueles coitados, deveria gritar – sei lá! – "viva a revolução", ou: "abaixo a burguesia", ou: "queremos aumento de salário", ou qualquer outra coisa para que eu apanhasse junto com eles, para ser levado junto com eles, embora, ao mesmo tempo, eu percebesse quão risível, sentimental, filantropo eu era nas minhas boas intenções. Era ridículo, incomparavelmente ridículo, eu com a minha pequena crise de consciência ali, em plena rua, entre alguns homens – os que espancavam e os que apanhavam – onde cada um tinha um sentido, um engajamento, uma dívida a ser cobrada. Senti-me sozinho, desarmado, inútil, em meio a uma onda vital que passava por mim implacável, jogando-me longe, à margem, e levando todos os outros com ela à frente.

Reencontrei a minha sala deserta, as pranchetas desinteressantes, os livros vazios. Amanhã ou depois, vou recompor o meu estúpido orgulho de indivíduo sozinho. E voltarei a ser um intelectual, um burocrata.

* * *

A alegria de viver entre múltiplas forças, como uma árvore entre as forças latentes da floresta, a sensação de fazer parte, de participar, de cumprir com a sua vida um círculo vital maior que também passa por você e vai mais longe, na direção dos poderes difusos, obscuros, biológicos, da espécie...

Nunca entendi isto nem vou entender jamais. "Eu". Tudo o que faço, tudo o que penso, tudo o que sofro, fica debaixo desta barra fixa: "eu". Tenho esta deplorável coragem de me orgulhar desta fraqueza, de considerar a janela pela qual observo o mundo como uma "posição", quando não passa de um esconderijo, a coragem de imaginar a minha solidão como um valor, quando não passa de uma inaptidão.

Por pior, por mais patético que seja presenciar este pecado, não é menos verdade que eu seja capaz de perceber a sua realidade.

Sou uma árvore que fugiu da floresta. Uma árvore orgulhosa, doença que não mata violentamente, mas ataca pacientemente, por baixo, pelas raízes, pelas primeiras emanações de vida.

O episódio de ontem, que me pegou tão desprevenido e desarmado, esclareceu-me sem nenhum dó a triste condição dessa categoria de pessoas da qual faço parte e que são chamadas de intelectuais. Estranha perversão: ficar ao lado do caminho, olhar para quem passa e para aquilo que acontece e extrair deste drama que nos expulsa porque ele não quer saber de espectadores, extrair "ideias" que foram passadas a limpo, ao pé da letra. Eu seria muito gentil comigo mesmo se dissesse que isso se chama "conflito entre o pensamento e a ação", pois se trata de duas funções diferentes, incompatíveis, mas, no fundo, igualmente justificadas. Na realidade, não se trata disto – abstrato e benevolente demais – mas de uma inaptidão para a vida grandiosa, da inaptidão metódica entretida em leituras, reflexões, dialética. É uma deformação lenta, uma educação sistemática, no dia a dia, uma atrofia paulatina dos reflexos, dos impulsos, uma anulação gradual do instinto da veemência vital, capaz de conduzi-lo ileso entre as tormentas.

Não acredito que algum intelectual tenha feito alguma vez algo decisivo na história da humanidade quando não se tratasse de valorizar uma cultura, mas sim de salvar a espécie, pura e simplesmente. Eu deveria reler a história sob este ponto de vista: ficaria espantado se não estivesse certo. Que fazer com essas plantas de apartamento incapazes de suportar os ventos fortes?

Certamente existe uma situação agravante para o intelectual judeu, duas vezes expulso do jogo ativo da existência, uma vez como intelectual e outra como judeu.

Estive lendo na história de Șapsă Zwi que Abraham Sulitzer, aquele meu amigo do trem, me vendeu em dezembro, que no ano de 1646, dezenas de milhares de judeus foram massacrados na Polônia e na Rússia, centenas de comunidades e vilas foram aniquiladas da superfície da terra e que, enquanto as vilas ardiam, enquanto o sangue escorria avassalador como lava fervente de um vulcão em erupção, nas sinagogas, entre chamas e sangue, discutia-se a respeito de alguns textos talmúdicos.

E o historiador conta este fato atroz com orgulho, como um fato heroico, ao passo que eu o considero uma sinistra abdicação da vida, uma anemia vital comprometedora, uma vergonhosa fuga da biologia.

* * *

Encontrei com Sami Winkler no momento mais oportuno. "Eis a pessoa de quem estou precisando", pensei contente, quando reconheci ao longe seu tronco de boxeador, quadrado e maciço, na esquina do Teatro Nacional, onde estava parado, à toa. Não o tinha visto desde o começo de dezembro, desde o dia em que estive na residência estudantil e o surpreendi discutindo com s.t. Haim, seu inimigo de ideias.

Gosto do Winkler por sua tranquilidade um pouco pesadona, pela força física condensada que lhe atribuo, enfim, por sua aparente marginalidade, sob a qual se escondem tantas coisas aprendidas com diligência, método e aplicação. Certa vez alguém me mostrou em uma revista sionista estrangeira um relatório técnico onde constava o nome de Winkler como integrante da delegação da Romênia no congresso sionista anual de Basileia: o problema não me interessava, mas percebi quanto trabalho havia sido dedicado ali, quanto sentido de ordem, quanta ciência na distribuição do material impresso.

"Tem alma de burocrata", diz maldoso s.t.h. sobre Winkler. s.t.h. é extremado e injusto. Afinal, parece-me que Winkler vale mais pelo que não é, do que pelo que é. Não é lunático, não é metafísico, não é perseguido por dúvidas, não tem crises de consciência complicadas nem venenosas. Não ser todas essas coisas e ainda assim ser judeu, eis uma séria dificuldade. Tenho a impressão de que Winkler a supera facilmente.

Ao revê-lo pensei que ele saberia responder aos meus últimos conflitos e, embora eu não sinta gosto nem pratique a confissão, falei-lhe sobre o acontecimento de alguns dias atrás, sobre tudo o que pensei em relação ao isolamento do judeu, principalmente do intelectual judeu, do seu isolamento da multidão, de sua inaptidão para com o social e, no fim das contas, para com a vida.

— Você que acredita no sionismo e que trabalha pela construção de um novo país, nunca se chocou em sua consciência com esse sentimento árido da solidão judaica? Não lhe parece que esse esforço coletivo com o qual você colabora está de alguma forma acima do temperamento do judeu, destinado a viver nele e fadado a não poder romper o círculo de ferro que o separa do mundo?

"Desculpe-me, percebo que aquilo que digo é muito abstrato e pretensioso, mesmo assim, ouça-me. Vou tentar ser mais claro. Veja, parece-me que em um projeto como esse, em que se trata de construir um novo país, uma aventura simplesmente épica, se você pensar bem, repito, em um projeto como esse, não importam tanto os seus elementos técnicos – a indústria, a economia, as finanças, os recursos naturais – mas outra coisa, algo de ordem psicológica, metafísica, se você não se assustar. Um pouco de loucura, um pouco de descaso, até mesmo um pouco de irresponsabilidade. Pergunto-me se nós não estamos levando problemas demais, ali onde devemos levar apenas duas boas mãos de trabalho. Não sei, não estou bem informado e nem procuro estar, porque não acredito muito nos números, mas mesmo sem ter pensado sobre o sionismo, acho que ele parte de uma violência sobre a nossa própria esterilidade, que é mais uma tentativa trágica de salvação do que uma volta natural à terra.

"Senti-me ridículo nestes últimos dias em um ambiente em que, de repente, deparei-me com a vida ao ver que hoje existe gente jovem como eu, que deixou os livros e foi trabalhar com a picareta, sabe-se lá em qual recôndita colônia palestina. Pergunto-me se esta separação é um ato de heroísmo como você pensa ou apenas um ato de desespero."

— Eu não acho nada — respondeu-me Winkler. — Estou apenas ouvindo e percebo que não entendo o que diz. Isso é muita psicologia e eu não tenho tempo para psicologia. Declaro com a maior sinceridade que nunca tive tais inquietações.

"Para mim tudo foi sempre claro, sempre soube o que era preciso fazer. Olho para você tão agitado, olho para s.t.h. tão perturbado, olho para tantos outros e não entendo, juro que não entendo. No que diz respeito às suas preocupações sobre a reconstrução do país não sei o que dizer. Talvez você tenha razão, talvez não, sei lá. Para mim a coisa é natural, saudável e clara. Não duvido que tenha um bom final, mas também não tenho pressa. Trabalho e espero."

Calou-se como se tivesse encerrado a discussão, depois, alguns passos adiante, acrescentou:

— Veja, se quiser mais esclarecimentos, venha comigo quinta-feira à noite na palestra de Jabotinski. É um sionista dissidente que incomoda muito os líderes centrais por sua ação violenta. Uma figura curiosa, você vai ver. Certo tempo atrás, na Guerra, ele organizou um esquadrão militar judaico com o qual lutou pela conquista de Jerusalém. Venha ouvi--lo, talvez ele esclareça as suas dúvidas.

* * *

Fui ouvir o Jabotinski e não me esclareci. Mas Winkler tinha razão: ele é uma "figura". Fala de forma cortante, taxativa, sem calor, mas com um entusiasmo lúcido, que revela uma vocação de lutador. Poucos gestos, poucos sorrisos, cara amarrada. Uma postura azeda, sem expressividade, que não me espantaria ser proposital. Muitos dados, muitas informações, resumidas em algumas poucas ideias simples, veementes em sua simplicidade. Não entendo de política sionista, mas acho que entendi em linhas gerais a posição de Jabotinski diante da direção oficial do movimento.

"O gabinete executivo", dizia ele, "acha que o sionismo pode ser realizado através da diplomacia. Ele parte de um fato jurídico: um mandato da Inglaterra de implantar na Palestina um lar judaico. Esse termo 'lar' parece-me vago e descompromissado. Preferiria que dissessem simplesmente 'Estado'. Mas vamos em frente. O gabinete central sionista pensa que resumindo-se a este documento jurídico, pode lidar com a Inglaterra, pode ganhar terreno, obter vantagens e conquistar gradualmente o objetivo nacional e político do movimento. O método é simples: que os judeus sejam obedientes e os ingleses, em troca, serão magnânimos.

"Enfim, essas políticas de negociações e delongas parecem uma tentativa de sufocar o movimento. Um suicídio. Uma ação nacional que fica atrelada a um documento é um começo de morte. Nossa força não pode depender de um pacto diplomático, mas de um espírito interior de criação. Com a carta do Lorde Balfour ou sem ela, com o mandato da Grã-Bretanha ou sem ele, o sionismo continua igualmente grande ou igualmente pequeno. Porém, sem a vontade de criar, sem poder querer, o sionismo não é mais nada, absolutamente nada, dez vezes nada.

"'E o que você quer fazer?', perguntam-me os judeus prudentes que ouviram uns dos outros em sussurros, que eu quero reunir uma espécie de exército e partir para a guerra, ou qualquer coisa assim. 'Quer derrotar a Grã-Bretanha? Quer destruir a frota inglesa? Que brigar com os submarinos, com os torpedos, com os cruzadores do Almirantado?'

"Como podem ver, os meus judeus têm muito senso de humor. Mas eu também tenho senso de humor quando é preciso, então vou responder-lhes que não sei o que quero. Não sei e nem quero saber.

Não fico me perguntando no que vai dar e como será. Só sei que do jeito que a coisa vai, não dá certo e que precisamos reconduzir o pivô do movimento do âmbito internacional para nosso próprio âmbito. Que as forças que devemos usar não podem ser jurídicas, devem ser apenas espirituais. Pois, afinal, o mais ousado esforço de realização de nossa parte é mil vezes mais fértil, mesmo quando falha, que o mais obediente apelo à boa vontade estrangeira, mesmo que prospere".

... E assim por diante durante duas horas. Não foi um sucesso. Havia muita gente contrariada, inclusive assustada com o atrevimento do palestrante.

VII

Ao terminar a palestra, na rua, Winkler bateu no meu ombro: "e aí?"

Não sabia o que dizer-lhe. O homem me interessa, mas o problema continua sendo nebuloso. Aconteceu de encontrarmos no salão S.T. Haim e fomos os três a um café no bulevar para conversar.

S.T.H. era taxativo.

— Um fascista, isso é o que ele é. Um fascista, e não me peçam para considerá-lo menos abjeto só pelo fato de ser judeu. A teoria do estado judeu-palestino, criado por um ato de vontade nacional, que aberração! E que estupidez ao mesmo tempo. Vocês não percebem que há uma maquinação inglesa nessa questão, uma manobra capitalista que será paga pelos árabes, pelos nativos massacrados e os proletários judeus das colônias, explorados até o sangue, em nome do ideal nacional? A Grã-Bretanha precisa de uma pessoa de confiança no Canal de Suez, que o proteja, e então inventa a fábula do "lar nacional judeu". "Lar" é uma palavra muito bonita. Deve ter sido cunhada por um quacre ou algum puritano e alguns milhões de judeus sentimentais aceitaram-na como válida.

"Parece que estou ouvindo esse Jabotinski de vocês: 'O país não se constrói com elementos técnicos'. É mesmo? Então, com o quê? Com a imaginação? Pode ser, mas antes da imaginação existe a geografia e esta é uma questão precisa que você não desvirtua com declarações líricas, que seduzem um auditório de judeus de coração mole. A geografia tem suas terríveis exigências: tantos quilômetros quadrados de terra, tantas montanhas, tantos cursos de água, tanta pluviosidade, tanta seca. Como você vai colonizar com 15-17 milhões de pessoas um país de apenas três pequenos distritos?

"Que vai fazer com os nativos árabes que também possuem o direito de morrer de morte natural e não exterminados pelos sionistas? Como dar vida a um amontoamento artificial de pessoas vindas de todos os cantos e que formam um mecanismo pretensamente nacional, ignorando os mais sangrentos problemas do proletariado, de classes sociais, de economia política falsificada? Gostaria de saber se esse tal de Sr. Jabotinski já ouviu falar dos conflitos trabalhistas dos palestinos, do proletariado palestino, da economia palestina. E gostaria de saber como ele pretende resolvê-los.

"Na verdade, nem quero saber. Pois já sei, sem que ele me diga.

"Parece que ouço: 'Qualquer problema de luta social está subordinado ao imperativo nacional'. Nem Mussolini fala assim. Nem os contrarrevolucionários alemães. Nem Nicolau I, o czar de todos os russos.

"A unidade nacional judaica é uma aberração. Não conheço judeus: conheço trabalhadores e burgueses. Não conheço um problema nacional da Palestina. Conheço um problema econômico e técnico da Síria, da Palestina e da Mesopotâmia que, por sinal, não é um drama mais interessante do que o problema de Cuba, da Indochina, da Rumélia Oriental. O resto é mito, fantasia, farsa."

O marxismo de S.T.H. é incurável. Já não se trata de um pensamento político, mas de uma incapacidade geral de entender a vida sob outras formas. Tudo o que não for números, para ele não é realidade. Isso porque todo fato tem um documento, porque cada prova tem uma contraprova, já que para além disso o resto, como ele diz peremptoriamente, é idílio...

Fiquei receoso que Winkler não aceitasse essa discussão tão aberta e quisesse tentar uma demonstração técnica. Não sei se perderia a briga, pois a briga é difícil com um polemista como S.T.H., mas sei bem que não teria perdido a noite. Winkler teria produzido uma série de números, demonstrando a viabilidade de um estado judeu-palestino e S.T.H. teria produzido outra série de números demonstrando exatamente o contrário.

Novamente observo que Winkler, apesar de sua aparência obtusa, pega um lance no ar e entende facilmente uma situação. Respondeu a s.t.h. levando a discussão a um plano que mudava totalmente os pontos de vista.

— Não vou discutir com você por questões de geografia e de economia palestina, embora pudesse fazê-lo. Nem vou lhe mostrar quão superficiais são os seus argumentos em relação aos árabes e aos judeus proletários. Não nego a realidade deles, mas há uma hierarquia das realidades, coisa que você não quer reconhecer. Pois entre dois fatos igualmente verdadeiros, um pode anular o outro por ter outra significação, outro coeficiente. Vamos deixar assim.

"A questão para mim, não é se os judeus são capazes de implantar um Estado palestino, mas se são capazes de fazer outra coisa, compreende? Não contam as chances de sucesso do empreendimento, mas a sua obrigatoriedade. Se não fizermos isto, morreremos. E se o fizermos, diz você, também morreremos. Não sei. Talvez sim, talvez não. E por este 'talvez' vale a pena ir em frente. Não peça a um povo que vai construir um país que conte o seu dinheiro, que assine uma apólice de seguros contra acidentes e que reserve o seu quarto no hotel por telegrama... Finalmente, devo dizer-lhe que toda essa discussão parece-me vazia. Eu sou soldado, pedreiro, mineiro. Ouço e trabalho. O resto é idílio, se me permite citá-lo."

— Não, não permito. Você pensa como uma mocinha. Por que me ama? "Porque sim." Por que não me ama mais? "Porque não." Reconheça, a sua resposta não é melhor do que essas. Você também se justifica com um "porque sim". Por que você é sionista? "Porque sim."

Aqui tentei intervir, embora o olhar fulminante de s.t.h. tornasse arriscada qualquer réplica.

— Peço desculpas ao Winkler por responder por ele. Só quero dizer-lhe, caro s.t.h., que esse "porque sim" do qual você zomba é, no entanto, uma resposta decisiva. Ser sionista "porque sim", porque você é, significa ser sionista conforme as leis da natureza, por coisa do destino, como ser branco, como ser loiro, como ser moreno, ser sionista como chove lá fora, como neva, como nasce o dia, como cai a noite... parece-me que aqui começa o drama sionista. E em qualquer caso, aqui começam as minhas dúvidas. Pois não acredito que o judeu seja capaz de viver com naturalidade um tal ato de vida coletiva. Digo isto lamentando, pois não é a primeira vez que isto me ocorre. Tenho a sensação de que o movimento sionista é um ato de desespero: um levante contra o destino. Um esforço trágico em busca da simplicidade, em busca da terra, em busca da paz. Algumas mentes que querem fugir de sua solidão e acho, que no fundo, o ato sionista esconde essa semente de tragédia que pisamos com os pés, quem sabe a esquecemos... Ela irá brotar algum dia? Essa é a única pergunta que me faço.

— Não — respondeu Winkler lacônico e seguro de si.

s.t.h. calou-se por um bom tempo. Olhava de vez em quando com certa compaixão, ora para um, ora para o outro. Finalmente, irrompeu:

— Vamos embora pessoal, que estamos perdendo a noite. Não é possível discutir com vocês. Mitos, superstições, poesias... Vocês pensam, não é? Baseados em quê? Vocês cantam. São tenores, é isso que são. Puccini, Giacomo Puccini, o seu maestro. A conta, garçom.

* * *

Não acho que Winkler quisesse me converter ao sionismo. Ele só se ocupava comigo porque eu o intrigava um pouco. Com toda a sua calma de homem crente, as minhas dúvidas psicológicas sobre o sionismo desconcertavam-no mais do que as objeções políticas de s.t.h.

Procurou-me ontem à noite para me convidar a uma reunião.

— Venha — disse. — Vai conhecer um palestino. Um pioneiro: Berl Wolf.

"No fundo, nós discutimos aqui como nos livros, com ideias, com impressões, com argumentos, mas esse é um ser vivo. Precisa conhecê-lo. Falei-lhe de você e disse que vou levá-lo."

De fato eu fui e não entendo por que no caminho estava tão inquieto, tão nervoso. Havia pedido a Winkler alguns detalhes sobre esse tal Berl Wolf que iria conhecer e fiquei sabendo em poucas palavras uma história fabulosa. Aos catorze anos ele fugiu sozinho da Rússia, nos primeiros dias da revolução. Foi ser carregador em um porto do sul e, alguns meses mais tarde, foi preso em Kiel em 1918 quando da revolta dos marinheiros. Estudou mais de um ano em uma escola politécnica inglesa, atravessou o Atlântico, permaneceu algum tempo nos Estados Unidos, onde se dedicou com sucesso ao jornalismo sensacionalista, até que um belo dia, deixou tudo e foi à Palestina, como simples trabalhador em uma colônia. Ficou lá um ano, trabalhando arduamente de sol a sol com a picareta e a pá... Certa manhã, quando os homens se preparavam para ir ao campo, um ataque árabe. Uma bala o atinge no braço direito, perto do ombro, e lhe fratura o osso. Levado no caminhão da colônia até Tel Aviv, ali tem o braço amputado. Tendo ficado maneta, não pôde mais trabalhar na plantação. Dirigiu-se ao escritório executivo sionista de lá: "Quero continuar trabalhando, façam alguma coisa comigo, indiquem-me alguma coisa". Mandaram-no para a Europa como propagandista.

Ao subir as escadas, lamentei ter vindo. Se Winkler não estivesse comigo teria dado a volta já na porta de entrada. "Sabe-se lá o que ainda me espera." Uma longa discussão com o profeta nervoso, outra série de argumentos, outra fiada de incompreensões, um novo s.t.h., sionista desta vez e mais intolerante que o outro, porque este, sem querer, vai falar em nome de seu sacrifício, com o prestígio tácito de um braço perdido na luta. Sentia-me de antemão envergonhado da eventual vitória que eu pudesse alcançar na discussão.

Afinal, que eu sou? Uma máquina de discutir? Que vai me dizer esse homem? E o que eu vou dizer a ele? E quem vai separar a verdade dele da minha? E que bem vai fazer todo esse tempo perdido, todas essas palavras ao vento? Aonde irá parar tudo isso, se no final você topa com as mesmas perguntas, as mesmas tristezas que resistem? Um argumento, uma centena de argumentos, um milhão de argumentos e que tudo vá para o diabo!

Entrei. Uma sala grande, vazia, com alguns bancos de madeira e, nas paredes, duas ou três fotografias, imagens palestinas, provavelmente. Uns vinte rapazes e moças de não mais que catorze a dezesseis anos, acho, ouviam uma história contada por um rapaz mais velho. Falavam fluentemente hebraico, coisa que me assombrou no começo (não sabia que essa língua podia ser falada assim, coloquialmente, socialmente) e fiquei envergonhado. Não entendia nada e me sentia um estranho, deslocado. O rapaz mais velho, aquele que contava a história, fez um sinal para nós de boas-vindas e, quando nos aproximamos do grupo, percebi com espanto que ele, aquele garoto, ainda adolescente, devia ser o nosso homem, o missionário palestino, pois, enquanto gesticulava amplamente o braço esquerdo no ar na medida da história que contava, um pouco declamando, a manga direita da túnica, vazia desde o ombro, ficava grudada ao corpo e enfiada no bolso.

Recapitulei espantado tudo o que Winkler havia me contado no caminho, revi como num filme, em rápidas imagens, a fuga dele da Rússia, a prisão em

Kiel, a travessia do Atlântico, o refúgio em Haifa, os anos de trabalho na colônia e me perguntei onde este homem com cara de criança carregava tantas feridas e lembranças...

Quando acabou o relato veio até nós, Winkler e eu, estendeu-nos a sua esquerda saudável e perguntou em um francês macarrônico se queríamos esperá-lo uma meia hora até terminar com as crianças.

— Enquanto isso, entrem vocês também no círculo.

Fiquei na dúvida. Parecia-me uma brincadeira meio cômica, mas percebi que a minha hesitação era mais cômica ainda, pois parecia intimidado diante da rapaziada.

"Ora, meu Deus, não sou assim tão velho", disse para mim mesmo e abri espaço entre dois pequenos estudantes.

Nosso amigo, o palestino, sempre no meio do grupo, ensina agora um canto iemenita. Ele dizia um verso e as crianças deviam repeti-lo depois dele, em voz alta, primeiro recitando e depois cantando em coro. No começo, fiquei calado, mas ele parou o coro inteiro após as primeiras palavras.

— Não está bom assim, todos precisam cantar.

Fiquei vermelho, sentindo-me visado, mas mesmo assim fiquei calado da segunda vez. Ele insistia novamente, sem nervosismo, como um companheiro.

— Há alguém que não quer cantar. Está zangado. Está zangado conosco, dá para ver, pois do contrário, por que não canta? Vamos pedir-lhe juntos e verão que ele vai cantar.

Não, não, isso é que não. Faço o que quiserem, canto o que quiserem, dou cambalhota se for preciso, mas não olhem assim para mim, todos vocês, como se eu fosse um mau aluno, pego colando e levado ao canto para que toda a classe o veja. Cantei.

Por que não estava lá S.T. Haim para me ver? Teria se matado de rir. Eu mesmo, lembrando da cena, sinto um certo desconforto, indevido por sinal, e também pretensioso. Por que devo ter vergonha de admitir que foi um momento bom, um momento de relaxamento em que percebi que faço milhares de bobagens, irresistíveis, mais fortes do que o meu "espírito crítico", mais fortes do que o meu medo do ridículo?

Do meio da sala, com um cacho de cabelos caídos sobre a testa (porque ele marcava o ritmo com a cabeça), com um sorriso largo iluminando o seu semblante adolescente, o nosso homem incitava-nos a jogar o jogo até o fim. Quando chegou a hora de ir embora, eu já tinha esquecido que havíamos ido lá para um debate de ideias. Aproximou-se de mim e apertou a minha mão mais uma vez:

— Não tenho mais nada a dizer. Quis que você cantasse e você cantou. Isto é tudo.

Isto é realmente tudo. Você pode cantar? Então, está salvo.

No que me diz respeito, porém, eu não posso. Eu tenho pudor, tenho senso crítico, o sentido do ridículo, o controle de mim mesmo e outras trágicas idiotices deste tipo, pois ainda tenho a estupidez suprema de me prezar. Pois é, rapaz, você se esconde atrás da própria caneta neste mesmo momento em que escreve aquilo que lhe parece ser uma confissão e um severo processo interior e, neste mesmo momento, há alguém em você que o parabeniza por baixo dos panos e lhe concede a condecoração de "mérito pessoal" de primeira classe. Escrevo aqui com clareza e de boa-fé que sou um imbecil infeliz ao mesmo tempo em que há uma voz dentro de mim que me consola clandestinamente: "você é um mártir, um herói do seu próprio destino, um guardião dos mais elevados valores da dignidade humana".

A hipocrisia entre a humildade e o orgulho destrói todas as minhas sinceridades... Não é um grito para me derrubar, não é uma revolta contra mim, para me anular com uma pequena reserva escondida, como uma desculpa previamente consentida.

Acredito, porém, quero acreditar, estou convencido de que a minha impotência de cantar com eles é uma fraqueza, não um título de nobreza, que esta impotência de voltar à multidão – qualquer multidão –, de me revirar na selva, de esquecer de mim e me perder, é uma triste abdicação, uma triste derrota.

Ah, se eu pudesse me orgulhar disto, se ao menos isto pudesse...

VIII

Não tornei a ver Abraham Sulitzer, o meu velho Ahasverus do trem daquele dia no feriado de Natal. Eis que o reencontrei agora. É assombroso como as pessoas entram e saem do meu círculo tão oportunamente, como se fossem regidas por uma sequência dialética que as chama e as afasta, conforme se tem ou não necessidade delas. A vida tem coincidências deste tipo que a literatura não se pode permitir. Se eu fosse literato, acho que a coisa mais difícil seria mascarar os golpes inverossímeis da realidade, os seus atrevimentos, as suas iniciativas... (E o que tem a ver essa reflexão aqui? Devo relatá-la ao Walter. Ele que é crítico e jornalista vai inseri-la pelo menos em um artigo.)

    Descobri que Abraham Sulitzer é meu vizinho. Mora a uma centena de metros, à esquerda, numa viela que dá direto na minha rua. Só que ele sai para o trabalho às sete da manhã e eu só lá pelas nove, assim sendo, poderíamos ter vivido dois séculos um ao lado do outro sem nos encontrarmos. Ontem, porém, eu precisei ir cedo até a estação (um pacote enviado através de Lulu) e na volta, virando a esquina, dei de cara com meu amigo Abraham.

— Vi você na semana passada na conferência do Jabotinski, quis chamá-lo, mas no final mudei de ideia. Que sei eu, talvez você tenha me esquecido. Um vendedor de livros encontrado uma vez num trem... Queria perguntar-lhe se leu a história de Șapsă Zwi. É um livro pelo qual eu tinha muito carinho.

Tranquilizei-o de alguma forma, garantindo-lhe que eu também fiquei interessado. Mas tenho certeza de que ele não gostou da resposta. (O que é "fiquei interessado"? Um livro ou nos derruba ou nos ergue. Caso contrário, para que gastar dinheiro com ele?). Certamente Abraham Sulitzer pensa assim, mas falar, ele não fala. Apenas sorri, cheio de reticências e apressadas amabilidades. (E então? Digamos que você não gostou... Digamos, como você diz, que ficou interessado. E daí? Está no seu direito. O que se há de fazer?...)

Despedimo-nos rapidamente – ambos estávamos com pressa – mas me convidou à sua casa aquela noite, coisa que aceitei com alegria.

* * *

Livros e mais livros por toda parte. Já vi pessoas falando com seus gatos, com seus cachorros... Abraham Sulitzer fala com os livros.

"Venha aqui, você aí da terceira fileira. Venha aqui com o papai. Quietinho, pois vai derrubar a fileira inteira e depois quem é que arruma tudo no lugar? Você? Nem pensar. Tudo eu. E com quem a Roza grita? Comigo. Coitado de mim!" O senhor Sulitzer exagera. Roza, sua esposa, não grita: quando muito resmunga.

"Senhor", lamenta-se ela naquele mesmo sotaque moldavo-judeu um pouco cantado como o dele, "eu também tenho irmão, cunhados que são negociantes. Um vende armarinhos e o outro é sapateiro. E então? De dia, fica na loja e vende, à noite fecha a loja e acabou. Alguém leva os carretéis para casa e fica falando com eles? Esse meu marido é uma desgraça. Tenho a maior vergonha das vizinhas, pois se acontecer de alguma delas entrar para me pedir emprestado um pouco de chá ou um pouco de sal porque o delas acabou e dão de encontro com ele, um homem feito falando sozinho com as paredes, com os livros. Diga-me o senhor se isso não é loucura..."

Eu tento evitar uma resposta precisa, para não criar novos conflitos no lar Sulitzer, mas meu amigo Abraham, assediado por livros em sua mesa, tímido e sábio, sorri por cima dos óculos, atrás de duas capas amplamente abertas, um sorriso de cumplicidade ("deixe-a falar, ela é assim, assim são as mulheres; depois passa"), sorriso de criança que derrubou o pote de geleia e agora espera o castigo.

Olho bem para este velhote comportado, este amante de livros até a mania, até o vício. Olho para

125

este paciente filósofo aterrorizado pelas ranhetices de uma esposa terrível, contra a qual não tem outra arma senão um sorriso disfarçado que me faz lembrar, de repente, do senhor Bergeret.

Como Abraham Sulitzer entre seus livros se parece com ele! Abraham Sulitzer e Anatole France. Um Anatole France que fala iídiche. Como sou impiedoso!

Mostra-me uma biblioteca inteira, cheia de surpresas. Cervantes traduzido ao iídiche, Molière, Shakespeare. E mais perto de nós Galsworthy, Dostoiévski, Turguêniev, Thomas Hardy. Estou fascinado e ele, triunfante. Após cada volume que passa às minhas mãos exibe um sorriso de pérfida modéstia, como um anfitrião orgulhoso de servir um raro vinho envelhecido, sem prevenir você de sua qualidade, apenas para testá-lo. Cada vez que exclamo, pasmo, diante de uma nova descoberta, ele se afunda mais ainda entre as capas, mal simulando uma indiferença que só esconde a sua alegria pela metade. E quando o triunfo é decisivo (uma edição judaica de Dante, magnificamente impressa em papel pergaminho, com letras grandes, como que gravadas na madeira) não consegue se conter e irrompe quase furioso, brigando não se sabe com quem.

— Bonito? Você diz bonito? Bonito como um cachorrinho? Bonito como uma gravata? Não senhor, não é bonito: é arrebatador.

Seus olhos soltam faíscas, pela primeira vez carregados. Roza fica calada, um pouco assustada, sem saber bem o que está acontecendo e eu mesmo fico um pouco incomodado. (Não gostei, Abraham Sulitzer; achava você um cético sério, não um amador com ataques histéricos.)

Acalma-se rapidamente e volta a ser tolerante. Agora com um pouco de coragem, talvez não ponha em risco o meu pescoço se eu lhe disser – para testá-lo – que não gostei desse exemplar que o enche de emoção. Não acho que me mataria, apenas se limitaria a me pôr para fora.

A verdade é que não estou aqui para brincar e as revelações de sua biblioteca abrem aos meus olhos um mundo que eu nem imaginava. Cultura em jargão? Cultura europeia em jargão? Por quê? Para quem?

Pergunto a Abraham Sulitzer e, desta vez, ele já não está emocionado, nem furioso, mas triste.

— Eu estava esperando que perguntasse. Até me admirei porque demorou. No final das contas, você não sabe sobre nós mais do que o mais reles rapazola da rua que segue os judeus de caftan, quando aparece algum perdido por aqui e lhe gritam "oi vei" e "akiki azoi". Jargão! Alemão deturpado! Língua de periferia: isto é o iídiche para você. Se eu dissesse que é uma língua nem bonita nem feia, que é uma língua viva, na qual se sofreu e se cantou centenas de anos, se eu dissesse que é uma língua que refletiu sobre tudo o que há no mundo, você ficaria me olhando, assim como está fazendo agora. Jargão! Humm. É uma língua viva, meu caro, com nervos, com sangue, com suas amarguras, com suas belezas. Com sua pátria que é o gueto, ou seja, o mundo todo. Tenho vontade de rir quando ouço esses sionistas falando o hebraico aprendido nos livros. Será que nós precisamos do hebraico? Com dicionários, gramática, filologia e o diabo a quatro? Coitados... Eles abandonam pelo caminho uma língua saudável e correm atrás dos túmulos de uma fala que existiu e não existe mais. Que Deus me perdoe, eu também falo um hebraico que aprendi dos anciãos, mas como dizer isso? Sinto que há uma frieza nele, é áspero, é gelado, é vazio, como se eu caminhasse num salão de pedra, comprido, comprido e deserto, sem um ser vivo, sem uma planta, sem uma janela. Como dizer nessa língua, "está doendo", "está ardendo", "tenho saudades de você"? E se disser, resolve alguma coisa? Fale "está doendo" em iídiche e, ao dizê-lo, você já sente a dor. Ali tem sangue, tem calor, tem vida...

— Não conheço bem nem uma nem outra — respondi-lhe. — Assim sendo, não sei quanta razão você tem, e não se zangue comigo, mas não acho que seja muita. O iídiche é apenas um jargão e isto é grave. Uma língua que surgiu da deformação de outra. Essa origem não é humilhante? Acho difícil acreditar que com a desfiguração de uma língua possa ser criada outra.

— É aí que você se engana, assim como os seus sionistas. Não se trata de uma língua corrompida. Trata-se de outra língua, simples assim.

"O iídiche só é ridículo na boca dos judeus ricos que têm governanta alemã para seus filhos e acham que se falarem mal o iídiche falam bem o alemão. Porém, o iídiche simples e sincero do judeu sem ambições e sem governanta alemã é uma língua cálida, passional. Há milhões de judeus que a falam, milhões que vivem nela. Para esses milhões é que são impressos esses livros que você está vendo, para esses milhões escreve-se em iídiche, traduz-se em iídiche, montam-se peças de teatro em iídiche. É uma vida inteira, uma multidão, que tem a sua elite e essa elite sem diplomas, sem universidades, quer ser informada, quer conhecer, quer refletir.

"Há romancistas, poetas, críticos, ensaístas que escrevem em iídiche e se você soubesse quantas maravilhas encerra essa cultura do jargão, que você tanto despreza sem a conhecer, provavelmente sentiria remorsos. Nem vou falar do folclore do gueto, tudo em iídiche, o folclore sempre vivo, sempre criativo, com raízes perdidas por aí, com cantores anônimos, com humoristas desconhecidos, com heróis, com lendas, com mitos, duas vezes vivos, uma vez pela presença imediata na vida do gueto, e uma segunda pelo mistério mais distante da vida na sinagoga. O realismo do gueto, urbano, nervoso, apressado e o misticismo da sinagoga unem-se nesse folclore de bairro judeu e dão lugar a algo pelo qual, se você tiver ouvidos e alma, vale a pena viver e morrer."

— Principalmente, morrer — interrompi-o —, já que viver está difícil. Não vejo muito esses tais de milhões de falantes de iídiche. E nem mesmo esse tal bairro judeu. Em compensação, vejo massas inteiras de judeus que assimilam definitivamente a cultura do país em que vivem: judeus franceses, judeus alemães, judeus americanos, judeus romenos. Há cem anos o jargão iídiche era a língua deles. Hoje, já a esqueceram. Amanhã, seus filhos não vão nem se lembrar de que existiu alguma vez. E a algo tão frágil, por mais bonito que seja, você quer atrelar uma cultura?

— Você esquece que, felizmente, ainda existem os antissemitas? E que, graças a Deus, ainda existem, de vez em quando, os *pogroms*? Por mais que você se assimile em cem anos, um só dia de *pogrom* joga-o dez vezes mais para trás. E então, o gueto, coitado, está pronto para recebê-lo de volta.

— Por que o gueto e não as colônias palestinas? Você fala com tanta paixão do gueto como se não fosse um exílio, e com tanto amor pelo jargão como se não fosse uma língua de empréstimo. Se for o caso de voltarmos, por que não voltamos aos primórdios, ali de onde saímos há dois mil anos? É difícil tanto de um jeito como de outro. Mas, se é difícil, que seja pelo menos de uma vez para sempre.

— Dois mil anos? Você acha que há algo de sionismo nesses dois mil anos? Acha que esses rapazes do Jabotinski que usam botas, batem continência, andam de bicicleta aos sábados e sabem dizer em hebraico "dê-me um cigarro" ou "vamos a uma partida de futebol", você acha que esses rapazes têm algo em comum com aqueles nossos dois mil anos de sangue? Dois mil anos passados entre chamas, em naufrágios, por descaminhos que chegam até nós pela história do gueto. É uma história vivida à luz do candelabro.

"Nós queremos sol", gritam eles. Tudo de bom para eles, que sejam futebolistas. Terão sol por muito tempo. Mas essa lâmpada perto da qual estivemos lendo durante tantas centenas de anos, essa lâmpada é o judaísmo – não é o sol deles.

— Você está velho, senhor Sulitzer, por isso fala assim.

— Não sou velho, sou judeu. É isso que sou.

* * *

Eu me enganei um pouco. Abraham Sulitzer não é um senhor Bergeret, a não ser como marido em seu relacionamento com a dona Roza. Como intelectual, porém, nas relações com as ideias, torna-se categórico e opressor. Ao defender o gueto não é menos intolerante do que Winkler, que defende o sionismo, nem menos do que S.T. Haim, que xinga os dois. O absoluto é o vício deles em comum.

Visitei-o ainda umas duas vezes, à noite, mas evitei discussões. Ele lê de modo admirável e pedi-lhe que me lesse algo de seus livros prediletos. Foram horas prazerosas de leitura de Șalom Aleichem. Uma figura genial e, provavelmente, intraduzível. Que humor triste, que riso lúcido, que senso crítico agudo e detalhista, tudo envolto na melancolia da miséria, do medo...

IX

Morreu a Baba. Em dez horas, após um ataque de angina. Chamado por telegrama cheguei a tempo de segurar em minhas mãos suas mãos ainda vivas, aquelas mãos miúdas, finas e ossudas, que não descansaram um segundo em setenta anos de vida, pois até mesmo no sono tinham espasmos de inquietação.

Morreu com dificuldade, resistindo até o final, sofrendo atrozmente, percebendo tudo, até o último momento, com os olhos abertos e inquisidores. Que impiedosa a lucidez dos moribundos! Com um olhar baço, mas atento, em um supremo esforço de não deixar escapar nem um gesto, nenhum sinal, nem uma sombra.

Por que tanta obstinação? Se a morte vem, deixe que venha. Receba-a.

Teria gostado que essa nossa velha aceitasse o fim com simplicidade, que lhe sorrisse em sinal de amizade, em sinal de bom acolhimento. Teria gostado que se lembrasse da Bíblia que havia lido para mim, dos patriarcas amigos, de suas esposas compreensivas, teria gostado que se lembrasse das velas acesas nas noites de sextas-feiras, da touca branca que usava ao passar entre os candelabros de latão, que se lembrasse do pão que amassou com suas próprias mãos a vida inteira, que se lembrasse de todas essas coisas simples, de todas essas alegrias satisfeitas e que entrasse na morte com sua auréola caseira.

Por que tanta resistência? Por que tantas perguntas? Parecia querer se agarrar aos minutos, parecia lutar contra tudo.

Revi a agonia do meu avô, ainda mais atroz, pois não era um sofrimento físico, mas um acerto de contas com Deus, uma cobrança ao destino, um último protesto, um grito.

Mas ela, a Baba, com sua aparência de criança travestida de avó, deveria morrer de outra maneira, mais obediente, mais suave...

* * *

Como morremos mal! Nem isso aprendemos nos séculos de mortes pelos quais passamos. Vivemos mal e morremos pior ainda, em desespero e luta. Deixamos escapar a última chance de paz, a única chance de salvação. Triste morte judaica de pessoas que, não tendo vivido entre plantas e animais, não tiveram a oportunidade de aprender a beleza da indiferença diante da morte, sua dignidade vegetal. Talvez seja o maior pecado judaico.

E a atrocidade do luto judeu. A vigília noturna antes do sepultamento, as cabeças balançantes e cansadas das carpideiras, o lamento do *kadish*.*

Só uma coisa bonita: a mortalha branca dos mortos. Poderia ser algo régio nesta volta à terra, um fato solene, bom, generoso. No entanto, nós o mutilamos com o nosso desespero sufocante. Dizem que somos céticos, mas não merecemos tal elogio. Já vi como se chora em um sepultamento judeu e não conheço algo mais desconjuntado, mais lamentável. Aferrar-se com tanta teimosia a esta vida, renunciar a tudo, só para não renunciar a ela, constrangê-la com um amor desesperado e pensar-se perdido, quando já a perdeu, que terrível incapacidade de olhar um pouco mais além.

Quem alguma vez encostou-se em uma árvore, quem alguma vez pensou com melancolia sobre a própria solidão, não pode encarar a morte com o sentimento de estar acima dela, haja o que houver, um pouco acima dela, sorrindo-lhe com indulgência, com amizade, com uma ligeira emoção de reencontro, com ligeira comoção sensual.

Nosso luto é visceral, tirânico, carente de entendimento. Pior e mais grave: é carente de amor. De tantas coisas triviais existentes na sensibilidade

---

* *Kadish*: prece judaica. (N.T.)

134

judaica, este luto que parece uma decomposição, é a mais abjeta. Acho que aprendi isso aqui, no gueto. A morte na Bíblia é um fato majestoso.

A dor de minha mãe me destroça. Irrita-me, inclusive, pois queria vê-la se não resignada, ao menos compreensiva. Tive até alguns momentos de briga. "Ela era a minha mãe e quero chorar por ela", disse-me rudemente, defendendo o seu direito de se lamentar. (Às vezes tenho a maliciosa impressão de que encontrou nas lágrimas uma nova voluptuosidade e que a procura lá no fundo.)

Sou injusto, certamente, pois sei que a morte da Baba e o amor por ela machuca se não houver esquecimento e é justamente isso que não quero perdoar, esse amor com direitos mais fortes do que a morte. Esse amor que se debate em manter aqui presa, uma sombra que passou para o outro lado. Não existem tais direitos, não podem existir tais direitos.

Há mais alguma coisa que me inquieta. Tenho a impressão de que aqui está comprometida a minha liberdade pessoal. Não posso aceitar que algum dia, quando chegar a minha vez de morrer, eu deixe para trás esse tipo de dor selvagem, sem salvação, sem sentido. Não quero ser amado com tanta intolerância.

Se algum dia eu tivesse que dar a minha vida por alguma coisa, por uma revolução, por um amor, por qualquer besteira, o pensamento de que minha mãe sofresse por mim do jeito que está sofrendo hoje seria um ato de terror. Será que ela tem o direito de sofrer assim? Não seria isto infringir o meu direito de decidir? Não seria um impedimento no desenrolar do meu destino? Não seria uma terrível pressão moral? Amar tão injustificadamente, amar de forma tão asfixiante, até o sufocamento, até a indignidade. Há devoções demais na família judaica, efusões demais, renúncias demais. Um excesso não permitido pelos bons filhos e pelas mães prontas ao sacrifício. Nenhuma reserva, nenhuma indiferença. Isto leva inevitavelmente a compromissos moderados. Invejo a digna, a contida indiferença dos aldeões: um beijo na mão e adeus. E a morte, quando chega, chega como se fosse um parente.

Em casa, a única pessoa que não ficou perturbada com a morte da Baba foi a Mãezona. Com seus noventa anos eis que sobrevive à outra avó, tão mais jovem e mais apegada à vida do que ela. "Deus não escolhe, hoje foi ela, amanhã serei eu." Acho que viver ou morrer para ela é a mesma coisa. A Mãezona é da linhagem do pai, de um tipo de gente que morre tarde, de velhice, aos cem anos, placidamente, sem pesares. A morte deles é boa e simples. No ramo familiar de minha mãe, no entanto, morre-se de forma bem diferente e foi assim a morte da Baba. Deste lado, morre-se cedo, de combustão abrupta, de agonias curtas, em que se debate pela última vez por uma busca sem solução. A saúde deles é provisória, nervosa, conservada com esforços permanentes, com uma difícil vitória cotidiana sobre uma biologia cansada.

É mais uma resistência cerebral, um ato contínuo de vontade. Um dia, o arco interno que os sustenta pela tensão, rompe-se subitamente. É uma morte judaica.

Os homens da família do papai não a conheceram e acho que é uma verdadeira lei familiar, pois não há nenhum exemplo de avô ou tataravô da parte deles que tenha morrido antes dos noventa anos. É um sangue forte que não foi tornado ralo pelo talmude e não foi envenenado pela luz do candelabro nas longas tardes na sinagoga. Viveram perto de um rio, viveram entre barcos, entre cereais. No seu íntimo, a Baba os desprezava. Seu excesso de saúde parecia-lhe, provavelmente, um sinal de vulgaridade.

* * *

Desci algumas vezes até o porto, pela manhã, para ver os novos rebocadores que começaram a chegar. Há uma luz fria e viva, lavada de ventos e chuva. Tem o cheiro da casca úmida do salgueiro, o cheiro do tronco jovem surgindo sob a neve que já se foi. Ao longe, os Montes Măcin, azuis, com os picos ainda brancos.

Algum apito de barco chama, às vezes, com um som juvenil de potro que relincha.

Vamos esquecer, meu velho senhor, vamos esquecer o que é preciso esquecer: veja, a estação ressurge.

X

O trabalho no ateliê começa a ficar cada dia mais difícil. É uma primavera insuportavelmente linda, que floresce com violência, como se tivesse que se vingar daqueles cinco meses de inverno e daquelas oitenta nevadas que tivemos que suportar. As manhãs no curso ainda transcorrem na esperança da hora de liberdade do meio-dia que me espera como uma recompensa. As ruas parecem ainda mais largas, as casas brancas, as mulheres luminosas. É uma impressão de nudez geral.

A volta ao ateliê, porém, empana tudo, obscurece a estação. A argila está grudenta, a plastilina cheira mal, o ar tem uma frieza de porão úmido. Trabalhamos todos taciturnos, irritados, de má vontade. Torturei uma bola de plastilina por quatro horas e não consegui realizar nada, nada de nada. No final da tarde, veio Marga para me levar até a estrada e assim pelo menos pude me recompor, pois fomos muito longe

138

a pé em direção a Băneasa. Ficamos olhando alguns aviões que faziam exercícios de pouso e decolagem. Marga, que até então não tinha visto um avião de perto, alegrou-se enormemente como se estivesse diante de um espetáculo milagroso. Seguia pelo campo a sombra do avião, uma sombra plana, de grande pássaro voando baixo a alguns metros da terra e gritava vitoriosa cada vez que conseguia pisar com a ponta do sapato a cauda dessa sombra rápida.

Depois, cansada, caiu ofegante nos meus braços, com todo o sangue no rosto e o cabelo alvoroçado pela brisa do começo da noite, sem força suficiente para rir tanto quanto queria, mas feliz, exuberante, alvoroçada de contentamento.

Anoitecia lentamente, como uma bandeira ondulante e voltamos à cidade, cansados de tanto respirar.

— Venha dormir em casa, Marga.

Disse-lhe isso com tanta simplicidade que ela percebeu que eu não estava brincando e retirou a mão dela da minha sem rispidez, mas com firmeza. Ela é sem dúvida uma moça virtuosa e contra isto ninguém pode fazer nada.

Sua resistência moral é mais forte do que o mais maravilhoso pôr do sol de abril.

"Resistência moral" é algo excessivo. Na realidade, é algo mais do que virtude: é a impossibilidade de perder. Em algum lugar, em sua consciência de moça sensual e amorosa, há uma voz que lhe pergunta: "e depois, o que vai fazer?" Isto se chama previsão e se chama também mediocridade.

Não questiono o seu pudor, nem sua paixão. Só que ambos são igualmente modestos. Nem bastante pudor para resistir aos abraços, nem bastante paixão para ceder totalmente a ela. Resta sempre uma última reserva de prudência que breca a efusão quando necessário.

Vi homens jogando roleta transfigurados por um furor; mas os mais abjetos não me pareceram aqueles que se atiravam loucamente no jogo, perdendo tudo, dinheiro, palavra e vida, e sim aqueles jogadores temerosos que tremiam por qualquer ficha, que a cada cinco minutos faziam infinitas contas e saíam do jogo no momento em que atingiam uma cifra "razoável" de perdas. A mediocridade do vício parece-me a mais desonrosa das mediocridades.

Há algo desta moderação temerosa nas hesitações de Marga e o sentimento de que nos melhores momentos de entendimento entre nós ela toma, como se diz, "todas as precauções", desencoraja-me.

Sei que de agora em diante qualquer gesto ardoroso estará banido, qualquer espontaneidade, tolhida.

Gostaria de ser um cafajeste de periferia, daqueles que são galanteadores até conseguirem seduzir a amada e ingratos depois. As desculpas de Marga seriam muitas, embora insuficientes. Pois não se trata de mim. Não se trata do que eu posso dar em troca, mas do que ela pode perder com sua passividade de alma leve e total falta de prudência. No amor, ninguém valoriza mais do que aquilo que pode perder.

* * *

Estou cansado de mim, estou enfastiado dela. Vamos nos separar. É uma boa moça e vai ser uma excelente esposa. Ela faz parte de uma linhagem de esposas.

Não me lembro bem: existe na Bíblia uma amada, uma amante? Parece-me que só mães, irmãs e esposas. É muito bonito, mas um pouco asfixiante.

Acho que daqui, desta lenta decomposição em muitos afetos provém o gosto judeu pela solidão, pela nostalgia de estar sozinho consigo mesmo como uma pedra. Penso com inveja na suprema insensibilidade dos objetos, em sua extrema indiferença.

TERCEIRA PARTE

Levei o contramestre até a estação de onde ele pegava o trem para Brașov e de lá voltei a pé para a obra. "Quem diria que temos aqui cinco anos de trabalho...", dissera ele pelo caminho, na Curva Ursului,[*] de onde se veem entre as sondas dos poços de petróleo alguns dos nossos telhados. Ele falava com desprendimento e não tive a impressão de que esperasse de minha parte uma réplica melancólica. Não é seu estilo.

"É mesmo, cinco anos", confirmei, sem mais.

Na estação, esperando o trem, resumi de novo a programação de trabalho para a semana seguinte, dei-lhe algumas plantas para assinar e tentei retomar a discussão sobre a Vila Rice, esperando arrancar-lhe na urgência da partida uma posição mais conciliadora.

---

[*] Do Urso, topônimo: curva do Urso, rio do Urso. (N.T.)

— Pelo menos se esperarmos mais alguns dias, até a volta do velho Ralph.

— Não, nada de esperar. Os trabalhos vão continuar do jeito que começamos. Entende? Considero você responsável por qualquer atraso e não quero nenhuma desculpa. Vamos trabalhar mesmo que chova. Diga o mesmo ao Dronțu.

Depois, por ter falado tão rispidamente, pegou-me pelo braço e acrescentou em tom mais suave:

— Nós trabalhamos assim. Se o Rice não gostar, ele que mande derrubar, mas nós trabalhamos assim.

Assim entendidos, despedimo-nos.

Ainda havia luz do dia e senti a necessidade de caminhar sozinho. Falei ao motorista que seguisse à frente e dissesse a Dronțu que eu iria me atrasar para a janta.

Cinco anos! Nunca tinha pensado neles, não os tinha contado. A reflexão do contramestre voltava à minha mente como o descobrimento de algo totalmente novo. Cinco anos. Conto novamente: são cinco anos nas costas.

Lembro-me daquele dia chuvoso de março quando descemos do automóvel, no meio da Rua Uioara, o contramestre, o velho Rice, Dronțu e eu, cercados de algumas crianças assustadas e vigiados pela aldeia inteira escondida nas casas, atrás das janelas e cortinas. Rice não nos havia avisado que entraríamos em uma zona de franca hostilidade. Só sabíamos vagamente, pelos jornais, a respeito dos conflitos da Exploração Mineral Rice S.A. com os aldeões antigos, proprietários das concessões. De qualquer modo, estávamos longe de saber qual a extensão de tais conflitos. Talvez nem o próprio Rice tivesse ideia da gravidade do assunto, pois havia assinado uma série de cheques e pensava ter resolvido assim toda a questão. Esse americano ossudo nunca vai perder o seu ar arrogante e de homem que pode dizer a qualquer momento, em qualquer lugar, para qualquer um: "eu pago!"

Havia alguma tensão naquela nossa visita ao terreno. Rice, calmo, com as mãos nos bolsos, o contramestre calado e inquisidor em seu silêncio, Dronțu curioso olhando com espanto aquela ruazinha deserta em que só passava alguma galinha amedrontada de quando em quando, sinal de que esses lugares não estavam completamente mortos.

— Ô de casa! — gritou Dronțu ao acaso, para ver se alguém ouvia.

Ninguém respondeu e o nosso passeio, que foi muito além do final da vila, continuou naquela calmaria engessada, até onde se começava a ver, a uns três quilômetros, os primeiros esqueletos das sondas.

Apesar dessa recepção estranha, apesar da chuva miúda que pinicava o rosto, apesar do lamaçal que tornava o caminho impraticável, a paisagem era linda. Imensos torrões de terra preta recentemente cortada no sopé do morro, grandes taludes desmoronados, vigas, troncos de árvores cortadas, tudo estava revirado como após a passagem de um trator gigante.

Soprava um vento frio e intenso, com um penetrante aroma de vegetação molhada, mais forte do que o cheiro do alcatrão e do carvão queimado.

Nos canteiros de obras ouviam-se marteladas, o ronco sutil, quase musical, da serra. Os sons chegavam de forma diferente pela brisa do degelo de março.

O contramestre lançou um olhar circundante de quem quer dominar a situação e assim entendi que o trabalho o interessava. Em seguida, fez alguns esboços, tirou algumas fotografias (até hoje me espanta a rapidez com que ele descobre um ponto de vista interessante em um terreno), anotou alguns números e fechou todas as plantas e pranchas numa pasta e disse seco, à guisa de conclusão: "Logo veremos".

Na volta, no carro, pedi a Rice esclarecimentos sobre os moradores de Uioara.

— Nunca vi ninguém, afirmou. Eles fogem de mim e eu não morro de amores por eles. Paguei os terrenos deles até o último centavo, conforme a avaliação da perícia. Que mais eles querem? São teimosos e burros.

— As ameixeiras devem ser um problema — interveio Marin Dronțu na discussão.

— Que ameixeiras?

— As ameixeiras. Vocês não viram? Estão brancas, da copa até a raiz. Não sei que diabo caiu sobre elas: fuligem, cinza de cigarros, pó de carvão, sei lá.

— São os resíduos sólidos — esclareceu Rice. — Um material usado na perfuração das sondas. No outono passado, fizemos uma primeira experiência com a sonda A19.

148

— E as ameixeiras não poderiam ter sido poupadas?
— irritou-se um pouco Dronţu, para nossa surpresa.
— É uma infantilidade, meu caro. Dá para ver que o seu forte não é a indústria petrolífera. São riscos inevitáveis. E, além disso, mínimos. Afinal, o que é uma ameixeira?

— É daí que provém a sua briga com o povo de Uioara, justamente porque o senhor não sabe o que é uma ameixeira.

Muitas vezes me lembrei dessas palavras de Dronţu, pois não houve conflitos na região e nem processos que não tivessem relação com estas malfadadas árvores destruídas que ele tinha visto, desde o primeiro dia, com seu olhar de camponês filho daquela geração de aldeões.

"Meu irmão, essa questão das ameixeiras é complicada", dizia ele. E agora, quando acontece de encontrarmos nos canteiros algum homem de Uioara Velha, que olha direto e carrancudo para nós, enfiando o gorro até as orelhas, para que percebamos muito bem por que é que não nos cumprimenta.

Rice não entende nada. "Essa gente é maluca", vocifera. "Malucos sim", reforça o contramestre, "mas é preciso levar em conta a maluquice deles".

Dou risada até hoje quando me lembro da cara do velho Ralph em abril, há cinco anos, lá em cima no seu escritório na Praça Rosetti, quando o contramestre expôs a ele as suas propostas preliminares.

149

Deve ser novamente avaliada a concessão dos terrenos e distribuir uma indenização complementar. A vila Uioara deve ser deslocada de seu local atual alguns quilômetros mais à direita até as proximidades do Rio Ursului, para dar-lhe um novo assentamento naquele lugar. Organizar uma faixa de segurança para todos os pomares que existem do lado de lá dessa linha, para que se regenerem já que sofreram até hoje de resíduos sólidos e alcatrão, colocando-os de agora em diante, a salvo de futuros danos.

O atual terreno da vila Uioara será recomprado dos agricultores cedentes e ficará nas mãos da Sociedade para que construa todas as instalações necessárias: refinaria, depósitos, escritórios, vila para os engenheiros e funcionários, vias de acesso para os canteiros e sondas. A aldeia Uioara será simplesmente riscada do mapa do seu lugar atual, sendo reconstruída no vale Ursului. Desse modo, entre as sondas e o quartel-general da Sociedade, não haveria nenhuma separação.

"Que absurdo!" gritava Ralph Rice. "Que absurdo!", gritavam com ele todos os engenheiros de minas.

A verdade é que o plano do contramestre era complicado. Sem dúvida, os riscos eram imensos e as chances de sucesso, discutíveis.

De qualquer maneira, Rice brigava. Não vou esquecer as horas de controvérsias no escritório do velho onde noites a fio, até as três ou quatro da madrugada, o contramestre excitado de tabaco e café argumentava com pranchetas, com esboços, com números, enquanto Rice o ouvia furioso e sombrio, medindo a sala de um canto a outro, rugindo de quando em quando ou batendo com o punho na mesa ao sentir que lhe faltavam respostas. Era apaixonante e exaustivo.

O estado-maior dos especialistas estava indignado porque o arquiteto, um profano, permitia-se a atrevimentos em um negócio que não entendia e nem era de sua conta.

— O senhor foi chamado para ocupar-se das construções propriamente ditas da indústria. Para construir uma refinaria, um lugar para os escritórios e uma série de alojamentos. Só isso. Qual é o seu interesse em petróleo, em resíduos e em sondas?

— Pouco me importam as sondas de vocês. Tirem de lá petróleo, óleo ou soro, para mim dá na mesma, mas não posso construir aos pedaços. Preciso de um terreno e de um espaço e, principalmente, não posso construir uma cidade industrial em uma vila de viticultores. Não posso construí-la nem à direita da vila, pois não sou louco de deixar entre as sondas e a cidade uma faixa de camponeses que vocês vão defumar e envenenar em um ano ou dois ou dez, eles e suas ameixeiras, até que um dia fiquem saturados de fumaça e coloquem fogo em vocês e nas sondas com as quais vocês brincam de extrair petróleo.

... A briga não terminava até de madrugada, sem chegar a nenhuma conclusão e com todos os combatentes roucos.

Cada item do plano era ganho e perdido dez vezes. Tudo o que o velho Ralph consentia na noite anterior, no dia seguinte, já com as forças restabelecidas, ele desdizia. Certo dia, quando as coisas pareciam ainda mais longe da solução, aceitou tudo, assinou tudo e cedeu em tudo. No começo de maio, finquei a primeira pá. E lá se foram cinco anos...

Como foi difícil e como foi simples tudo aquilo! O que mais amo na Arquitetura é a simplificação progressiva da ideia, a organização do sonho. Por mais precisos que sejam os planos iniciais, há algo de nebuloso em qualquer início de construção, pois essa precisão é apenas técnica e abstrata, enquanto o sentimento concreto da realização só vem mais tarde, depois que a vida começou a colaborar com o seu trabalho. A única coisa que reconheço nesses cinco anos de labuta são os planos do contramestre. O resto foi surpresa, aconteceu por resistência, por acidente.

"Deve-se deslocar a vila Uioara de seu local atual alguns quilômetros mais à direita até as proximidades do rio Ursului". Fácil falar. Até certo ponto, era até fácil de fazer. Mas, ocorreram resistências com as quais não contávamos, superstições, forças latentes que não haviam entrado em nenhum plano e que acabamos forçados a levar em conta. Uioara Nova nem é exatamente aquela vila projetada pelo contramestre, uma transposição da velha comuna de viticultores e isolada da exploração Rice, e nem a Uioara Velha foi completamente substituída por edificações industriais. Houve alguns velhos ma-

152

níacos que não quiseram ceder de jeito nenhum suas antigas posses e, de forma tola, ficaram com as suas ameixeiras à mercê das ondas de alcatrão e resíduos sólidos; enquanto isso, do outro lado, na Uioara Nova, apareceram alguns jovens doidos que não quiseram mais saber das vinhas e desceram para o vale até as sondas para trabalhar na refinaria. Uma via de mão dupla que muda a região inteira transtornando velhos assentamentos humanos, precipitando novos processos de formação social, tudo muito complicado para poder ser assimilado naquele momento.

Nos tribunais e nas cortes, os processos diminuíram, mas ainda ficaram vários. Rice paga sempre e vive lidando com eles. Há algumas resistências locais de uma tenacidade que nada vai deter, a não ser, mais tarde, a morte.

Mais de uma vez aconteceu de quebrarem uma ou duas vidraças na refinaria ou na administração. De onde vieram essas pedras? Quem as jogou? Por quê? Normalmente, o inquérito não vai muito longe. É mais prudente. Daqui a vinte anos tudo será esquecido, irrevogavelmente esquecido.

Enquanto isso, nós construíamos. A refinaria só ficou pronta há dois anos. Hoje me sinto constrangido de pensar que tomei parte na sua construção. Foi muito fácil erguer os escritórios e os alojamentos, infinitamente mais tranquilos. Acho que no ano que vem no verão, estará tudo terminado. Fomos mudando o acampamento e o canteiro de obras para as margens, sempre para as margens desta pequena cidade que foi levantada ao nosso lado. Cinco anos! Não diria que já se passaram tantos.

* * *

Mudou o turno da noite nos canteiros de obras. Daqui, do limiar da cabana, veem-se os lampiões daqueles que voltam à vila. Não chove há umas duas semanas, a noite é serena, muito azul. Na direção de Ploiești o céu está esbranquiçado. Deve ter feito um calor tremendo por lá. Os jornais falam de 40 graus em Bucareste. Que curioso me parece o canto dos grilos aqui entre as sondas, as chaminés, as cisternas e os muros da refinaria!

De vez em quando salta um gafanhoto entre as pedras e desaparece não sei por onde. Ainda não destruímos nem a botânica e nem a zoologia do lugar. O mato cresce furiosamente onde quer que encontre dois palmos de terra livre. Há poucos dias, Marin Dronțu avistou um esquilo em cima da casa e ficou assombrado ("de onde, de onde surgiu isso, cara?").

Por enquanto, conserva-se a herança de alguns séculos de vegetação. Vai passar, isto também vai passar... Nada fica intocado onde Ralph T. Rice apeia do cavalo... Aqui as noites são longas, calmas, amigáveis. Não quero ir deitar. Leio um pouco, dou uma volta e fico na espreguiçadeira, "olhando as estrelas", como diz Dronțu ironicamente. Essa noite havia combinado de me juntar ao jovem casal Dunton para ouvir música. Eles receberam discos novos da Inglaterra, mas estou com preguiça, muita preguiça.

Acho que Dronțu tem um encontro amoroso em Uioara. Uma nova conquista. "Tem umas garotas, cara, que parecem umas rosas".

"Você vai se tornar o terror das mulheres, Marin". "Pois que seja, por que eu não seria se eu posso! Posso sim!"

Duas vezes por semana ele dá uma escapada até a cidade para comprar pó de arroz e perfumes para as "moças e esposas". Tem uma predileção especial pelo pó cor-de-rosa e pelo cheiro de tabaco. Uioara Nova inteira cheira a colônia barata.

Seria fácil estabelecer, pelo cheiro, quais são as casas por onde passou e conquistou o nosso Marin.

Folhinha da semente esverdeada
Miudinha, mas danada...

Ouço-o cantando lá do quarto dele e fico alegre com a sua alegria. Daqui a alguns minutos vai sair dizendo "estou pronto", de colarinho engomado, com a gravata vermelha, de bengala na mão e vai me dizer, de novo, antes de sair: "Eu não levo a sério essa tal Marjorie pela qual todos babam, não levo a sério, porque se quisesse, em três dias ela caía no papo. Não sairia do meu pé. Mas não gosto dela, não gosto de dondoca. É sem sal e tem olhos de gato. Vocês são homens? Vocês não são de nada!"

155

Levei tempo para conhecer e gostar de Marin. No começo não entendia, de jeito nenhum, o que ele tanto fazia no escritório do contramestre. Não creio que tenha feito grandes proezas em Arquitetura. Rapaz de bom coração, com estudos apenas suficientes para obter o diploma, era sem dúvida, útil no escritório. Menos no ateliê, pois não gostava de cálculos e de pranchetas. Ficava mais na obra, onde via e fazia de tudo. Seja como for, o meu assombro não foi menor ao encontrá-lo no escritório do mais refinado homem de todos os que conheço.

Mircea Vieru é um cartesiano perdido em Bucareste. Marin Dronțu é um seminarista perdido em Arquitetura. Seminarista pelo modo de pensar, pelas superstições, pela teimosia. Um homem "de uma peça só" como se diz à guisa de elogio – elogio que Mircea Vieru deve detestar, ele que é feito de mil peças, ou seja, de mil nuances.

No entanto, ele aceitou muito bem o Marin. E Marin (de quem aprendi a chamar Vieru de "mestre", pois no começo achava difícil tratá-lo a não ser de "senhor") ama-o com veneração, como a um patrão. "É um aristocrata", disse-me ele certa vez sobre o mestre com um prudente respeito e com essa palavra ele se tornou mais simpático, pois entendi que se Vieru é realmente um aristocrata, Dronțu por sua vez é um camponês, não o malandro como faz questão de parecer com suas palhaçadas, com seu humor grosseiro, com suas gravatas tricolores.

156

Mais tarde, quando me contaram que ele havia erguido uma capela na sua cidade, Gorj, com o dinheiro que foi juntando dia a dia, em sua pobreza, quando fiquei sabendo da orgulhosa inscrição que gravou numa placa de pedra, notei que, sem dúvida, havia nele alguma coisa que ia muito além de sua vocação de mulherengo bem-sucedido junto às "donzelas", como ele mesmo dizia, orgulhoso de suas conquistas.

Esta capela foi erguida por mim, Marin Dronțu, filho de Niculae Dronțu que nasceu aqui na vila, assim como seu pai e seu avô e o povo de seu povo.

Tendo se tornado um homem da cidade, Marin Dronțu trouxe consigo um velho desprezo pelos arrivistas. Acho que daí é que vem a sua afetada grosseria para que vejam o seu desdém pelas "frescuras e fricotes", modo pelo qual liquida para sempre tudo o que na vida não pode ser dito prontamente em três palavras. Às vezes, cansa-me a sua insistência em se apresentar como: "eu não passo de um camponês". E mesmo isso não deixa de ser uma afetação, um maneirismo. Para Dronțu, falar corretamente é quase um começo de adulação. Os erros gramaticais em sua linguagem são quase um ato filial com o qual ele sempre nos demonstra que não dá a mínima para os nossos melindres.

"As maçãs é boa, as menina é bonita, os vinho tá frio." Quando se surpreende falando corretamente, por um lapso de atenção, corrige-se imediatamente. A sua elegância pessoal é tosca, pontuada por um sorriso para que fique claro que se quisesse, poderia comportar-se de outra maneira, só que não quer...

A tudo isso acrescenta-se seu extraordinário mau gosto, sua pitoresca maneira de combinar nada com coisa alguma. Se à noite ele vestir um paletó preto, certamente irá calçar sapatos amarelos. Se a gravata for azul, seguramente o lenço será vermelho. Se usar capa de chuva, escolherá, sem dúvida alguma, um chapéu coco. É um mau gosto inventivo e vigoroso. Acho que é um sinal de saúde e de paz consigo mesmo. Marin Dronțu não tem dúvidas, não se faz perguntas, não procura segredos. Em Bucareste tem inumeráveis "amantes", uma em cada bairro, vai com elas ao cinema, leva-lhes amendoim e, no dia de seu aniversário, leva-lhes cravos vermelhos e um frasco de creme Flora. Aqui ele se deita com as moças e esposas de Uioara. Quando lhe acontece alguma dor de amor, "reza" um canto da terra dele, de Gorj, e logo tudo passa.

No domingo foi à igreja da vila e, nos assentos do altar, cantou, como diácono. Tem uma voz cálida de criança grande. Canta seriamente, com todo o seu coração compenetrado de solenidades. Na saída, apertei-lhe as mãos dizendo-lhe como tinha cantado lindamente. Ficou ruborizado e, pela primeira vez, vi-o acanhado com um elogio.

* * *

Em Câmpina, na estação, esperando o correio anunciado pelo mestre por telefone desde Brașov, avistei Marga pela janela do trem com seu marido. Bonita como sempre, o que me dá prazer pelo passado, porém ameaçada por uma ligeira obesidade, o que me dá prazer pelo futuro. Ela respondeu à minha saudação com a mesma atenta inclinação de cabeça que eu conhecia de antes e me lembrei, de repente, que amei essa moça. Fiquei surpreso com algo tão cômico por sermos agora tão estranhos, separados por uma janela de trem, como se fosse uma fronteira entre dois mundos.

O correio só veio no segundo trem. Xinguei terrivelmente. Tive que discutir política por duas horas com o chefe da estação.

* * *

Marjorie Dunton passou na obra pela manhã. Eu estava cheio de poeira, com as mãos sujas, com os cabelos desgrenhados e não quis descer. Deu-me um bom dia de lá de baixo.

— Esperei você ontem com os novos discos. Você é um desertor.

— Tive que trabalhar, desculpe-me. Se você me receber, vou hoje à noite.

— Hoje não dá, vamos ao Nicholson. Phill prometeu um *bridge*. Venha você também.

Está vestida de branco. Marin Dronțu tem razão: o branco não a valoriza. Sendo incrivelmente loira

– aquele loiro branco dos cabelos do milho verde –
as cores claras a tornam inexpressiva. No sol, seus
olhos que são verdes tornam-se algo violáceos, suas
bochechas perdem o contorno sombreado nos cantos dos lábios e não se distingue mais o arco fino da
linha do pescoço que conheço nela.

Observei-a por um bom tempo enquanto se afas-
tava e pulava sem maiores precauções de uma pedra
para outra, entre tijolos, detritos e cal.

Perguntei-me muitas vezes que vida seria essa a
de Marjorie Dunton. Ela não ama o seu marido e nem
ele a ama. Pelo menos, isto está claro entre eles. Eles
têm algumas paixões em comum o que torna a sua
convivência prazerosa: a música, a natação, o esqui.
Além disso, têm as suas preferências pessoais: ele, o
bridge, e ela, os romances.

É o bastante para um casamento entre duas pessoas tão inteligentes. No entanto, acho difícil acreditar que só com isso seja possível construir uma
existência. Phill tem pelo menos o laboratório da
refinaria onde pode continuar seus trabalhos e ex-
perimentos. E Marjorie?

O jovem Dogany sofre atrozmente. Não creio que
Marjorie possa amá-lo. Não creio que ela possa amar
alguém, alguma vez. Digo isso com certa tristeza e
também com bastante prazer, pois me pergunto se
não sofreria um pouco sabendo-a nos braços de um
estranho. Não sei como explicar isso, pois nunca esperei nada dela além de nossa boa amizade.

Há três anos, quando os Dunton chegaram aqui, meu primeiro encontro com Marjorie intimidou-me. Temia pelo que pudesse acontecer. Eu tinha tanto trabalho e Deus sabe que as complicações amorosas eram o que menos precisava. As coisas foram se esclarecendo por si só. Marjorie é uma excelente amiga. Naquele tempo eu estava lendo *O morro dos ventos uivantes* de Emily Brontë. Lembro-me de ter-lhe falado com ardor sobre o livro, sobre as paixões deles, sobre a alucinante poesia dos heróis. Ela conhecia o livro, mas não tinha gostado.

— Não gosto de livros febris — disse-me. — Se você se interessa pelas irmãs Brontë, recomendo a Charlotte, é mais simples, mais "dona de casa", mais tranquila.

Emprestou-me *Shirley*, romance de Charlotte Brontë do qual gostei muito na ocasião da primeira leitura. Era sossegado, límpido, de uma certa inocência juvenil na qual procurava reconhecer a Marjorie Dunton. Parabenizei-a pela sua boa escolha a qual mais tarde iria comprovar, muitas vezes, na literatura e na música.

Certa vez, perguntei-lhe se não pensava em escrever. Deu risada. "Que ideia!" No entanto, quando, no inverno, me manda alguma carta a Bucareste, fico admirado pela animação com a qual sabe relatar um acontecimento banal, evocar uma imagem, deixar entre linhas, negligentemente, uma leve confissão.

* * *

Eu tinha trabalhado o dia inteiro e, com o cansaço que sentia, não poderia acreditar que pudesse ficar até tão tarde na casa do Nicholson. Essas pessoas conseguiram criar aqui em Prahova, em Uioara, uma verdadeira vida social.

Deve ser o estilo da raça. No começo, pareceu-me um tanto quanto engraçada a perseverança com que eles cultivavam as manias mundanas nesse fim de mundo. Marjorie vestia-se de forma exuberante apenas pelas manhãs. À noite, ela respeitava a elegância com paixão. Os homens estão sempre de paletó preto no jantar. Tentei fazer uma revolução a favor da camisa de mangas curtas com o colarinho aberto, mas fui vencido.

Sobre isto Eva Nicholson disse-me certa vez algo estúpido e emocionante:

"Você não deveria dar risada disso. Não é uma frivolidade. É algo mais profundo, uma questão de dignidade, mais ainda: uma questão de salvação. Se, pelo fato de estarmos sós, só pelo fato de ninguém nos ver, cedêssemos um só detalhe daquilo que você chama de nossas manias sociais, e amanhã outro detalhe e depois de amanhã outro, acordaríamos um dia na mais terrível promiscuidade. Seria insuportável. Sem o paletó preto e sem o vestido de noite, ninguém pode estar verdadeiramente só. A solidão é uma coisa tão delicada que merece sacrifícios."

Devo reconhecer que embora não entenda na sua totalidade o raciocínio da senhora Nicholson, os serões deles, tão estritos do ponto de vista das obrigações no trajar, são prazerosos e hospitaleiros. Você tem a impressão de liberdade, de bem-estar, de elegância simples.

Marjorie tocou ao piano algo de Déodat de Séverac, algo no estilo Debussy que ela descobriu recentemente. Era engraçado ver o jovem Pierre Dogany ouvindo-a encostado no canto do piano, visivelmente triste e feliz. Sua estranha fisionomia tem traços semitas e mongóis ao mesmo tempo. É verdadeiramente bonito esse rapaz e seu amor desencorajado por Marjorie torna-o profundamente simpático. Marjorie olha diretamente para ele, com lealdade e como se lhe dissesse: "Não é nada, Pierre, vai passar, você vai ver que vai passar". No final de setembro ele deve voltar a Budapeste para fazer os exames e percebo, desde já, que está amargurado com este pensamento sombrio. Saímos tarde juntos e levei os Dunton para casa. Depois, Dogany andou um pouco mais comigo em direção ao alojamento. Declamou alguns versos de Endre Ady[*] que não quis traduzir. Sua voz tremia e senti que estava furioso consigo mesmo por causa disso.

Ao entrar no quarto, devo ter acordado o Dronțu que de lá do outro lado, brigando com o sono, não pôde deixar de me lembrar, mais uma vez:

---

[*] Endre Ady (1877-1919), poeta húngaro considerado pioneiro da literatura húngara moderna. (N.T.)

"Está vendo como você gasta as noites? Essa Marjorie vai acabar com vocês e não tem um único que dê um jeito nela. E vocês se dizem homens..."

* * *

Que surpresa encontrar s.t. Haim no cassino de Sinaia. Havia estourado um duto na obra, justo na parte em que eu trabalhava e, de repente, fiquei livre por algumas horas. Não estava com vontade nem de conversar nem de ler, e como Hacker, o alemão da contabilidade geral, estava saindo com seu Ford para Predeal, onde tinha uma filha doente, pedi-lhe que no caminho me deixasse em Sinaia.

Não mudou nada o meu velho s.t.h. Loiro, miúdo, cabelos cacheados, olhos sagazes extraordinariamente inteligentes, ouvidos atentos prontos a registrar qualquer coisa, o som de um sorriso ou o latejar de um pulso; mãos de muitos gestos que se debatem na luta por se expressarem. "Ele tem muitos gestos e só duas mãos", dizia Winkler antigamente.

Ele havia desaparecido completamente nos últimos anos. Não me lembro de tê-lo visto mais do que duas ou três vezes na rua, de longe. Estava fora do país, andou muito, teve alguns casos de amor, fez alguns bons negócios. Agora trabalha com algumas firmas estrangeiras de artefatos técnicos muito lucrativos, acho eu. A sua tese de matemática no doutorado causou certa sensação na universidade, mas de lá para cá já se passaram três ou quatro anos e parece-me que a matemática não o preocupa mais.

"Eu sou como as filhas dos judeus que tocam Beethoven e Schumann com emoção até que um dia se casam, largam o piano, esquecem a música, engordam e fazem filhos".

Senti que me dizia isso para adiantar-se à minha pergunta, mas no fundo, ele não acreditava em nada do que dizia. Além do mais, estava sendo injusto consigo mesmo, pois o dinheiro, por mais que tivesse muito, não lhe alterou em nada seu ar de homem livre capaz de perder tudo e começar tudo de novo, o seu jeito meio infantil e tresloucado que os homens de vida interior conservam na riqueza, sinal de que se esta riqueza não lhes for indiferente, não lhes será indispensável para serem o que são. A negligência é o humor da elegância e não conheço nenhum verdadeiro intelectual elegante que não tenha esse humor. Sem dúvida, S.T.H. tem. As camisas de seda, os ternos de casimira inglesa, os sapatos finos, fechados, as gravatas de desenhos delicados, tudo isso não só não o intimida, como trata com bonomia, como insignificâncias divertidas.

Estivemos andando pelas salas de jogos e pelo parque, ambos muito contentes com o reencontro. S.T.H. sabia dos trabalhos em Uioara e parecia bem informado.

— Muito interessante isso que Vieru está tentando ali. Vocês trabalham para nós. Proletarizaram uma região inteira. E fazem ainda mais: dissolvem a antinomia camponês/proletário. É outra crença que se esvai. Não existe, meu caro, não pode existir na luta pela revolução uma reação rural. Não sei nada dos rurais. Sei de trabalhadores e proprietários. Aqueles que trabalham e aqueles que possuem. Nas fábricas ou nos campos, não importa, o problema de classe é o mesmo.

Nem tentei responder-lhe e sorri por reencontrá-lo após tantos anos, igualmente tenaz em seus tiques marxistas. De passagem, disse-lhe apenas que as coisas não eram tão simples assim, que se ele estivesse em Uioara entenderia que o processo é mais complexo e mais profundo, que a antinomia camponês/proletário não parece ser apenas uma suposição e que, de qualquer maneira, estamos longe de dissolvê-la e, portanto, não há motivo para que nos felicite. Teria gostado de falar-lhe sobre "o ponto de vista das ameixeiras" sobre o qual fui obrigado a meditar tantas vezes desde que aportei em Uioara, mas certamente ele ficaria furioso e eu não estava com vontade de discutir. Estava gostando muito de passear com ele e não queria estragar este prazer. Mudamos de assunto – livros, mulheres – e alegrei-me ao ver a sensibilidade e abertura desse rapaz quando você o retira do marxismo e da dialética. Pedi-lhe que fosse me visitar um dia na obra, mas respondeu que não tinha certeza se iria, pois não estava sozinho em Sinaia. Tratava-se provavelmente de uma mulher, mas não lhe pedi detalhes. Considerando a hesitação com que falava, seria estranho que não houvesse um amor no meio. Ele mesmo sentiu vontade de se explicar dizendo de repente, com certo cansaço na voz:

— Livros, amores, dinheiro, tudo é provisório. Eu me entediaria sem eles, mas espero outra coisa, outra coisa... Não chegou ainda o momento certo. Estamos em um ano estúpido, um ano de prosperidade. Estou esperando a crise, quando tudo desaba, tudo se revira. Agora há dinheiro demais, muitos excedentes, muito otimismo. Vamos ver em 1930, em 1931. Aí então, será escolhido um jeito. Até lá, eu descanso. Não sou nem sentimental nem mártir. Não irei a Jilava* para fazer poesia. A hora eficaz é a hora do espasmo. Há seis anos, quando nos conhecemos, foi assim, mas passou e não a aproveitamos. Voltará um dia e não vamos perdê-la mais.

Anoitecia. O sol incendiava os janelões do cassino com uma luz violeta flamejante. Parece que ambos pensamos a mesma coisa: o significado daquele vermelho ardente, pois olhamos um para o outro ao mesmo tempo.

— Acho que você está enganado. E se não estiver, pior ainda.

Havia uma multidão de mulheres bonitas no parque, uma multidão de vestidos brancos. Despedimo-nos amigavelmente.

---

* Jilava, distrito perto de Bucareste onde existe uma penitenciária. (N.T.)

s.t.h. tinha vocação para as ideias generalistas. Eu tinha perdido o costume fazia tempo. Há muito não mantinha uma discussão com argumentos, com problemas, com princípios.

Seria possível dizer que me abrutalhei. A vida é tão simples agora, tão clara...

Lembrei-me do meu caderno azul de 1922. Onde estará? Lá em casa, talvez em alguma gaveta, em algum caixote. Vou procurá-lo um dia, embora acredite que será penoso relê-lo. Quantas infantilidades, Senhor, quantas infantilidades devo ter escrito ali... Talvez não seja tudo por minha culpa. s.t.h. tem razão: era um momento de espasmo. Esperávamos orientações da rua e na rua só havia confusões, idiotices, incertezas, perplexidades. Naquele tempo, eu me refugiava em problemas de consciência, obscuros também, mas consoladores. Era um jogo fácil que me dava a ilusão de uma superioridade íntima. Eu reduzia tudo ao drama de ser judeu, coisa que pode ser sempre uma realidade, mas não tão predominante a ponto de anular e nem sequer de superar os dramas e comédias estritamente pessoais. Acho que estava a dois passos do fanatismo. Foi bom ter interrompido o meu diário. Ao escrever, eu apaziguava a minha febre. Desde o dia em que larguei aquele caderno e deixei os dias correrem à vontade, sem comentários, sem refúgios, as coisas foram se assentando pouco a pouco, tornando-se mais simples e tranquilas.

* * *

O velho Ralph chegou do exterior na quinta-feira e veio diretamente da estação até o canteiro das obras. Parecia ter pressentimentos, fez um estardalhaço enorme e causou pânico no raio de um quilômetro. Disseram-me mais tarde que, nas sondas e nos escritórios, todos tremiam de medo. "O patrão está furioso", a notícia passava de boca em boca. Para minha sorte, Marin Dronțu estava presente e então pude ficar calado sem que meu silêncio parecesse insolente. O velho não queria parar. Como? A vila dele? A sua própria vila? A vila que era dele? Dele, da que era dono? Essa em que ele gastava uma fortuna? A sua vila particular não seria como ele queria? Como ele ordenou? Como foi que tomamos essa liberdade? Com que direito? Que atrevimento! Que essa bagunça acabe de uma vez! Que acabe essa brincadeira! Não dá mais! Não dá mais, mesmo! Vou tomar medidas! Vou derrubar tudo! Vou refazer tudo!

Deixei que falasse sabendo que se cansaria, como de fato se cansou. Há dois dias que não aparece por aqui. Encontrei-o perto das sondas e ele respondeu ao meu cumprimento com um resmungo. Na semana que vem, quando vier o contramestre terá outro ataque de indignação, mas depois vai passar.

* * *

Ontem à noite no clube houve uma recepção em homenagem ao velho Ralph T. Rice. Recepção de gala na Uioara de Prahova! Quantos fraques, quantos vestidos longos de seda! É uma coisa quase inverossímil, nessas paragens de óleo e ameixas. De tudo o que o contramestre construiu aqui, o clube é o que eu mais gosto. Tem alguma coisa de solene e de cordial ao mesmo tempo. É britânico e prahoviano em igual medida. O salão de baile e o de bilhar são lineares e sóbrios; os terraços e salas de leitura têm um ar de pequeno jardim de inverno. Quase todas as noites, antes do jantar, encontro-me com Phillip Dunton para uma partida de xadrez.

Não vou à recepção de Rice. Nossas relações estão frias depois do escândalo de quinta-feira e, além do mais, não tenho fraque, coisa indispensável. Fico feliz na minha cabana e ouço os discos que Marjorie me emprestou. Gostaria de ter convencido Dronțu de que ele também não fosse, mas não teve jeito.

— O quê? E eu vou me assustar com um americano, três alemães e cinco inglesas? Você diz que eu não tenho fraque? Deixe estar que eu sei o que é ser elegante!

Passou o pó, perfumou-se e, com muito cuidado, compôs um traje triunfante: paletó azul claro, pulôver castanho de gola alta, gravata borboleta de bolinhas e polainas brancas. Por um momento perguntei a mim mesmo se esse Marin não é, na verdade, um humorista que se deleita ultrajando voluntariamente os preconceituosos. Neste sentido, a sua entrada no clube seria um golpe de gênio.

Que garoto lindo! Saiu feliz revirando a sua bengala nodosa entre os dedos e o invejei por sua saúde de ferro, inatacável pelos séculos dos séculos.

**

Trabalhei o dia inteiro nas obras. Depois de amanhã vai chegar o contramestre e quero que encontre tudo em ordem. Marin Dronțu chegou tarde ao canteiro, cansado da noite maldormida e assim que surgiu, disse que precisava falar comigo.

— No almoço, Marin! Agora não tenho tempo.

Entretanto, acabei almoçando às pressas no canteiro, convenci os homens a fazerem apenas uma pausa de meia hora e então Marin não conseguiu falar comigo. Entendi que deveria ser alguma coisa grave por seu jeito pensativo. Qualquer coisa que ele estivesse fazendo, sempre surgia do meu lado revirando e remoendo algum segredo do qual queria se desfazer.

— Marin, vá deitar! Você deve estar doente.

Ele ficou até o final da tarde quando tocou o terceiro turno. Como eu estava muito cansado, fomos direto para a cabana para comer o que encontrássemos.

— Meu amigo — disse ele finalmente com um suspiro grave —, meu amigo, você precisa saber uma coisa, eu faço tudo, mas eu não dou em cima da mulher dos meus amigos, isso não.

Não entendi nada e esperei que me esclarecesse.

— Veja o que aconteceu: ontem à noite, tomei umas duas taças e saí ao terraço para me refrescar. Encontrei ali a sua Marjorie. O marido dela estava no carteado. "Não quer dar um passeio?", perguntei eu. "Quero sim", disse ela. E fomos. Quando passamos pela casa deles, ela disse: "Vamos entrar, pois estou com sede, quero

171

tomar um copo de água". Entramos e, na escuridão, eu a beijei e ela não disse nada. Depois nos deitamos e ela pediu para não amassar o vestido. Voltamos ao clube e seu marido ainda estava no carteado.

Marin Dronțu calou-se e ficou olhando para mim esperando uma resposta, um sinal. Eu também permaneci calado durante alguns segundos, sem saber o que fazer. Há tantas coisas a fazer...

Meu primeiro pensamento é me levantar e correr até a casa dos Dunton e inquirir a Marjorie. Ridículo. Marin Dronțu nunca mente em matéria de mulheres. Deveria ter feito perguntas, para que falasse, que contasse tudo até os mínimos detalhes, deveria ter levantado da mesa, caminhado agitado pela cabana, deveria ter dado uma corrida até o jovem Dogany, deveria ter dito a Dronțu que ele é um porco.

Levantei a cabeça.

— Muito bem, Marin. E por causa disso você bateu cabeça o dia inteiro? Você dormiu com ela, sorte sua.

— Quer dizer que não está zangado?

— Por que estaria? O que ela é minha? Parente? Esposa? Amante? Coisa dela e coisa sua. Vamos comer que é melhor.

Derrubamos uma garrafa de vinho e Marin entoou algumas canções ardentes.

Deixe para lá, elas são todas iguais essas putas.

Com isso, consola-me.

* * *

Continuamos os trabalhos. A visita do contramestre pôs as coisas em ordem. A conversa dele com Rice, no entanto, foi mais tensa do que se esperava. Contávamos com uma briga de cinco minutos. Durou uma hora. O contramestre saiu do escritório do Rice, batendo a porta e veio direto ao canteiro, onde ficou conosco até de noite, correndo de um canto a outro, examinando e revisando tudo. Percebi que estava sisudo e todos trabalharam em silêncio com afinco. Parecia haver um consenso tácito de solidariedade com ele. Acho que ele entendeu.

O velho Ralph também apareceu lá pelas quatro com uma cara amarrada, consternada. Ficou dando voltas ao redor de Vieru sem saber como retomar a conversa, mas este não quis facilitar-lhe a penitência. No final, o velho teve que fazer das tripas coração: retratou-se de tudo, balbuciou umas desculpas e comprometeu-se a não se meter mais por aqui.

À noite, o contramestre dormiu conosco no alojamento. Ficamos os três conversando até tarde, com vinho e tabaco. Ouviam-se ao longe estalos curtos que depois se espalhavam pelo vale inteiro como se cada som se esfarelasse em milhares de cacos. Há uns dois dias uma das sondas está falhando na Refinaria Estrela Romena. Era como ouvir à noite, em algum canto, o arfar de um animal enjaulado.

* * *

Ontem à noite, Pierre Dogany foi me procurar no alojamento. Fiquei surpreso, pois nunca havia ido ali antes.

Coitado do rapaz! Ele percebe que aconteceu alguma coisa, mas não sabe exatamente o quê, nem tem a coragem de imaginar.

Se eu tivesse a certeza de que em seu sofrimento houvesse bastante liberdade de espírito, teria lhe contado e, tivesse ele um pouco de perspicácia, sentir-se-ia consolado. Fomos juntos até a torre da Estrela para ver como estavam trabalhando. Havia muitas chamas como se fossem estranhas descargas elétricas. As sombras das pessoas cresciam imensas em volta e ao longe nas colinas.

Falou-me de sua partida que se aproximava e procurava parecer indiferente.

— Afinal, por que você vai embora? Acha que vai encontrar em Budapeste uma universidade melhor do que em Bucareste?

— Não sei se é melhor. Porém, é a minha universidade.

— Achei que você era judeu.

— Sou húngaro. Judeu, certamente, mas também húngaro. Meu pai optou pela Romênia. Problema dele. Ele nasceu em Satu Mare[*] e quer morrer em Satu Mare. Vota, faz doações, lê os jornais de Buca-

---

[*] Refere-se à incorporação da Transilvânia, que anteriormente era território húngaro, à Romênia após a 1ª Guerra Mundial. (N.T.)

reste. Eu não tenho nenhum interesse nisso. Não é coisa minha, não me diz respeito. Eu cresci com Endre Ady. Fico com ele. Tenho a impressão de que enlouqueceria se não vivesse lá, naquele ambiente, com aquela gente. E se não fossem os meus pais que devo visitar nas férias, se não houvesse mais alguma coisa — calou-se, vacilou... —, acho que ficaria sempre por lá. Você precisa entender: são as minhas lembranças, a minha língua, a minha cultura.

— Uma cultura que, pelo que ouvi dizer, não espera por você com tanta alegria quanto você a espera.

— Já sabia que você faria objeções. Estava até surpreso por não ter mencionado que na universidade em Budapeste há *numerus clausus*.[*] Certamente, não é prazeroso. É até humilhante, às vezes. Mas, quando você ama uma coisa de verdade, você a ama com o que ela tem de bom e com o que tem de ruim. Isso também vai passar um dia. Não seria diferente com você.

Voltamos para casa pela estrada Ursului. Na casa dos Dunton ainda havia luz e Dogany ficou bruscamente calado. Despediu-se rapidamente com uma saudação apressada. Quis chamá-lo para dizer-lhe algo, nem sei bem o que, algo para não deixá-lo tão só.

* * *

---

[*] Política de limitar o ingresso de judeus na universidade. (N.T.)

Hoje Marjorie passou pela obra. Usava um vestido verde de seda e um lenço branco.

Eu estava tremendamente ocupado, mas fiquei conversando um bom tempo para que não pensasse que eu estava zangado. Apoiou-se nos pontaletes, com os braços caídos ao longo do corpo, com os joelhos levemente dobrados cuja silhueta redonda aparecia sob o vestido. Seus ossos são finos e longos. Falava com muita animação e bem séria, no entanto, era impossível prestar atenção no assunto, pois embora eu fizesse questão de ouvi-la, ou pelo menos de parecer interessado, meu pensamento passava ao largo. Marin Dronțu aproximou-se de nós, no entanto, ela continuou falando comigo sem se alterar, sem ficar surpresa e nem atrapalhada. Ele tossiu umas duas vezes, pisou ora num pé, ora em outro e, finalmente, dando de ombros, afastou-se aborrecido.

"Ela quer dar uma de louca", disse-me mais tarde.

* * *

Não esperava a visita do professor e o telegrama com o qual anunciava a sua chegada foi uma verdadeira surpresa.

"Finalmente, ele capitulou", pensei comigo. Pedi-lhe tantas vezes que viesse a Uioara e ele sempre recusou taxativamente.

"O que vocês fazem ali é uma barbaridade, um atentado. Nunca foi feito algo tão artificial na Romênia desde 1848."

Desde que começaram os trabalhos na Exploração Rice, muitas resistências foram caindo. A resistência de Ghiță Blidaru, entretanto, permaneceu inamovível. Vieru não diz nada, mas acho que no seu íntimo sofre com essa discordância, que ele suportava com dificuldade por ser de ordem estritamente intelectual. Se "o professor Ghiță" – como ele o chamava – fosse um especialista na matéria, acho que suas objeções o incomodariam menos. A uma cifra você pode opor outras dez. Porém, a oposição do professor aos trabalhos em Uioara vai além dos argumentos técnicos e econômicos. Ele pensa "do ponto de vista das ameixeiras", ponto de vista em que estaria pronto a reconhecer todo o eixo de suas reflexões.

"Onde quer que seja travada uma luta entre um fato vital e uma abstração, eu estou do lado da vida, contra a abstração."

Vieru está desolado com a firmeza desta postura inatacável, pois transpõe o problema a um plano e a uma escala de valores com os quais ele não tem nenhuma relação.

"O que me tira do sério no professor Ghiță é a metafísica. Num assunto em que estão em jogo tantos fatos e coisas concretas, dinheiro, pedras, petróleo, trabalhos de drenagem, de canalização e construção, ele vem com problemas de consciência. Eu sou concreto, ele é metafísico."

"Concreto, concreto!", responde desdenhoso o professor. "Só há uma coisa concreta: o homem."

Essa briga já durava mais de cinco anos, desde o dia em que o contrato Rice foi fechado. Ghiţă Blidaru recusou-se abertamente a visitar-nos em Uioara, negando-se também a tomar conhecimento daquilo que para ele sempre foi um "crime deliberado".

"Finalmente, ele capitulou", pensei eu apressadamente, ao receber o telegrama. Precipitei-me. Longe de capitular, ele está decidido a formular uma crítica pública contra os nossos trabalhos.

O seu curso deste ano vai tratar da economia romena e suas deformações europeias. Sua aula inaugural vai versar sobre as duas Uioaras: a velha e a nova, como ponto de partida do curso inteiro. Por isso ele veio aqui: para obter algumas informações diretas.

Não me deixou acompanhá-lo em seus passeios pela vila. Considerava-me cúmplice de Vieru.

— Você fica nos canteiros de obras e cuida do seu trabalho. Eu vou sozinho.

À tarde veio me tirar do trabalho. Eu estava de botas, macacão, camisa sem manga e sem colarinho. Parece que fiquei bem bronzeado com o sol das últimas semanas.

— Você está com cara de pedreiro — disse ele. — Estou gostando de ver.

Cara de pedreiro... não sei. Sinto-me livre, em paz, pronto a receber as coisas que vêm e que passam, a esperar seu desenrolar com resignação, olhar para elas sem espanto e a perdê-las sem desesperança. Penso nos meus grandes problemas pessoais de outros tempos e não me importo. Não me importo e estou em paz.

A vida é simples, a vida é tremendamente simples.

* * *

Chove sem parar há dois dias e o caminho do alojamento até Uioara Velha está cheio de lama. Acendi uma fogueira régia na estufa e fiquei lendo todos esses dias até depois da meia-noite. Há um aroma de outono no ar e só estamos no começo de setembro. Hoje de manhã, o tempo amainou um pouco e pensei que melhoraria, mas logo depois a chuva desabou novamente ainda mais forte.

Lá pelas cinco da tarde recebi uma visita que me surpreendeu. Marjorie Dunton com capa de chuva, de cabeça descoberta, molhada, trêmula e falante. (Não a tinha visto nos últimos dias. Só uma vez, na quarta-feira passada, parece-me, encontrei-a a caminho de Prahova. Ela estava com Dronţu que parecia terrivelmente encabulado, por isso deixei-os e só lhes dei bom-dia de passagem.)

— Vim tirar você do esconderijo.

Fui procurar um cobertor seco, chinelos de feltro, um robe e instalei-a perto do fogo para que secasse os cabelos que, de tão molhados que estavam, deixaram de ser tão loiros.

Fiz um chá e incentivei-a a tomá-lo com muito conhaque.

Falamos de uma coisa e de outra... Disse-lhe que em dois ou três dias iria a Bucareste.

— Eu sei. No ano passado você também foi nessa época.

Gosto de seu jeito de falar, direto, sem pausas, sem rodeios, um pouco masculino.

Mais tarde, Marin também veio do canteiro, nem um pouco admirado de encontrá-la comigo. Ambos a levamos para casa e, algumas vezes, onde havia muitas poças, tivemos que erguê-la no ar.

Ela cantava, girando triunfalmente a touca que havia lhe dado para proteger a cabeça.

It's a long way to Tipperary
*It's a longway to go...**

---

* *It's A Long Way To Tipperary*, canção escrita por Jack Judge e Harry Williams em 1912. Muito popular entre os militares do exército britânico durante a Primeira Guerra Mundial. (N.T.)

II

A *Der Querschinitt** de novembro traz um longo artigo sobre Mircea Vieru, com fotografias, maquetes e reproduções. Há um capítulo especial dedicado aos seus trabalhos em Uioara.

Era o sucesso definitivo, inatacável, que ultrapassava o horizonte de Bucareste. Quem diria, alguns anos antes, que isso aconteceria tão rapidamente? Quando o professor me levou até ele pela primeira vez, encontrei-o no momento mais grave de sua carreira. Faltava pouco para que jogasse a toalha. Se Ralph T. Rice não tivesse surgido de repente, Vieru teria sido um homem destruído. Até hoje não entendo como foi que aguentou tudo aquilo.

Não havia dia em que o jornal não trouxesse uma informação, uma perfídia, uma mentira. Em toda par-

---

* Publicação cultural alemã dos anos 1920/1930. (N.T.)

te, nas notícias do dia, nas notas sociais, na seção de humor, nas charges, nas manchetes, em toda parte aparecia Mircea Vieru, apenas Mircea Vieru, todos os dias Mircea Vieru. Todas as gafes eram atribuídas a ele, todas as bobagens eram ditas por ele, que era o foco de todos os ardis. No verão, no espetáculo de Tănase Carabuș,* com uma espátula e um tijolo na mão recitava um versinho em que explicava toda a "questão". Era muito cômico e lembro que eu mesmo me diverti muito na ocasião. Mais tarde, fiquei sabendo que Vieru não saiu de Bucareste naquele verão para que não dissessem que estava se escondendo. Que momentos cruéis deve ter vivido ele, tão orgulhoso, tão suscetível nas coisas mais miúdas, tão infantil nas mágoas e nas vinganças.

A proposta do professor de me apresentar a ele para que me recebesse em seu ateliê foi aceita por mim mais por curiosidade. Como estudante do segundo ano, não esperava grandes façanhas pessoais em um escritório de Arquitetura, pois eu não tinha nem os conhecimentos elementares para me orientar nas coisas mais corriqueiras. Entretanto, tinha interesse pela pessoa, esse homem que provocava tantos ataques, engajado em tantas batalhas, que atraiu tantas adversidades. Tinha contra ele a imprensa, os

---

* Constantin Tănase (1889-1945), ator e humorista romeno, criador de uma importante companhia de teatro de revista, fundada em Bucareste em 1919. (N.T.)

confrades, a escola, a oficialidade, os ministérios, Bucareste inteira, a Romênia inteira, o planeta inteiro.

— Você vai conhecer o mais detestado habitante da Terra, dizia o professor subindo comigo as escadas para o ateliê.

O mais detestado homem da Terra! Loiro, olhos azuis esverdeados, sorriso aberto e iluminado, porte modesto, com gestos inesperados de orgulho, mãos nervosas, voz moderada, equilibrada, que nunca se altera, embora frequentemente dê a impressão de veemência pela entonação, pelo modo de pausar as palavras, pelos silêncios...

O terrível Mircea Vieru parecia um meio secundarista, meio botânico amador. Só mais tarde, conhecendo-o, percebi que sua violência, da qual tanto se falava, não era imaginária, ao contrário: era precisa e aguda. Era a violência do intelectual, uma violência objetiva no mundo dos valores, no mundo das ideias, coisa que não tinha nada que ver com sua bondade pessoal, com sua infinita generosidade. Vieru é violento, como só os homens bons podem ser, violento com desinteresse, com paixão, com liberdade. Agora entendo facilmente a onda venenosa de 1923 que, a qualquer preço, queria arrasá-lo.

Logo após a guerra, Mircea Vieru em seus estudos de Arquitetura e Urbanismo, introduziu alguns pensamentos insolentes que o tornaram bastante simpático. "Esse danado do Vieru" pensavam seus colegas de corporação, vagamente admirados e vagamente desconfiados.

"Arquitetura não é um assunto particular entre um homem com dinheiro e outro com diploma. A Arquitetura é uma questão de vida social. Todas as liberdades são possíveis, só a liberdade do mau gosto é que não. Uma casa malprojetada é um atentado à ordem pública."

"Esse danado do Vieru".

Porém, depois dessas generalidades, quando Vieru passou aos fatos precisos, aos exemplos diretos, citando nomes e trabalhos, aludindo a pessoas e obras, não apenas a ideias e opiniões, a coisa mudou. Algumas certezas pessoais balançaram e isto era muito sério.

Durante uns três anos esse homem não fez outra coisa a não ser denunciar. Não havia construção importante contra a qual ele não abrisse processo, em público, por escrito. Detalhando com fotografias, com pormenores, com cifras, com nomes, ele seguia passo a passo tudo o que era feito, verificando, contestando, atacando. Seu próprio trabalho não o interessava mais. Na Arquitetura, gostava apenas das orientações dos erros, dos lugares comuns, das falsas revoluções. Deixou de ser arquiteto e tornou-se panfletário. Quantos concursos não foram tumultuados por sua intervenção inoportuna, quantas concessões não foram colocadas em perigo por ele, quantos arranjos artísticos não desabaram por causa de sua inconveniência! Alguns ainda davam risadas aqui e ali por seus atrevimentos, por sua extraordinária verve polêmica, mas era um riso amarelo, pois ninguém sabia o que esperar desse homenzinho loiro, nervoso e intolerante, que gastava o seu pouco dinheiro imprimindo revistas de arte e crítica, que ele mesmo escrevia, corrigia e administrava esgotado pelo trabalho, mas impulsionado pela paixão.

A incompreensão atingiu o ponto máximo quando apareceu o seu panfleto *O pompierismo acadêmico e o pompierismo revolucionário*. Até então, todos sabiam que Vieru era "modernista". Agora, ninguém mais sabia o que ele era. Qualquer surpresa era possível e não havia um rótulo que lhe coubesse. Vieru dispunha da tranquilidade das pessoas, da liberdade delas, de seus pequenos arranjos. Por três anos, ocupou-se incansavelmente dessa patrulha artística espalhando o pânico e provocando surdas inimizades que ainda não se manifestavam, mas que esperavam pacientemente a hora certa. Essa hora não demorou muito. A imprudência de Vieru foi o sinal. Foi, de fato, uma imprudência de sua parte aceitar, naquele momento, os trabalhos do Parque dos Engenheiros. Eis que estava sendo entregue em suas mãos a construção de um bairro inteiro da cidade. Reconheço que o empreendimento era deslumbrantemente bonito para esse homem que, em toda a sua vida, jamais sonhara poder construir alguma vez algo tão grande, amplo, novo, desde o começo, sob a sua estrita responsabilidade e conforme a sua vontade. Se tivesse sido mais prudente teria entendido que aquele momento não lhe reservava tamanha sorte. Um homem tão visado por vinganças, não tinha o direito à tranquilidade de criar. Um Vieru rabugento poderia ser tolerado apenas enquanto fosse pobre. Como abatê-lo? Na sua inteligência? Na sua paixão pela briga? Na sua alegria de nada possuir que o condenasse a um compromisso, ao medo, à prudência? No entanto, um Vieru engajado em um grande trabalho, um Vieru a ponto de realizar uma obra de grandes proporções, esse Vieru deixaria de ser uma ameaça para ser o ameaçado. Principalmente, o ameaçado. No primeiro dia em que o ex-panfletário pisasse no terreno da obra. No primeiro dia, a sorte dele deveria ser liquidada: havia velhas bofetadas a serem devolvidas, ataques a serem cobrados, violências a serem vingadas.

Que aconteceu, Senhor! Que aconteceu, Senhor! Não foram apenas os artigos de jornal, nem apenas as discussões nos bares, nem mesmo as cartas anônimas do consórcio que contratou Vieru. Tudo isso ele teria vencido sozinho, pois sabe escrever, discutir e também assinar. Contudo, reuniões cívicas de bairro protestaram contra "a desfiguração de nossa capital por ceder de forma irresponsável a construção de um parque industrial inteiro a um remendão pretensioso".

E as interpelações na Câmara e os telegramas ao Ministério das Artes e as manifestações "espontâneas" na prefeitura da Capital e as deserções coletivas do trabalho...

Lembro-me muito bem daqueles imensos cartazes pendurados em uma carrocinha puxada por um

186

burrinho pela Calea Victoriei[*] e pelo Bulevar Elisabeta, que logo se tornou popular.

Bucarestinos! Vocês vão aceitar nesta capital da Romênia unificada que qualquer um venha fazer experiências arriscadas dentro de sua cidade? Permitirão que seja sacrificado o recanto mais pitoresco da cidade de Bucur?[**]

Naquela época, eu não conhecia o mestre e toda aquela história teria sido indiferente para mim se eu não tivesse, por instinto, um tipo de simpatia por aquele homem que havia arregimentado aquela unanimidade de inimigos. Seguia pelos jornais o andamento do negócio e fiquei profundamente penalizado no dia em que li que *"finalmente o bom senso triunfou, o contrato com o arquiteto Mircea Vieru foi rescindido e as obras no Parque dos Engenheiros interrompidas para satisfação geral".*
Conheci-o alguns meses mais tarde, no outono.

Era um escritório deserto. Os amigos haviam se afastado, um a um, os clientes não apareciam, passou o verão sem serviços e o inverno chegava sem projetos. Vieru redigia um panfleto-memória em que "colocava os pingos nos is" sobre o triste episódio do

---

[*] Rua da Vitória (N.T.)
[**] Lendário fundador da cidade de Bucareste. (N.T.)

contrato rescindido. De noite escrevia, para nos ler de manhã febrilmente, com gestos, com arrebatamento. Vingava-se do Universo inteiro: do governo, do parlamento, da prefeitura da capital, do partido liberal, do povo romeno. Quando encontrava uma expressão forte, iluminava-se: "eu vou lhes mostrar". O que iria mostrar e a quem era difícil dizer.

Apenas uma pessoa permanecia ao lado dele, enfurecendo-se com suas fúrias, sofrendo com seu constrangimento: Marin Dronțu. Carregava um cassetete e havia tirado licença para porte de arma. Queria com todo o seu ser disparar contra alguns daqueles "desocupados" que escreviam nas gazetas contra o mestre e, se não o fez, deve ter sido apenas pela dificuldade de escolher: não sabia por quem começar. Houve algumas brigas noturnas suspeitas em que apareceram umas cabeças rachadas e eu não me admiraria se houvesse ali a mão do Dronțu. Até hoje, quando lhe pergunto, ele ri misterioso. "Não sei, não vi."

Havia também dias de resignação, quando Vieru perdia o seu fervor e o gosto pela luta, quando perambulava cansado pelo ateliê e tudo lhe parecia vazio, sem sentido, sem valor, quando as plantas o desanimavam, a polêmica o aborrecia, as pessoas, inimigos ou amigos, davam no mesmo.

"Um dia desses vamos fechar a loja", dizia com indiferença, exaurido depois de dezenas de cafés e centenas de cigarros fumados nervosamente até o final do pacote.

Às vezes, aparecia Ghiță Blidaru e sua entrada de homem tempestuoso sacudia o mestre de sua apatia. Sempre encontravam um assunto para brigar, pois não havia fatos ou ideias sobre os quais estes dois homens que se conheciam há tanto tempo, entrassem em acordo. A chegada do professor era sempre estimulante. Após a sua partida, voltava-lhe a vontade de trabalhar, o vigor de maldizer a sorte e de ter esperanças nela.

"Deixe estar, eu vou mostrar a eles."

E, veja só, ele mostrou. Na primavera, os céus lhe enviaram Rice que não tinha, verdade seja dita, uma cabeça celestial, mas tinha muito dinheiro e uma migalha de maluquice, ou seja, exatamente o que precisava para se entender com Vieru. Agora, depois de quase seis anos, "Der Querschinitt" apresenta em Berlim os trabalhos de um grande arquiteto de Uioara, Prahova.

Ontem à noite fiquei conversando até tarde com Marin Dronțu, tomando um vinho e lembrando tantas coisas que aconteceram.

"Onde estão aqueles que o insultavam, onde estão que vou devorá-los!"

O que mais me aproximava do mestre naquela época, era o seu orgulho ferido. Eu mesmo tinha tantas humilhações íntimas para vingar, daí que a proximidade com aquele homem vilipendiado de todos os lados parecia-me estimulante. Tinha acessos de fúria e de nojo que vingavam tudo como uma chama, como uma ponta de faca. Guardo em minhas lembranças, talvez por obrigações hereditárias, uma inevitável simpatia pela pessoa solitária, pelo homem vencido. A única dor que entendo diretamente, por instinto, sem explicações, é a dor da desmoralização.

Eu também tinha vivido no veneno difuso da hostilidade, eu também sabia o que significava a injúria de um desprezo, um soco recebido de passagem, uma provocativa porta batida na cara.

Eu conheci tudo isso. Dia após dia sempre respirei, em todo canto, a atmosfera da adversidade opressora anônima, teimosa, sem começo e sem fim. Hoje, quando recordo, este drama parece-me pueril e exagerado. Naquele tempo, porém, com a experiência dos primeiros lamentáveis anos de universidade, sofria com essa opressão. Qualquer um que encontrasse poderia ser um inimigo, qualquer mão estendida poderia ser uma pancada.

Nem mesmo de Blidaru me aproximei sem temor. Os escândalos da faculdade, as brigas de rua, a tensão daquele ano de intolerância mantinham, como uma ferida sempre aberta, a consciência do pecado de ser judeu. Carregava comigo este sentimento até a obsessão, até a mania e agora percebo que era um excesso de ansiedade de minha parte, um excesso que os estranhos deviam considerar um aborrecimento mortal. A inocência daqueles que precisam esconder alguma coisa – um crime, uma vergonha ou um drama – é a de se supor suspeitos. Na verdade, há uma enorme dose de indiferença nas pessoas, uma indiferença que nos dá o direito de arrebentar em paz, sem que ninguém preste atenção. No que diz respeito aos judeus, o erro consiste em que eles observam demais e, principalmente, em se considerarem observados. Parecia-me naquele tempo que qualquer olhar que me lançassem era uma pergunta. Sentia-me seguido por uma intimação permanente. Sentia a necessidade estúpida, cômica, urgente, de me denunciar: sou judeu. Pois se não fosse assim, eu sabia, iria me afundar em explicações, numa mentira atrás da outra, mutilando tudo o que em mim é o desejo da verdade. Mais de uma vez, invejei a vida simples dos judeus do gueto que usavam uma marca amarela, humilhante como ideia, mas cômoda e categórica. Dessa forma, acabava de uma vez por todas a horrível comédia de se dizer o nome e se denunciar.

Nunca conversei com alguém sem perguntar-lhe, com receio, se sabia ou não que sou judeu e, caso soubesse disso, se me perdoava ou não. Esse fato parecia-me um verdadeiro problema que me causava sofrimento e me atrapalhava absurdamente. A respeito disso, há muito havia decidido renunciar a qualquer manobra e esclarecer a questão logo de início, atestando tudo bruscamente, sem demora, atitude que muitas vezes parecia sinal de orgulho agressivo, quando na verdade não passava de orgulho ferido.

Por isso, assim que o conheci, tentei me explicar com Vieru sobre esta questão, mas ele cortou a conversa logo nas primeiras palavras.

— Isto não me interessa, meu caro. Essa é uma questão pessoal sua e peço que a guarde para si. Quer que lhe diga se sou antissemita? Não sei, não conheço a questão, não me interessa, não pode me interessar. Mas uma coisa posso dizer: qualquer juízo de caráter geral sobre uma categoria de pessoas me perturba. Eu não sou místico. Tenho horror das verdades generalizadas. Eu só posso julgar caso a caso, pessoa a pessoa, nuance a nuance.

Pensei que ele queria ser amável. Mais tarde, porém, conhecendo-o, percebi quão sincera havia sido a sua declaração desde o começo, pois não era destinada a mim, já que respondia a um sólido pensamento. Verifiquei isso depois, não só nas atitudes de Vieru, diante do antissemitismo – uma questão que no final das contas era um pormenor para ele – mas em sua atitude de artista, de crítico, de arquiteto.

Acho que foi no primeiro ano dos trabalhos em Uioara que um belo dia lá chegou alguém para fazer uma pesquisa para o jornal *Universul* sobre a "especificidade nacional". Guardo até hoje recortes da resposta dele.

A "especificidade nacional" existe, sem dúvida. Na arte, é o encontro de todos os lugares comuns. O grau de especificidade indica também o grau de banalidade. Por isto, criar sempre significa ultrapassar este caráter. Um artista é ele próprio ou não é nada. E ser ele próprio, significa viver as suas verdades, sofrer as suas experiências, criar o seu estilo. Tudo isso só se concretiza renunciando-se ao fácil. A mais funesta das facilidades são os assim chamados valores específicos formados pela sedimentação da mediocridade coletiva e que você já encontra prontos. O caráter nacional é, no final das contas, o que sobra de uma cultura depois que você retirou dela o esforço pessoal de pensar, as experiências de vida de cada um, as conquistas da solidão criadora. Assim é que é.

Seguiram-se duas semanas de insultos, polêmicas e revoltas, diante dos quais Vieru não respondeu nada. Mas, de Berlim, onde fora dar uma palestra, no Instituto de Conjuntura, o professor Ghiţă telegrafou-lhe incisivo:

Li suas considerações ao Universul. Você é um cretino sinistro.

Ao que ele respondeu:

Talvez seja um cretino sinistro. Mas não sou, de jeito nenhum, um cretino específico. Até nisso tenho meu estilo pessoal.

III

Ontem foi a aula inaugural do professor. Uma atmosfera de grande acontecimento, com um emocionante ar de festividade e expectativa, como em uma arena em que, de um momento a outro, será debatido algo decisivo. O barulho das carteiras que se arrastam e se encostam, que se empurram, a algazarra de um canto a outro da sala, as saudações explosivas dos reencontros, as caras conhecidas, as caras estranhas, um vozerio confuso, vibrante de curiosidade e impaciência.

Vieru, impaciente nos bancos do fundo, tamborilava os dedos na mesa. Eu temia que não fosse reconhecido, coisa que teria criado uma sensação cansativa durante uma aula em que tanto se falaria dele. Marin Dronțu faltou. "Eu não vou, meu chapa, isto me faz mal. Reconheço que não dá para ser objetivo quando se fala do mestre. Eu não sou crítico e não entendo disso, adoro o mestre e acredito em seu tino. O que você quer que a aula de Ghiţă Blidaru me diga? Qualquer coisa que diga, quer tenha razão quer não, vai me magoar. E não estou com vontade de ficar amargurado".

No fundo, a aula do professor não foi violenta, embora ele a tivesse anunciado como tal. Deu para notar que era apenas o limiar de um sistema de explicações e enquadramentos muito mais amplo do que o caso particular de Uioara.

Transcrevo algumas notas que consegui tomar às pressas:

Vamos deixar claro: aqui não se trata de questionar o valor dos trabalhos do arquiteto Vieru em Uioara. Talvez ele represente algo genial. O que devemos discutir aqui é o significado de seu trabalho no que tange ao espírito romeno e, no caso de nossa aula, em relação à economia romena. Eu pergunto se alguém tem o direito de ser genial sendo contra as necessidades da terra em que vive. Mais precisamente: se alguém com suas façanhas individuais pode intervir no processo latente das forças de vida coletiva, para modificá-las, impondo-lhes um objetivo estranho a elas, embora, eventualmente, superior. Na verdade, este argumento da superioridade é totalmente falso quando se trata de duas estruturas. Uma chuva não é superior a um cano e um cano não é superior a um garfo. Não é possível estabelecer uma escala de valores entre fenômenos distintos. O crime de um tigre idiota que almeja tornar-se um infusório não seria menor do que o crime de um infusório genial que

195

quisesse tornar-se um tigre. E, tanto num caso como no outro, há uma traição, uma degradação e, em lugar nenhum está escrito que, do ponto de vista da vida, a degradação do infusório é menos trágica que a do tigre. Em Uioara, em cincos anos, um homem atrevido substituiu um assentamento de aldeões por um assentamento industrial. Por conta de quê? Por conta de um preconceito segundo o qual, uma instalação fabril tem mais direitos do que um chão cultivado. Pois bem, esse julgamento é monstruoso. Nem a instalação fabril nem o chão cultivado, tomados por si sós, significam nada. Tudo isso só tem sentido se estiverem enquadrados em uma família, em uma estrutura. Fora dessa estrutura, tornam-se abstrações simples e mortas. Abstração é o assentamento fabril em Uioara e não menos abstrato é um chão cultivado em Manchester.

Ao ignorar as leis específicas da vida, ao ignorar as formas específicas da vivência, incorre-se numa perversão cujas raízes históricas podem ser rastreadas ao longo do século XIX, nas nascentes da Revolução Francesa e, mais tarde, nas nascentes da Reforma. Em nossas aulas dos anos passados, descrevemos o problema em linhas. Este ano proponho que estudemos, sob este prisma, alguns aspectos especiais da economia romena desfigurada pelo pasoptismo* e pelo liberalismo até a sufocação das mais elementares aspirações locais.

---

* Ideologia dos participantes da revolução romena de 1848, cujo ideal era a consciência da individualidade nacional. (N.T.)

Foi uma bonita aula e Vieru teve de reconhecê-lo. Fomos caminhar depois.

"Está muito claro. Eu nunca vou me entender com o professor Ghiță. É um seminarista, um teólogo. Um homem que é feliz quando pode se submeter a alguma coisa, não importa o quê. Com mil moldavos como ele e com mil munteanos[*] também como ele, não me admira que aqui tenha dominado quem quis, por séculos a fio: turcos, russos, fanariotas.[**] Toda a vida dele baseia-se em submissões. "Submissões à realidade", como ele diz. Submissão a tudo o que o ultrapassa. No que me diz respeito, no dia em que eu achar que pela minha simples condição de homem estou condenado a ser ultrapassado, eu me daria um tiro. Sou um homem livre ou não sou nada. Livre para pensar, livre para estabelecer valores e para fixar hierarquias. É possível compreender o mundo por meio de discriminações críticas ou por estudos profundos. Ou, ao contrário, é possível obscurecê-lo completamente renunciando ao pensamento e refugiando-se na intuição mística."

Entre Ghiță Blidaru e Mircea Vieru há uma história inteira a ser resolvida, uma cultura inteira a ser entendida. Não fosse a figura pitoresca de cada um,

---

[*] Habitantes da Muntênia, região histórica da Romênia, entre o Danúbio e os Montes Cárpatos. (N.T.)
[**] Habitantes do antigo bairro grego de Fanar, em Constantinopla. (N.T.)

a cabeça de fauno loiro de Vieru, a cabeça de lobo feroz de Ghiţă Blidaru, não fossem as vidas deles tão vivas e diferentes, com paixões, lutas, amores, que personagens de diálogos platônicos seriam esses dois, que polos opostos de um teorema! "O drama da história romena moderna" encenado e sustentado por dois heróis. Nada mais esquemático e, mesmo assim, nada mais justo.

A cultura romena, *grosso modo*, ainda não ultrapassou o estágio dos problemas de consciência que começaram em 1860 com o aparecimento da via férrea. Com o pôr do sol ou com a alvorada, com a Europa ou com os Balcãs, com a civilização urbana ou com o espírito rural, as perguntas são sempre as mesmas.

Formuladas candidamente por Vasile Alecsandri, agora são formuladas com espírito crítico por Ghiţă Blidaru e Mircea Vieru. O homem urbano e o homem rural continuam sendo as únicas categorias ainda válidas na cultura romena. Acho que podem ser estabelecidas fortes ligações entre um e outro polo, em qualquer lugar, na literatura romena, na política, na música, no jornalismo... Nenhuma dificuldade para Vieru. É o tipo urbano por excelência. Um daqueles europeus com os quais o pensamento cartesiano, a revolução burguesa e a civilização urbana conseguiram criar uma nova nação acima de todas as fronteiras do continente.

"Acredito em uma identidade humana. Acredito em valores universais e permanentes. Acredito na integridade da inteligência."

Estou convencido de que estas três proposições resumem o pensamento fundamental de Vieru. Perguntei-lhe certa vez, se a guerra, da qual voltou com dois ferimentos malcurados, não tinha transtornado as suas certezas intelectuais.

"Não. Eu diria que ao contrário. Lutei com seriedade, pois gosto de fazer tudo com seriedade. E sempre soube o valor que tinha essa tarefa. Após o segundo ferimento, encontrei-me certa noite numa enfermaria deitado numa maca em um canto perto de um cabo alemão também ferido que não tinha mais do que dezenove anos e que disse que esperava o fim da guerra para poder ir a Paris, onde queria preparar uma tese sobre as relações entre Goethe e Stendhal. Falamos a noite inteira sobre isso e ajudamos um ao outro a reconstruir de cabeça o mapa das peregrinações de Beyle pela Europa de 1812 a 1840. No dia seguinte, pela manhã, iríamos nos separar para sempre, eu para um hospital, ele para outro e talvez ambos para a morte. Entretanto, naquele momento, naquela noite, o nosso problema mais urgente era esse. Em meus dois anos de guerra, esse encontro foi a coisa mais bonita."

* * *

Quanto mais fácil é ver o mestre vivendo as demarcações desse pensamento linear, com regras tão simples, mais difícil fica entender não o pensamento de Guiță Blidaru nem a sua vida, mas o pensamento e sua vida juntos. Parecem tão contraditórios!

Esse homem que viveu em bibliotecas, em universidades, em metrópoles insiste em pensar como um homem do interior.

"Não sou outra coisa", diz ele. Pode ser. Pode ser que não passe de um camponês. Mas naquela noite ouvi na casa dele o segundo concerto de Brandenburgo de Bach na vitrola e, para que a traição fosse completa, *Les folies françoises* do velho Couperin. Ele tem uma compreensão de arte tão fina que vai às mínimas nuances, até as sombras mais sutis. E o que faz esse Bruegel, único quadro em seu escritório, na casa de um camponês de Vâlcea, coisa que ele não para de me repetir?

Ghiță Blidaru vive em um ambiente que seu pensamento rechaça, vive com valores que nega e alegra-se com vitórias que contesta.

"A Europa é uma ficção", repete há seis anos nas aulas da universidade; entretanto, ele não deixou de amar em momento algum o espírito dessa ficção. O Bruegel desta ficção pertence-lhe, assim como o Bach e, nem se diga, o Couperin.

No entanto, depois de passar por todos e amar a todos, Ghiță Blidaru, invariavelmente, volta ao pé da videira, em nome da qual falava até ontem na faculdade.

Fico sem entender por que cargas d'água, este homem continua pensando, sem esforço, sem dissimulação, como um homem do interior. A sua visão de vida parece abranger o tanto de céu e o tanto de terra quanto o que cabe entre os dentes de um arado.

Ele não precisa mais do que isso. Acredita em leis de vida que se fazem e se desfazem sobre a nossa cabeça, em hierarquias que ninguém tem o direito de quebrar, crê no domínio sem controle da terra sobre o homem. "Você é aquilo que a sua terra o obriga a ser e nada mais."

Quanto a mim – cansado de ter acreditado demais no meu direito de dizer à vida "eu!", como se lhe dissesse "espere!" –, esse pensamento de preguiça, de submissão, de renúncia, foi uma lição de modéstia e um chamado à paz.

Pergunto-me por que não se rebela seu orgulho, que desconfio ser imenso, como é que não protesta o seu desejo de aventura, por que não se levanta seu instinto de veemência, de luta, de errante? E como se resigna a submeter tudo isto a uma inteligência que começou o sacrifício por ela própria?

Inteligência que tem tantas chamas quantas são necessárias para um estopim de revolução e que parece decidida a abafá-las sempre sob as cinzas, para morrer um dia com a simplicidade de uma mente de um camponês que nunca foi além da lâmina de um ceifador com o qual cortou a grama durante setenta de seus oitenta anos.

IV

Encontrei Phillip Dunton na sede da Exploração, na Praça Rosetti. Viera com alguns relatórios para Rice e não queria perder o trem das duas para voltar. Paramos na escada para um aperto de mãos.

— E a Marjorie, como vai?

— Lê e fica ao lado da estufa. Está fazendo um frio terrível em Uioara. Gelou como em pleno inverno. Você não a viu aqui na semana passada? Ela também esteve na aula inaugural de Ghiță Blidaru. Veio para isso. Disse que não podia faltar. Tratava-se de Uioara, não é mesmo?

Não cheguei a responder-lhe. Faltavam apenas cinco minutos para o trem. Gritou-me, já de pé no estribo:

— Venha a Uioara um domingo desses. A Marjorie vai ficar contente.

Então esteve aqui na semana passada. Outras vezes, teria invadido o ateliê pela manhã e teria gritado da porta: "Vou confiscá-lo! Você é meu, até as 22h17".

202

... e aquela mentira estúpida da aula inaugural à qual você não foi... A mentira não é do seu feitio, Marjorie.

Até no adultério eu apostaria que você permaneceria esportiva, simples, sem covardia.

Agora entendo a profunda dor de Dronțu, que não se sentia capaz de suportar a aula do professor Ghiță, de medo que este fosse duro demais com o mestre.

Hoje no escritório contei a Marin, de passagem: "Phillip Dunton veio ontem. Encontrei-o na Exploração".

O meu bom Marin ficou pensativo por alguns segundos: teria ouvido ou não o que eu dissera? Optou pela surdez.

— Quem pegou o meu esquadro? — bradou de repente. — Ontem eu deixei aqui e agora não está mais. Deve haver fantasmas por aqui. É incrível. Não se pode trabalhar nesta casa.

À medida que gritava, ele mesmo percebia como era falso seu acesso e, não sabendo mais como terminar, gritava mais ainda.

Calou-se depois, de repente, carrancudo, sombrio. Resmungava de quando em quando, dava de ombros, praguejava por qualquer coisa.

Na saída, veio atrás de mim e alcançou-me na rua.

— Vamos tomar uma *țuică*?*

---

* Aguardente de ameixa, muito popular na Romênia. Pronuncia-se "tzuicâ". (N.T.)

— Tudo bem.

— Então vamos.

Mais à frente, pelo caminho e assim do nada:

— Que o diabo leve todas as mulheres! Só elas conseguem fazer tantas trapalhadas.

* * *

Longa carta desolada do jovem Dogany. As coisas não vão bem em Budapeste. A universidade está fechada de novo, houve grandes tumultos, brigas de rua, detenções. Ele mesmo levou uma tremenda pancada na cabeça.

Tudo estaria bem e eu até iria levando, se pelo menos eu conseguisse ficar. Na quinta-feira preciso me apresentar na secretaria da faculdade com meus documentos para uma nova verificação. Serei mantido? Serei cortado? Meu pai ameaça cortar minha mesada se eu não voltar a Satu Mare. Mas eu não posso, não posso. Que vou fazer lá em um país que não é meu? E a Hungria é meu país? Sim, mil vezes sim, o que quer que diga meu pai e por mais que você dê risada. Só um homem poderia entender-me se estivesse vivo: Endre Ady. Eu lhe escreveria e tenho certeza de que me entenderia.

Respondi:

Caro Pierre Dogany, fique onde está. Vai passar, vai esquecer. O que lhe acontece agora aconteceu comigo há seis anos. Passou e algum dia, vou esquecer. Bateram em você? Não é nada. Vão bater em você mais dez vezes e depois vão se cansar. Se estou achando graça de você? Sim, confesso que dei risada e que o seu fervor húngaro parece-me cômico. Isto não significa que não o entendo. No seu lugar faria a mesma coisa. No seu lugar já fiz a mesma coisa.

Hoje em dia tudo se assentou, tudo está calmo e amigável. Lembro-me às vezes das aflições passadas e não as entendo. Parecem-me vergonhosamente infantis. Esforce-se para não sofrer. Não se deixe dominar pelo prazer de sofrer. Há uma grande voluptuosidade na perseguição e sentir-se injustiçado talvez seja uma das mais orgulhosas alegrias íntimas. Fique atento a isso e não se permita uma tal vaidade. Procure receber com uma dose de humor tudo o que lhe acontece. Pense como seríamos ridículos se nos alarmássemos com qualquer chuva que nos molhe. Creia-me, aquilo que lhe acontece agora, por mais triste que seja, não é mais do que uma chuva.

* * *

Tentei me lembrar de onde conheço Arnold Max e foi impossível. Não me lembro nem onde e nem em que circunstâncias o vi pela primeira vez.

Prometi a mim mesmo tantas vezes controlar as amizades e percebo que não consigo colocar isto em ordem. É intolerável a preguiça com que deixo amontoarem-se ao meu redor diversos conhecidos e amigos que no começo não são calorosos, nem frios, nem brancos nem pretos, mas que um belo dia, sem eu saber, tornam-se obrigatórios, existentes, sufocantes.

Certa noite fiquei pensando nas minhas relações com diversas pessoas e espantei-me ao perceber quantas das minhas amizades são inúteis, desnecessárias, desinteressantes. De repente você está rodeado de dramas e comédias que cresceram à sombra da sua indiferença e que a partir de certo momento começam a ter direitos sobre você e contra você. Por quê? Como? Quando? É tarde demais para descobrir e, seja como for, é tarde demais para endireitar isso.

Seria necessária uma vigilância inflexível, a todo momento, para cortar pela raiz qualquer tentativa de cordialidade, pois mais cedo ou mais tarde você irá se tornar vítima dela. Sonho com uma vida reduzida a algumas relações rigorosamente selecionadas, três, quatro, apenas as que forem absolutamente necessárias, apenas as que respondam exatamente às minhas obrigações interiores. O resto que fique à distância, na zona bem vigiada das breves saudações na rua, onde não me atinja nenhuma efusão, nenhuma confissão, nenhum sentimentalismo. A primeira concessão, a primeira fraqueza, é fatal.

Veja esse Arnold Max. Estragou toda a minha tarde de ontem, levando-me com ele para cima e para baixo pelas ruas para contar-me os seus intermináveis problemas de arte e de vida.

"Um sujeito interessante." Mas, caramba, eu não sou romancista e que vão para o diabo todos os sujeitos "interessantes", pois não tenho nada a ver com eles. Um homem exaltado esse também. Aos 33 anos aparenta ter 22, pequeno, magro, com cara de texugo assustado, com a capa de chuva flutuando ao vento, com os bolsos cheios de papéis (notas da lavanderia, versos, começos de poemas, cartas de amor, manifestos modernistas). Gostaria de saber com que lógica são construídas as suas associações de ideias enquanto fala.

"Olá... Que bom que o encontrei, vá na quinta--feira à noite à casa de Costaridi, vai todo mundo... sabe, descobri um grande romancista, o maior dos romancistas, é formidável... Leon Trótski. O episódio do morto na Finlândia em *Mein Leben* é de Dostoiévski, certamente, Dostoiévski... Aquele imbecil do Costaridi falou-me de novo daquele seu Moréas. Não se pode nem mais respirar de tantos bombeiros que apareceram nessa geração. Veja, o Moréas... Vou dizer-lhe claramente: Tardieu está acabado. Depois virá o acordo Herriot e logo a revolução social... Stănescu me disse uma vez que ele usa meias de 300 *lei* o par".

Fala pelos cotovelos, com estranha volubilidade nervosa balbuciando dez pensamentos ao mesmo tempo, dez ideias, dez lembranças. Não conclui nada, deixa os pensamentos pendurados atrás dele, como papéis rasgados, aferra-se à primeira palavra, deixa--se levar pela primeira imagem.

Tenho a impressão de que fala de medo de se calar, de medo de se encontrar sozinho.

— Em que você pensa quando está só?

— Como, quando estou só?

— Agora há pouco, por exemplo, antes de me encontrar. Você caminhava pela rua, não? E não havia ninguém com você. Portanto, você estava só. E então, no que você pensava?

Ele se detém um pouco no lugar, como se quisesse lembrar.

— Espere um pouco... Em que pensava eu? Não sei.

Arnold Max é o homem-com-quem-nunca-acontece-nada. Não ama, não vai ao teatro, não sai, não se interessa pelas pessoas, não se interessa pelos livros. Não há nenhuma mulher em sua vida, nem um amigo, nem um fato, nada, nada. Um deserto com temperamento, um deserto com problemas.

Vive escrevendo, corrigindo, acrescentando, apagando. Pergunto-me se alguma vez ouviu tranquilo e pacientemente seus próprios versos. Não tem tempo. Precisa escrevê-los. Vive mergulhado neles, sufocado, assediado. De repente, no meio da conversa, tira de algum bolso um papel do tamanho de um cartão de visitas, no qual lê durante meia hora com um tipo de fúria ou de entusiasmo capaz de devorar tudo, o poema e o papel. Se eu ouço ou não, dá na mesma. Ele continua lendo, com algum tipo de fria inspiração, pronto a enfrentar um mar de indiferença. Em primeiro lugar, a sua própria indiferença que é mais forte do que a paixão pela poesia, um tanto dissimulada para dar um sentido trágico ao vazio em que vive e do qual foge.

É a poesia de um homem solitário, aflito, com inesperados arroubos melódicos dolorosamente simples para esse homem complicado. De tudo que ele escreveu, gosto daquele *Cinco contos para voz baixa*. O resto é cansativo e atabalhoado. Ele tem talento, eu sei, todo mundo diz isso, mas eu quero uma vida sem amargura, sem artifícios, sem problemas, uma vida de "bom dia", "boa tarde", "o pão é branco", "a pedra é dura", "o choupo é alto".

* * *

Avistei a Marjorie Dunton em um bonde. Acho que não me viu. Na quinta-feira passada, também esteve por aqui. (Hacker, o da contabilidade, trouxe-a de carro e fiquei sabendo disso por ele mesmo.) "Mande-lhe saudações, se voltarem juntos hoje à noite." "Não", disse Hacker, "eu vou voltar sozinho. A senhora Dunton vai pernoitar em Bucareste".

Sexta-feira, no ateliê, fiquei espreitando o Dronțu o tempo inteiro. "Você dormiu bem essa noite, Marin?"

Pergunta estúpida.

* * *

Sami Winkler esteve no ateliê para me pedir uma carta de recomendação para Ralph T. Rice.

— Não vai me dizer que você quer ser minerador?

— Não é para mim. Há alguns rapazes que estamos preparando para ir à Palestina. E devem ter alguns meses de prática em uma refinaria. Pensei que você poderia facilitar-lhes a entrada na Exploração. Sem salário, bem entendido.

Levei Winkler até a Praça Rosetti e apresentei-lhe o velho Ralph. Acho que vai dar certo. Depois, ambos voltamos ao ateliê.

— Não se ofenda, Winkler, e desculpe-me por perguntar-lhe, você terminou a tese?

— Não. Abandonei há tempos. Não me interessa mais. Vou ficar mais uns dois ou três anos e depois vou embora. Serei agricultor em uma colônia qualquer.

— Por que agricultor? Eles não precisam de médicos lá?

— Médicos, talvez sim, mas diplomas, não. Vou trabalhar na terra em algum lugar, em uma colônia e quando houver necessidade de um médico vou me fazer de médico. Eu ainda entendo de curativos.

O que Winkler diz é muito sério. Há quatro anos trabalha da primavera até o outono em uma granja na Bessarábia, organizada por sionistas para preparar pioneiros.

— Sem querer me gabar, sou um ótimo lavrador.

Ele diz isso com simplicidade, sem bravatas, quase indiferente, como se nada fosse mais natural.

— Explique-me, por favor, por que vai embora? Em 1923 teria sido compreensível. Mas agora, quando as coisas se acalmaram? Tenho a impressão de que em cinco anos, tudo mudou. Há mais segurança, mais boa vontade, mais compreensão. É possível respirar, é possível conversar.

— Possivelmente. Porém, eu vou embora, não estou fugindo. Vou embora, não porque aqui esteja mal e lá bem, simplesmente porque não posso viver em nenhum lugar a não ser lá. Eu sou sionista, não um trânsfuga. Veja, em 1923, em plena convulsão antissemita, o sionismo estava no apogeu, mas hoje, quando no mundo há tranquilidade e prosperidade, o sionismo está em crise. No entanto, eu prefiro esse sionismo em crise porque é feito de gente decidida, ao passo que o sionismo de 1923 era de gente assustada.

* * *

Noite no Costaridi. Longos debates sobre a ansiedade, a neurose moderna, Gide, a geração da guerra, Berdiaev... Fico admirado com quanta verve é possível falar sobre a ansiedade, tomando café. Em 1923, no tempo do meu caderno verde, a discussão provavelmente me apaixonaria. Hoje, experimento um desconforto pontual diante de qualquer problema global, ansiedade, destino, crise... É uma verborreia que me desencoraja.

Aí está Radu Șiriu, espadaúdo, esportivo, rosado e roliço, declarando sem pensar no ridículo, como em um romance russo:

— Não sei de nada, não entendo nada: estou em crise.

211

Como não se envergonha do mau gosto de uma declaração como essa? "É trivial" digo aos meus vizinhos. — Trivial sim — responde Ştefan D. Pârlea no outro canto. — Sim, é de mau gosto, e daí? É isso que importa? Ser delicados, espirituais, céticos? A cultura dos bons modos me dá nojo. Você não pode sentir dor, porque não fica bem. Não pode gritar porque "que dirão os vizinhos?" Não se pode viver porque não é elegante. Esqueçam essas bobagens, meus amigos. Tivemos dez gerações de céticos que só se olhavam no espelho com o pretexto de terem espírito crítico. Eu quero mandar às favas todas essas elegâncias e que vivamos. Intempestivamente, sem bom gosto, sem seleção, sem melindres, mas com clamores pessoais, com dramas autênticos.

Pârlea me olha diretamente com uma violência malcontida. Limpou nervosamente os óculos para me enxergar melhor e seus olhos lançavam faíscas, há muito guardadas para esmagar-me. Uma bela testa: orgulhosa, alta, provocadora, iluminada pelo pestanejar dos olhos, cuja miopia lhes dava um suplemento de intensidade. Eis uma adversidade que prezo como uma amizade. Não a explico, não a entendo, mas desde o primeiro dia senti nesse homem uma irredutível resistência. Quando todas as simpatias são fáceis, não é pouca coisa ganhar sem esforço uma hostilidade séria com a qual você pode contar nos dias bons, uma hostilidade aguda de um homem saudável.

Aliás, ele é o único para quem estas vagas palavras – crise, ansiedade, autenticidade – possuem um vivo sentido. Seu ensaio publicado em "Gândirea" – *Invocação por uma urgente invasão dos bárbaros* – esclarecia, pela primeira vez, o poder de uma posição espiritual sobre a qual poderia se dizer com alguma justificação: "Nós, esses jovens da geração pós-guerra". Para mim, Pârlea tem um pensamento lírico demais e eu, para ele, devo ser cético demais. Gostaria de lhe fazer entender que não é possível estar desesperado e dar conferências sobre o desespero na Fundação, estar angustiado e discursar sobre a angústia. Gostaria de dizer-lhe que essas coisas, se forem verdadeiras, são dramas e os dramas se vivem, não se discutem. Há na natureza de Pârlea algum demônio retórico que o impulsiona à manifestação, coisa sobre a qual sou completamente incapaz, eu que só brigo comigo mesmo. Discutir até as duas da manhã no Mişu Costaridi sobre "ansiedade" e depois ir dormir é uma tremenda piada. Pena que Pârlea não tem senso de humor.

s.t. Haim (bom amigo de Pârlea – desde quando?) interveio com sua pequena ladainha marxista:

"Uma geração de 'inquietos'... Engraçados vocês, amigos. Em outro lugar está a sua chave. Vocês são uma geração de proletários sem consciência de classe. O trabalho escasseou, as bolsas são pequenas, todas as vagas estão ocupadas. Vocês ficaram de fora e então, para não perder tempo, fazem metafísica. Algum dia entenderão que no estado democrático e na burguesia vocês não têm espaço e então virão para a revolução. Verão como ali se derretem as inquietações."

V

Só ontem à tarde, saindo do escritório, lembrei que era 10 de dezembro. Estava com Marin Dronțu e fomos a pé em direção à Calea Victoriei. Nevava copiosamente, com flocos imensos, como numa véspera de ano-novo e na rua havia uma animação festiva, um burburinho cordial de domingo. Na esquina de Capșa nosso caminho foi interrompido por um cortejo de estudantes que vinham da universidade.

"E o que será isto?", admirou-se Dronțu. "Dez de dezembro", lembramos de repente e demos risada. Devo reconhecer que a manifestação tinha um ar de festa, um ar de começo de férias, nada solene, meio brincadeira, meio entusiasmo. Paramos, na calçada, como todo mundo, para ver o desfile.

"Abaixo os judeus! Abaixo os judeus!"

O grito era transmitido de coluna em coluna, sílaba por sílaba, em longa e serpenteada escala sonora. Era bonito. Deve ser ridículo eu dizer isso, mas era bonito mesmo. Uma multidão de jovens, a maioria do primeiro ano, certamente, um tremendo ímpeto, uma atmosfera de recreação num pátio de liceu. Nada grave. Lembramos do nosso primeiro 10 de dezembro. Dronțu animado, eu, com uma sombra de amargura.

— Nossa, dei tanta surra naquele dia, lembrou ele.

— Talvez tenha sido você quem me bateu.

— Vá saber. Onde foi isso?

— No salão nobre de Direito.

— Não, não estive lá. Nós, da Arquitetura, fomos à Medicina, porque lá não havia judeus suficientes.

Ele estava quase emocionado. Eu seria injusto se não o entendesse: são suas lembranças da juventude. E também as minhas, um pouco menos alegres. De qualquer maneira, é grotesco revoltar-me agora por estas coisas mortas. Não é nada grave, nada agressivo. Esse "abaixo os judeus!" de hoje é quase inocente, quase simpático.

Ficamos passeando até tarde e rememoramos inúmeros fatos daquela época. Marin contou-me lisonjeado as façanhas dele.

— Na época eu tinha um porrete como nunca se viu. Os judeus fugiam de mim, só de me ver. Na Medicina eu era famoso. O "Dronțu da Arquitetura", quem é que não me conhecia? Me espanta que não tenha ouvido falar de mim... Eu era louco, cara!

Não é estranho que me encontre hoje em bom relacionamento com os tristes heróis do meu caderno de 1923?

Não poderia dizer exatamente como foram estabelecidas estas pazes sucessivas que nos levaram uns até os outros. Em todo caso, o nosso primeiro ano de faculdade jogou-nos em cantos opostos e o dia de hoje nos encontra juntos em um só lugar. Não é pouca coisa.

São outros tempos, outras perguntas. As arruaças na universidade eram muito bacanas, mas insuficientes. Com isso não se faz uma vida. Nem a vida deles, que "lutavam por reinvindicações", nem a nossa, que lutávamos com "problemas interiores".

Percebo que depois que a tempestade se acalmou, os ventos que sopravam eram os mesmos e que o naufrágio em que afundávamos nos era comum. "Hooligans" é um grito simples que resolve muita coisa. Quase tão simples quanto "abaixo os judeus". Teria sido só esse o nosso pequeno drama?

Desde aquela época eu desconfiava que havia algo mais. Hoje tenho certeza disso. Não se trata de Marin Dronțu, um proscrito por vocação. Entretanto, tem o Pârlea. Marin Dronțu batendo com o cassetete não é interessante. Um manifestante qualquer, pura e simplesmente. O caso de Pârlea é mais grave e, pensando nele, pergunto-me se ser um *hooligan* é mais confortável do que ser vítima. Não duvido nem um pouco de que Pârlea tenha sofrido bastante naquele turbilhão. Seu niilismo político, suas revoltas inocentes, suas formidáveis imprecações talvez sejam pueris como pensamento, mas não é o seu valor que interessa e sim a sinceridade com que as vive, o drama pelo qual passa. Sem dúvida, quando alguém lhe dá uma pancada na cabeça, tanto faz se é um bandido ou um herói e eu não vou ser tão delicado a ponto de preferir morrer por um revólver com ideias em vez de um revólver analfabeto.

Avaliando a minha situação pessoal igualmente ruim, permito-me meditar um pouco sobre o meu agressor. Pois bem, tratando-se de Ştefan Pârlea, não o invejo nem um pouco. Se os tumultos estudantis foram para mim uma tragédia, para ele devem ter sido a mesma coisa. Certa noite instiguei-o a falar sobre o seu papel no movimento. Respondeu-me com brutalidade intencional.

— Não lamento o que aconteceu. Lamento como terminou: na indiferença, no esquecimento... Quebrar janelas é ótimo! Qualquer ação violenta é boa. Que "abaixo os judeus" seja uma imbecilidade estou de acordo! Mas, que importância tem isso? A questão é sacudir o país. Comece com os judeus, se não houver outro jeito, mas acabe lá em cima, com um incêndio geral, com um terremoto que não deixe pedra sobre pedra. Naquele tempo eu tinha essa ambição, melhor dizendo, tinha essa esperança. Mas saiba que eu mesmo não fui até o fim. Fico sufocado se não começar outra coisa.

Ştefan Pârlea pode pensar liricamente, com símbolos, com mitos, mas esse tumulto não deixa de ser para ele uma reflexão política. Quem me garante que as ideias e os números de s.t. Haim estão mais perto da verdade do que as visões de Ștefan Pârlea? Reconforta-me nesse rapaz, a sua total incapacidade de pensar esquematicamente. Ele raciocina de um modo impetuoso que derruba, transtorna, abraça sem método, sem critérios, conforme o ritmo de seus acessos frenéticos. Noto em seu vocabulário a persistência de alguns termos que não esclareceu suficientemente nem por escrito e nem verbalmente, mas que para ele devem ter algum valor mágico. Deve ser difícil para ele explicar o que entende por "a invasão dos bárbaros" que tanto invoca, ou por "semente de fogo" sobre a qual diz que todos temos latente em nós, mas que precisamos que cresça até adquirir as proporções de um incêndio. Tudo isso é tão vago, tão inconsistente, tão ridículo às vezes... No entanto, Ștefan Pârlea leva tudo até a ação, até as mais abruptas ações. A sua saída da universidade, por exemplo, que todos consideraram uma insensatez, pois com um pouco de paciência, em alguns anos, ele se tornaria catedrático, essa saída, não podia ser só isso.

"A única coisa que posso fazer pela universidade é atear-lhe fogo", dizem que teria escrito ao decano na carta de renúncia.

Mesmo que a frase seja verdadeira, mesmo assim não me parece grave. Uma imprudência de um jovem. Um homem pobre precisa redimir sua pobreza, fechando a tempo algumas portas, caso contrário nunca vai aprender a abrir portas maiores. A deserção de Pârlea da cátedra certamente foi uma bobagem, mas pensei que pudesse ser salutar. E poderia ser mesmo.

No entanto, foi algo completamente diferente. Depois desta atitude, vieram outras e, se para a primeira poderíamos encontrar desculpas, para as outras foi mais difícil. Confesso que não entendi nada de sua aventura em Domínios. Subarquivista no Ministério dos Domínios?* Seja. Que seja. Mas é bem estúpido aceitar uma função subalterna, mal paga, miserável e deixar pelo caminho uma carreira de professor ou recusar um cargo de redator em um grande jornal. E, uma vez feito isto, continuar suas experiências de mutilações, parece-me infantil, medíocre.

Em setembro ele foi inscrito no quadro de promoções; teria aumento de salário e seria transferido para a direção central. Recusou. Simplesmente devolveu ao caixa a diferença de dinheiro e declarou que não receberia mais do que 3.300 *lei* e nem um centavo a mais. "Está louco", comentou-se durante três dias no Ministério onde a notícia correu de sala em sala, de boca em boca. O secretário-geral chamou-o em seu gabinete para ver a cara do "homem que recusa dinheiro".

— O senhor está no seu juízo perfeito?

— Acho que sim — respondeu Pârlea sem maiores explicações.

Mas à noite, entre nós, explodiu quando o censuramos por fazer experiências "pour épater les bourgeois".**

---

* Instituição que precedeu o Ministério da Agricultura. (N.T.)
** "Para chocar os burgueses", famoso grito de guerra dos poetas decadentes do final do séc. XIX. Em francês no original. (N.T.)

— Você recusou 1.200 *lei* e deixou estupefato o Ministério inteiro, ou seja, umas seiscentas pessoas, dois *lei* por cabeça. Jamais se pagou tão pouco por uma reputação.

— Vocês são gozados. Que queriam que eu fizesse? Receber hoje 1.000 *lei* a mais e daqui a um ano outros 1.000? Ser hoje subarquivista, amanhã arquivista, depois de amanhã arquivista chefe, supervisor de arquivista, arquivista geral? Foi para isso que fugi de onde fugi? Não compreendem que qualquer emprego aceito nesse Estado é uma cumplicidade? Qualquer êxito nessa cultura é uma abdicação? Eu quero derrubar. Quero botar fogo. E para isso preciso manter as mãos livres. Não quero ter nada para guardar, nada para perder, nada para defender. Nada que me entorpeça no dia em que chegar o grande rolo compressor. A gente aceita uma cátedra pensando em trabalhar e um belo dia você percebe que aqueles 15.000 *lei* que recebe tornaram-se indispensáveis, que você criou necessidades, assumiu obrigações. Os hábitos crescem à sua volta como cogumelos e o sufocam, paralisam, tornam-no prudente, folgado e envelhecido. A grande insídia da ordem em que vivemos é fazer de cada um de nós um servidor inconsciente. E somos vilmente comprados, sem perceber. Olho para vocês e me espanto, entendem? Fico assustado. Vocês todos têm uma posição, pequenas posições, pequenas questões, pequenos arranjos. Sinto repugnância, repugnância dos anos que perderam. Gostaria que a sua barriga crescesse rápido, que o seu cabelo caísse logo, para que vocês também acabassem. A tempestade de fogo virá sem vocês, não há nada o que fazer com vocês, nada arde em vocês...

O que me parece interessante na problemática de Pârlea é que ela provém do movimento de 1923. Portanto, depois daqueles anos, não são apenas algumas cabeças rachadas, alguns cursos concluídos e uma longa série de compromissos antissemitas, resta também um espírito revolucionário, um germe sincero de transtornar o mundo em que vivemos. Essa semente de revolução não podia ser vista do nosso pobre quarto no dormitório de Văcărești, e minhas tristes lembranças talvez não sejam o único testemunho válido para entender aqueles anos. Ninguém pode me censurar nada, pois ninguém podia exigir de mim naquele tempo que fizesse exercícios de objetividade moral, que dissertasse sobre as razões de ordem superior pelas quais eu apanhava duas vezes por semana, em média. Ser perseguido não é apenas uma miséria física, mas principalmente de ordem intelectual, pois este fato nos deforma aos poucos e, acima de tudo, ataca o nosso senso de medida. Não é o momento de me censurar por não ter entendido a tempo os meus agressores. Seria um tardio e grotesco excesso de objetividade. Alegro-me, porém, que os tempos tenham virado de modo que é possível refletir calmamente sobre as justificações para as surras levadas. A condição de mártir nunca me caiu muito bem, embora reconheça em mim uma forte tendência para essa veia particularmente judaica.

Pârlea representa o campo contrário em que durante muito tempo não consegui enxergar nada e nem entender nada, por causa das intermináveis redes de arame farpado que nos separavam. É muito confortável e até mesmo consolador considerar que os adversários são malvados e imbecis, já que na minha lamentável agonia daquele tempo esse era o único suporte possível, o último orgulho não destruído. Isso tudo já faz muito tempo. Mais do que os relativamente poucos anos transcorridos. As águas turvas tornaram-se límpidas na sua agitação superficial, mas ficaram ainda mais turvas em suas profundezas tempestuosas. Os homens se selecionaram, as ideias se sedimentaram, as bobagens se agruparam, as verdades começaram a se delinear. Há mais ordem em tudo. Talvez seja o momento de escrever a história do movimento antissemita. Mais precisamente da "comédia humana", não a história propriamente dita, ou seja, a das pessoas e seus pensamentos, não os fatos nus, conhecidos, que não têm nada de novo para revelar. Estou convencido de que depois de descartar os imbecis, depois de separar a parte dos baderneiros profissionais, dos agentes provocadores, o papel não menor dos vadios e avoados; depois de identificar, sucessivamente, a brutalidade, a insanidade e a intriga, talvez sobrasse alguma coisa que fosse um drama sincero. Então encontraria Ștefan D. Pârlea.

VI

O curso de Ghiță Blidaru tornou-se uma espécie de pequeno "problema de Estado". Na sexta-feira passada, um deputado do partido majoritário interpelou o governo na Câmara se seria tolerado que a universidade se transformasse num centro de perturbações políticas.

"A autoridade do Estado não pode ser tumultuada, senhor ministro, sob a máscara de teorias gerais." (Os jornais da tarde reproduziram esta frase nas manchetes.)

Na verdade, não aconteceu nada de grave. Houve apenas algumas aulas sobre as leis econômicas liberais de 1924. Aulas muito calmas na atitude, muito violentas nos números e conclusões. Partindo da lei de mineração de Vintilă Brătianu, Blidaru questionou o processo do liberalismo romeno. O Partido está alarmado e o governo incomodado. Parece que Vintilă Brătianu teria feito um escândalo no último conselho de ministros: "Parem com isso, senhores, parem".

Blidaru não parou nem um pouco. Para a semana seguinte anunciou abordar o projeto de estabilização e o mecanismo de empréstimos que estão sendo preparados.

O curioso em toda essa celeuma é que enquanto os jornais estão censurados e, portanto, qualquer oposição está excluída, um professor de economia política pode atacar abertamente qualquer coisa sem ser impedido.

A situação do professor Ghiţă é excelente. Ele dá suas aulas, segue o programa e nada mais. Ao mesmo tempo sua cátedra tornou-se o último refúgio do anti-liberalismo. Amontoa-se no curso um grande público dos arredores. Blidaru, impassível, conversa com seus estudantes. Propuseram-lhe discretamente algumas missões no estrangeiro: a presidência de uma delegação econômica em Paris ou, eventualmente, uma pequena missão em algum país vizinho. Recusou todas elas. "Veremos mais tarde, nas férias de verão. Por enquanto devo terminar as minhas aulas".

Acho difícil entender a paixão dele pela política. Não tem ambições pessoais, não imagina batalhas a serem ganhas. E não é um guerreiro, de jeito nenhum. Tem o temperamento indolente de quem jamais vai dar um passo na vida para ir ao encontro dela, pois vai esperar que ela venha até ele.

Se aprendi alguma coisa de Ghiţă Blidaru, foi justamente essa falta de agressividade diante da existência.

224

Sua passividade é a de um vegetal, a preguiça de uma árvore. A vida se faz e se desfaz, as tempestades vêm e passam, a morte cresce em algum lugar, na sombra, em silêncio. Acredito que nada vai surpreender Blidaru jamais, nada vai desconcertá-lo, não porque esteja seguro de si, mas por estar seguro do chão que pisa, do céu sob o qual se encontra. "Inquietações? Onde vocês encontram inquietações neste mundo cheio de certezas? O simples fato de o sol se levantar e se pôr não é suficiente para a nossa paz?"

Mesmo que ele fosse lenhador, cortador de pedras, barqueiro no Danúbio ou lavrador em Vâlcea, não teria sido diferente o seu modo de pensar. É o único homem que conheço contra o qual o destino não pode nada, por ser o único que o recebe e fica contente qualquer que seja ele.

Por sua formidável preguiça, sua assumida falta de iniciativa ("eu não tenho nada a fazer com a vida, é a vida que deve fazer de tudo comigo"), esse Blidaru seria capaz de perder todas as boas oportunidades, todos os *rendez-vous* decisivos que sua sorte, boa ou má, lhe apresentasse. Vai sempre encontrar um livro para ler, uma mulher para amar. Não há coisas urgentes para ele. Já me disse isso inúmeras vezes. "Cada alegria tem o seu tempo e cada dor o tempo dela. É preciso esperar a passagem das estações. É inútil correr, pois você não vai correr mais rápido do que o inverno que vai chegar e vai alcançá-lo. É outono para qualquer esperança, é primavera para qualquer desesperança. Nesse percurso a gente não chega nem tarde, nem cedo demais, chega-se sempre a tempo, quer você queira, quer não."

* * *

Não sei sobre quantas dores reprimidas, sobre quantas mortes ocultas, quantas perguntas sem resposta ergue-se a calma de Ghiță Blidaru. Tenho apenas uma vaga ideia. Há nele infinitas renúncias à inteligência, ao orgulho, à vitória, às aventuras. Cada um de nós é um ser entrincheirado em si mesmo e a maioria teima em fortalecer essas defesas, em isolar esses redutos íntimos, ao passo que ele contribui com a vida para derrubá-los, entregando-se antes da luta, vencido de antemão. Vencido? Não. Vencido por si mesmo, quando muito.

VII

Fui até Uioara para ver como estavam as coisas. Rice nos aborrece o tempo todo, por qualquer falha do aquecedor, do elevador ou da luz. O contramestre queria um relatório feito no local.

Eu teria gostado de ficar no alojamento onde, quando se acende um fogo como deve ser, não faz frio de jeito nenhum. Porém, os Dunton não me deixaram por nada nesse mundo. Marjorie esperava-me na estação com Eva Nicholson.

"Estou feliz que tenha vindo", disse-me. Depois, no trenó, calou-se o tempo todo. Eva fazia uma porção de perguntas e eu respondia com bastante boa vontade, mas tive a impressão de que Marjorie não ouvia nada. Estava incompreensivelmente séria em seu traje azul de esqui que lhe dava um inverossímil ar de adolescente. Na esquina da rua Ursului, pediu ao cocheiro que parasse e me mostrou com a cabeça as sondas nevadas ao longe.

— Veja que deserto...

Para mim a paisagem era mais de calmaria do que de deserto.

Após o almoço, trabalhei na refinaria e fui dar uma volta pelas sondas para ver o que seria preciso fazer para tranquilizar o velho Ralph. Sua aflição não tem fundamento. São questiúnculas inevitáveis.

À noite, passei bastante tempo conversando com Marjorie. Ela reencontrou o seu sorriso sério, suas têmporas iluminadas pelos cabelos loiros, mãos jovens e vivas, mas como se alguém lhes dissesse para ficarem quietas. O que mais gosto nessa moça é seu andar, seu porte, seu jeito de encostar-se na parede, a leveza com que se reclina na poltrona, o sobressalto quase assustado com que se levanta. Há uma mistura estranha de embaraço e segurança em todos os seus movimentos, no seu modo de falar, na atenção com que ouve, na sua risada franca.

Falou-me dos últimos livros que leu, tocou várias peças no piano, deu-me uma breve aula de esqui e me nomeou juiz entre ela e Phillip para decidir quem desceria mais rápido de Uioara até a curva Ursului.

— Façamos um concurso amanhã de manhã, propus.

— Não. Amanhã de manhã há outro programa para você, uma surpresa.

A surpresa foi um passeio até o alojamento. Estava tudo em ordem, limpo, como se eu nunca tivesse saído dali. Na tábua da lareira, duas fotografias emolduradas, uma minha e outra de Dronțu. Entre elas, uma fotografia pequena em que mal reconheci a Marjorie no verão passado, de sandálias e traje de tênis.

— Quem colocou essas fotos aqui?

— Eu. Venho algumas vezes ao alojamento para ler. Não sei, acho mais bonito aqui. Como se não estivesse sozinha. Peço a um rapaz da refinaria que me acenda o fogo e depois venho e fico uma hora, duas. Veja lá no armário, tem chá, rum e açúcar. Você não imagina como me agrada arrumar a casa de vocês. E veja como estão bonitos, os dois, você e Dronțu, como olham um para o outro nas fotos.

Ela dá risada. Aproxima-se da lareira e rodeia a coluna esquerda com o braço como se estivesse abraçando o pescoço de um homem.

Está quente, a água do chá ronca na chaleira, as achas de carvalho crepitam ao fogo. As janelas estão salpicadas de neve e tenho a impressão de que estamos os dois muito longe. Em um casebre de montanha, surpreendidos por uma avalanche, que bloqueou todos os caminhos de volta. Em certo momento, penso se deveria levantar-me do meu lugar e ir até ela, tomá-la nos braços e beijá-la. Ficamos um bom tempo olhando um para o outro, como nas brincadeiras infantis quando você aposta que não vai piscar. Fecho os olhos e me pergunto sem resposta: sim? não? sim? não?

QUARTA PARTE

Longa noite com Maurice Buret no *La Coupole*. Diante das nossas *bock* de 1,25 franco vazias, desfila uma humanidade inteira, sorrisos, exclamações de surpresa, pequenas cenas familiares, amores, traições, dramas... O espetáculo embebeda lentamente no passar insensível do tempo.

O *La Coupole* não é um restaurante, é um continente e Maurice Buret não é um espectador, é um explorador. Observa tudo, até os mínimos detalhes, assimila o espetáculo, organiza-o. Tem uma intuição infalível. Em um grupo aparentemente banal seu olho descobre, pelos mínimos indícios, todas as paixões possíveis e consegue captar sob as luzes indiferentes das lâmpadas, nos pequenos sinais imperceptíveis que se escondem em um cliente do restaurante uma vida íntima, com suas comédias e suas catástrofes afogadas em um sorriso inexpressivo. A mulher adúltera, a amante infeliz, o jovem pederasta debutante, a loira

233

anglo-saxã, a ainda casta e deslumbrada pelas luzes de Paris, o adolescente aventureiro, o cínico grisalho, a morena fatal à procura de mulheres ou de éter...

Qualquer pessoa no recinto pode ser um herói; todo gesto, um começo de drama. De nossa mesa, Maurice Buret segue pacientemente o desenrolar do filme e descobre os momentos decisivos. Ninguém nessa imensa sala, ninguém nessa agitada multidão escapa à sua vigilância. O espetáculo é complexo, mas ordenado. Um sorriso da terceira mesa à esquerda, na primeira fileira, lançado no ar displicentemente, não estará perdido para Maurice que segue sua trajetória e descobre, no canto oposto, o personagem a quem estava destinado.

Maurice Buret conhece bem a geografia do *La Coupole* porque ele o construiu. Velho bebedor de *bocks* dos finais de tarde, ele pagou 1,25 franco pelo seu posto de observação, do qual decifra, noite após noite, os mistérios de seu bairro e de sua gente. Para Maurice, essa gente se divide em casais, famílias, turmas, assim, de uma mesa para outra, de um reservado para outro, do térreo ao salão e do salão ao terraço. Há uma rede inteira de relações que dão unidade, ordem e lógica a esse mundo atordoado, no tumulto das cores, das luzes e das vozes.

Maurice Buret presenciou tantas e tantas aventuras que circularam por aqui. Algumas, apenas intuídas, outras surpreendidas em um choro ou em uma palidez, outras, espreitadas metodicamente dia a pós dia, de um acontecimento a outro. Esse rapaz só tem uma grande paixão, mas aguda: a curiosidade.

234

(A curiosidade também o levou à Medicina, certamente, pois além de seu gosto de provocar e ouvir confissões, não imagino que outra coisa fez dele um médico.)

Observar, para ele, é uma voluptuosidade que ultrapassa em muito a de viver. Com ele não acontece nada que o preocupe a não ser uma experiência a mais. Sua própria vida não deve ser para ele mais do que um espetáculo semelhante a este vasto *La Coupole* em que as pessoas surgem e desaparecem, uma passagem cuja insignificância é resgatada na oculta alegria de observar e entender.

Dos diversos Maurice Buret que conheço (pois esse homem tem potencial suficiente para desdobrar-se em quatro ou cinco personagens envolventes), o mais interessante é esse do *La Coupole* com seus paletós cinza convenientemente talhados, seu chapéu nem novo nem velho, sapatos lustrosos, mas não muito bons, sua figura apagada de transeunte banal perdido na multidão, nem feio nem bonito, sem rudezas, sem insolências e nem sedução na sua forma de ser, coisa que lhe dá o direito de andar pela vida sem que ninguém se vire para vê-lo. É um homem entre mil, entre cem mil, instalado diante de um copo para além do qual descortina-se um teatro de heróis involuntários que representam diante desta testemunha vigilante e astuta.

"Está vendo aquela morena patética perto do espelho?", perguntou-me há umas duas semanas. "Ela tem cara de sapatão. Desconfio que ela detesta os homens e ama as mulheres, ou então, está esperando por uma amante ou procurando uma amante. Veja que cara assustada, que cara de catástrofe ela faz."

Umas duas noites depois, Maurice completou sua "ficha" de observações.

"Já sei, a 'morena patética' está à procura de uma companheira. O que acha da loira à direita? Não, não aquela da mesa maior. Veja, na primeira, na segunda, na terceira, sim, na terceira à direita. Bonitinha, não? Sorriram uma para a outra umas duas vezes essa noite. Não estaria mal esse casal."

O diagnóstico continuou nas noites seguintes. A pequena loira tornou-se, na linguagem de Maurice – não sei por que – a "loira Aline" e a troca de sorrisos e convites entre as duas mesas progredia visivelmente. Eu duvidava dos resultados. A "morena patética" estava sozinha e de seu lado não haveria nenhuma dificuldade, mas a tal Aline estava cercada por numerosas moças e rapazes.

— Você se engana Maurice. Você inventa pretensões em toda parte. Tem espírito de detetive.

— Pode ser que eu esteja enganado. Mas, ainda acho que é um casal possível que tem chances de se formar.

Não apareci por alguns dias no *La Coupole*. (Nesse intervalo trabalhei em alguns esboços para o contramestre e os mandei a Bucareste. Pode ser que nesse verão comecem de fato os trabalhos de Le Havre para a Exploração Rice. Ainda não está decidido, mas é provável.) Assim sendo, faltei alguns dias em Montparnasse. Ontem à noite, ao entrar no *La Coupole*, a primeira coisa que percebi, não sem certa surpresa, foi aquelas duas moças – "a morena patética" e a "loira Aline" – conversando sozinhas na mesma mesa, uma sombria e apaixonada e a outra submissa e temerosa. No seu lugar habitual, Maurice modestamente saboreava a sua vitória, mas não sem um vago sorriso de triunfo. Acho que esgrimia um sentimento paterno, um orgulho de autor diante desse casal amoroso que ele tinha previsto desde os primeiros indícios.

— Você está feliz, seu orgulhoso!

— "Feliz" não é o caso. Estou contente porque comprovei a minha observação. É um êxito de laboratório, se assim quiser.

Não tenho nenhuma inclinação para exercícios de psicologia. Caso tivesse, o exemplo de Maurice Buret teria me curado radicalmente.

No que me diz respeito, a única qualidade que reconheço nos homens é a sua indiferença que constitui não apenas uma polidez suprema, mas uma garantia de segurança e de tranquilidade. Nunca me incomodou o assim chamado drama da impotência de não conhecer uns aos outros e o pensamento de que duas pessoas podem viver juntas sem uma entender nada do que acontece no coração da outra; o pensamento dessa solidão impenetrável em que estamos condenados pelo nosso ser, longe de me entristecer, alegra-me. Esse pensamento satisfaz em mim uma velha nostalgia depois de uma saudável, sólida e certeira ignorância, a única coisa durável neste mundo em que as verdades são instáveis e cheias de riscos. Não conhecer sinceramente é um começo de salvação. Digo isso sem ironia, no máximo com uma pitada de exagero, apenas para desaprovar mais severamente as experiências do psicólogo Maurice Buret.

* * *

*"Ça fait toujours une petite experiénce."** Diz Maurice Buret sobre o seu último triunfo no *La Coupole*. Experiências, sempre experiências, apenas experiências. A vida para esse moço não tem outro sentido que não seja o de poder ser observada. Ele tem consigo um registro invisível no qual anota uma porção de conclusões sistemáticas. Toda pessoa tem uma ficha, todo sentimento tem um capítulo. Ele chama esse exercício de *"du jardinage"*, jardinagem como ele mesmo explica, para a qual tem tudo o que precisa.

— Você é um cartesiano meu caro Maurice, da pior espécie.

— É mesmo? Não sabia. Li Descartes no Liceu, mas esqueci.

Leio para ele algumas linhas do *Discurso do Método*. Ele ouve atentamente.

— Na verdade, combina comigo. Porém, Descartes não é o meu mestre. É abstrato demais. Eu me

---

* "Todos os dias uma pequena experiência". Em francês no original. (N.T.)

interesso pela anedota, e só pela anedota chego às verdades. Eu não sou filósofo. Sou apenas um homem curioso. Quando muito, e isso para lhe fazer um favor, um psicólogo.

Encontro-o irregularmente. Isto porque se ausenta por duas ou três semanas e, de repente, aparece numa bela manhã, com uma ampla coleção de eventos, descobertas, sensações. Opera em várias frentes nas quais não permite nenhuma confusão. Vive em alguns círculos que não mistura e mantém algumas amizades que isola cuidadosamente umas das outras, cultivando alguns amores bem guardados.

— Veja, meu bom amigo, a vida seria impossível se eu não a organizasse como é preciso. Eu só tenho uma cama e há mil mulheres bonitas, tenho apenas um número de telefone e há mil conversas interessantes. É preciso muito tato para escolher o certo para proceder rapidamente e arriscar pouco.

As relações e os amores de Maurice Buret poderiam dar pano para três vidas. Ele vive as três e mantém uma rígida contabilidade. Em primeiro lugar, sua vida acadêmica, laboratorial e clínica muito séria.

Desde que passou no concurso de interno, há dois anos, escreveu alguns relatórios e estudos respeitáveis. Existe então um Maurice Buret "jovem sábio", sóbrio, sisudo, reservado. Nessa condição ele tem um amor "complexo" com uma jovem assistente "morena e apaixonada" com a qual se deitou pela primeira vez por entusiasmo após uma longa discussão técnica sobre os sais de ouro.

Depois, existe um segundo Maurice Buret, mundano e frívolo, um Maurice parisiense instruído, inteligente e galante, bem recebido no mundo diplomático e de muito sucesso nos grandes salões. Nesta segunda condição, seus amores são mais numerosos e variados, do adultério à inocência, do amor fatal ao pequeno idílio.

Finalmente, na sequência, vem o moralista Maurice Buret, diretor dos primeiros dois, observador e crítico, leitor de livros, juiz de homens, pesquisador de casos psicológicos interessantes. É a variante que conheci primeiro e a que prefiro. Não se cansará de navegar continuamente entre tão diversas psicologias? A julgar pela sua excelente saúde, não.

— Você é um mestre, Maurice.

— Não vamos exagerar. Qualquer jogo é complicado se você não o conhece e, ao contrário, é muito simples quando você sabe. Eu conheço o meu jogo, isto é tudo. Sempre sei o que quero e sei onde achar o que quero. Preciso de um amor cínico? A morena Christine está todos os dias no laboratório entre as cinco e as sete, onde pode ser encontrada. Quero, ao contrário, um momento sentimental? A branquela Alice Vignac atende na Central 14-99. Sinto necessidade de uma conversa impetuosa com imprecações metafísicas? Robert Grevy está na redação todas as noites da meia-noite às duas. Estou interessado em problemas sociais? Bertrand está sempre informado. E, finalmente, quero colocar alguma ordem em todas essas histórias, classificá-las, degustá-las, julgá-las? Você está aqui para me dar a resposta mais certa.

— Mas, o que está dizendo é monstruoso. Onde você se encaixa em todas essas experiências? Qual delas é você? O cínico? O sentimental? O cético? Receio que não seja nada disso. Vive através do reflexo dos outros. Você é algo muito artificial: é um *raisonneur* da comédia.

— Não me desagrada o papel e o aceito, menos a compaixão que me oferece, pois estou encantado com a minha técnica de vida. Ela consiste em pedir de cada pessoa exatamente o que ela pode dar. Pense bem em todos os dramas que conhece e vai perceber que eles partem, sem exceção, de uma exigência fútil. Toda a minha filosofia resume-se a um único preceito que lhe recomendo enfaticamente: "é inútil cavalgar um jumento e esperar que ele vire um puro sangue".

* * *

O "forte" de Maurice Buret não é a sua paixão pela psicologia, antes de mais nada, é a sua falta de sensibilidade moral. Mais ainda: a sua simpatia pelo vício, sua curiosidade a respeito das deformações. Pessoalmente, é um rapaz saudável, comportado, com um tenaz sentido da conveniência e do equilíbrio que herdou de sua família de burgueses provincianos. É um bretão de uma linhagem de negociantes e marinheiros.

Isto não o impede de procurar e, se necessário, provocar diversos "casos escandalosos". Durante dois meses – para meu espanto – amou Germaine Audoux. que foi um dos seus mais prolongados amores, e nada justificava essa constância por uma garota, não digo feia, mas de jeito nenhum bonita. Fiquei sabendo do segredo um dia em que Maurice completou o capítulo Germaine com todos os dados necessários: ela é viciada em éter.

"Você não imagina como é instrutivo. Na clínica encontrei muitos casos de intoxicação graves, e nos manuais, só generalidades. Sem Germaine, o éter teria sido uma abstração. Com Germaine é um drama."

Gostaria de retrucar: "Mas o que é você, afinal, uma máquina de registrar dramas? Um detetive? Um agente secreto psicológico? Um amante de almas?" Detenho-me a tempo. O único sentimento que Maurice Buret é incapaz de perceber é a indignação.

Talvez seja o homem mais inteligente que conheci, pois é apenas inteligente. Nada mais: nem moral, nem imoral, nem bom, nem mau. A inteligência fica no lugar da sensibilidade. Existem emoções, certas nuances que você precisa sentir. Ele as entende. Mas, não tem instintos, não tem reflexos: orienta-se pela lucidez. Pergunto-me o que seria dele se tivesse uma grande paixão, daquelas que devastam, que consomem, que derrubam... Infantilidade! Uma paixão desse tipo, jamais se apoderaria de tais homens. Maurice Buret seria capaz de colocar ordem em um ciclone.

Em toda a parte ele procura pontos de referência. Em uma multidão ou em uma sinfonia, em uma paisagem ou em um livro, sua primeira preocupação é

242

definir o norte e o sul. Depois ele se permite tornar--se aventureiro, pois conhece os caminhos de volta. (*"S'égarer est un plaisir délicieux, à condition que la route de Paris ne soit pas trop èloignée."**)

* * *

No momento, Maurice está ocupado com a questão Robert Grevy-Jacques Bertrand. "É um casal obrigatório", escreveu em sua caderneta imaginária, no item Robert, no dia em que lhe apresentou Jacques.

— Mas, Bertand não é homossexual — argumento, escandalizado.

— Vai ser. Tem todos os indícios.

— E Robert Grevy?

— Foi. Ficaram-lhe as nostalgias.

Robert Grevy é casado. Sua mulher, Suzanne, que conhece algumas coisas de seu passado, não o perde de vista. É uma esposa impetuosa e atenta.

"Enquanto a Suzanne estiver presente, não há nada a fazer", observa Buret com precisão. Depois, determina: "A Suzanne precisa desaparecer por um tempo".

Terça-feira, café da manhã na casa dos Grevy.

— Por que me olha assim, Maurice? — pergunta Suzanne, surpresa.

---

* "Perder-se é um prazer delicioso, desde que o caminho de volta a Paris não seja longo demais." Em francês, no original. (N.T.)

— Assim como?

— Não sei bem, parece preocupado.

— Oh, não é nada! Tive a impressão de que você tossiu.

— Sim, eu engasguei.

— Então não é nada. É que me pareceu uma tosse suspeita.

— Suspeita?

— Ora, não fique alarmada. Eu que sou imprudente por chamar a sua atenção. De agora em diante você não vai me dar sossego. Estou convencido de que já se acha tuberculosa.

— Não, Maurice, mas se você diz...

— Sabe de uma coisa? Passe amanhã pelo hospital e vamos fazer uma radiografia. Você vai ficar mais tranquila.

Três dias depois, Suzanne vai para Savoia com a recomendação de ficar lá um mês ao sol, na espreguiçadeira. Claro, a chapa radiográfica aponta duas ou três lesões.

Maurice Buret ri, modestamente.

É um corruptor? Não. Nada em comum com Gide, nem o vício, nem o proselitismo e nem a inquietação, muito menos a inquietação. A perdição ou a salvação dos homens pouco interessava a Buret.

"Eu só me ocupo de variar as paisagens psicológicas de que disponho. Tenho a impressão de que Robert e Jacques podem dar muito certo juntos. Tento facilitar-lhes a aproximação, atenuar as asperezas, esclarecer-lhes a própria vocação, trata-se de um trabalho modesto, de bastidores."

Ouço Maurice Buret e faço sérios esforços para não me escandalizar. De uma vez por todas, preciso entender que esse homem não tem escrúpulos morais e que, portanto, ou você o aceita como é ou o rejeita, o que para mim é muito mais difícil.

O seu mentor espiritual (se é que "espiritual" é um termo adequado para ele) não é Gide, mas Laclos. E o ambiente moral em que vive assemelha-se enormemente com a atmosfera de *Ligações perigosas,* que não é perversa, apenas libertina, pois não é o vício que predomina, mas o gosto da inteligência de inventar jogos variados em toda parte.

* * *

Só após uma ausência mais prolongada (uma daquelas misteriosas escapadas das quais volta com surpreendentes relatos pessoais), só após algumas semanas de ausência, percebo o valor da amizade de Buret. Traz com ele o sentimento atrevido de que tudo é possível na vida, de que todas as mulheres podem ser conquistadas, todas as portas podem ser abertas. Coisa curiosa: previdente como é, metódico e reflexivo em tudo o que faz, ele dá a impressão de viver com espontaneidade.

— Até sua espontaneidade é dissimulada, meu velho Maurice.

— Eu não dissimulo: organizo. Organizo a espontaneidade. Você acha que sou um cínico, mas sou um entusiasta. Só que meu entusiasmo é sistemático.

Uma hora de conversa com ele é um autoesclarecimento. Deve achar um termo para cada nuance, uma correção para cada confusão. "Tudo pode ser definido", diz ele com teimosia e não se permite nem uma palavra imprópria, nem uma distinção incompletamente expressa. Nunca o ouvi julgando alguma coisa, uma mulher, uma peça musical, um quadro, por meias palavras. Ele sempre diz exatamente do que gosta e do que não, separando estritamente um matiz de outro.

Em sua companhia, a vida se torna linear, as proporções, justas, os horizontes, límpidos.

II

Os escritórios Ralph T. Rice do bulevar Haussmann são apenas uma agência modesta perto da sede na Praça Rosseti de Bucareste. Algumas salas, alguns escritórios, um pequeno arquivo em vias de organização. Não sei exatamente o que o velho Rice quer fazer aqui: um simples escritório de vendas ou uma verdadeira sociedade anônima. Depende de sua decisão se vamos começar ou não os trabalhos de Le Havre. (Em todo caso, eu preferiria Dieppe que me parece comercialmente mais adequado e do ponto de vista do local de construção, infinitamente mais aberto, de maior capacidade. Mandei vários esboços ao contramestre que vai decidir.) É possível que, no final das contas, ele desista de tudo. Não é o momento de fazer grandes investimentos em um negócio que, no melhor dos casos, só será rentável daqui a alguns anos. No final de 1929, quando a Exploração Rice S.A. começava a realizar o plano mais antigo do velho Ralph de organizar um setor francês, o empreendimento parecia possível. Hoje, em 1931, é no mínimo arriscado, se não aventureiro. O petróleo passa por uma crise só igualada pela agricultura. Nos negócios, Rice é um homem arrojado, mas não um apostador na Bolsa.

Além disso, o contramestre nunca levou muito a sério a "expedição à França", como costumávamos brincar no escritório. De um lado, ele teria gostado de construir aqui, mas de outro, não tinha nenhum motivo para desencorajar o Rice. Além disso, gostava de dar ao Dronțu e a mim a possibilidade de sair do país por cerca de um ano. Fizemos um sorteio e eu fui o ganhador.

Está bem, esse ano vai você e no ano que vem vai o Dronțu.

Por esses dias completou-se o ano. Esperei por Marin para me substituir, mas ele não veio. Escreveu-me uma carta de exatas quatro linhas, as primeiras que recebo desde seu casamento.

"Não posso ir. Sou homem casado, tenho muitos problemas. Fique tranquilo aí. Tenho saudades de você. Gostaria de vê-lo. A Marjorie manda saudações. Ela vai escrever-lhe um dia desses."

A Marjorie vai escrever... Não, a Marjorie não vai escrever, eu sei disso e Marin também sabe.

Diante disso, mais um ano aqui.

* * *

Na Exploração, no Bulevar Haussmann, às vezes encontro Pierre Dogany. Está fazendo o doutorado em Direito Civil e Econômico aqui. Batalhou o quanto pôde em Budapeste e quando percebeu que não dava mais, foi embora. No entanto, sua intenção é voltar para lá logo depois da tese. Está decidido a ser húngaro a qualquer preço, fazendo qualquer esforço. Até me cansa seu excesso de zelo. Tenho a impressão de que lamenta ter-me mandado aquela carta a Bucareste dois anos atrás. Não perdoa o fato de eu me lembrar tão bem de suas desilusões húngaras. Gostaria de não se ter queixado nunca das perseguições sofridas, de ter sido denunciado, oprimido, expulso, contestado no seu violento íntimo húngaro. Parece-me excessiva essa sua devoção por obrigação.

Convidou-me a ir à Faculdade na semana passada para ouvir uma palestra de Lapradelle no seminário de Direito Internacional. Falou do aspecto jurídico da questão dos optantes.[*] Como Lapradelle havia sido o advogado conselheiro dos húngaros em Haia, toda a sessão foi uma acusação contra a tese romena. Eu me senti mal e embora os elementos técnicos, cifras, dados e estatísticas me faltassem, havia necessidade de uma réplica. Ela foi dada, para minha alegria, por um estudante romeno presente na sala, o qual, depois que Dogany terminou o relatório, instalou-

---

[*] Húngaros fazendeiros na Transilvânia que optaram pela nacionalidade húngara após a unificação da Transilvânia com a Romênia (1918). (N.T.)

-se na cátedra e dali falou por meia hora seguida com faíscas nos olhos e gestos febris como provavelmente nunca se vira naquela fria sala de aula.

Aproximei-me dele na saída para conhecê-lo.

Apresentei-me e fiquei sabendo que seu nome é Saul Berger. Senti quase raiva pela facilidade do símbolo, evidente demais para não se impor, mas melodramático demais para mim: dois judeus discutindo um com o outro por duas vitórias que não passam de duas abstrações. O destino, o inevitável destino.

* * *

Blidaru me pergunta em sua última carta quando penso voltar ao país. Por meio da "Casa do Corpo Acadêmico" adquiriu um grande lote em Snagov e gostaria que eu construísse uma residência ali. Respondi-lhe por via aérea:

"Não sei quando volto, mas seja quando for, quem vai construir a vila sou eu e ninguém mais. Vai ter que esperar, senhor professor, vai ter que esperar. É uma alegria grande demais para perdê-la."

Maurice Buret voltou ontem da Normandia, para onde havia ido substituir um colega em Oizy-sur-Glaive por vinte e cinco dias. Está feliz com a colheita com que volta, tão feliz que até renunciou ao pequeno sorriso de modéstia com que costuma desculpar suas vitórias. Em Oizy obteve duas conquistas, ambas bonitas, e me relata agora animado, mas metódico, em capítulos numerados.

1) O doutor Sibier.
2) O registro de entradas.

1) O doutor Sibier é o médico que ele substituiu. Ele estava saindo de férias para o sul da França e então pediu um clínico de Paris que o substituísse.

O acaso fez com que Buret fosse enviado.

"Logo de cara", conta Maurice, "percebi que não era um sujeito qualquer. Ele tinha em casa dois quadros, um Braque e um Marie Laurencin, coisa que em Oizy não é apenas um ato de coragem, mas uma provocação. Parisiense, 36 anos, inteligente, que faz esse homem em um buraco de província, em um povoado de 8.000 pessoas, sozinho, sem parentes, sem lembranças, sem horizontes? Perguntei ao motorista, perguntei à enfermeira, perguntei a diversos pacientes que vieram se consultar. Ninguém soube me esclarecer. Recorri então, a meios de investigação pessoais e abri as gavetas de baixo da escrivaninha. Ele não tinha deixado as chaves, mas usei facilmente uma faca. Achei um maço de cartas sem grande interesse, algumas fotografias banais e, finalmente... um diário íntimo. De umas 600 páginas. Li todas elas em duas noites. Pois bem, é extraordinário. Eu disse ex-tra-or-di-ná-rio e reafirmo. Você vai ler também e vai ver."

— Como? Você pegou os cadernos?

— Não, não. Que você acha que eu sou, um assaltante? Eu apenas li e transcrevia as passagens essenciais. Mesmo porque, à noite, eu não tinha muito o que fazer. Fiz a transcrição e depois coloquei tudo de volta na gaveta. Dois dias antes da volta do doutor, chamei um chaveiro da cidade para consertar a fechadura estragada. Nada suspeito, tudo em ordem.

2) O doutor Sibier voltou a Oizy à noite, lá pelas dez, e eu devia partir no dia seguinte ao amanhecer. Entreguei-lhe o registro em que eram anotadas as consultas e o dinheiro arrecadado. Contei para ele 18 notas de mil e algumas notas de cem. Contei 18,

embora só houvesse 17. Uma de mil ficou na minha carteira, não me pergunte por quê. Diverte-me fazer isso, deixando de lado a consideração de que mil francos são mil francos.

— Ele podia te prender.

— "Me prender!" Como você se expressa mal. Você quer dizer que ele poderia ter observado um pequeno erro nas contas. Poderia acontecer, mas não observou.

— Ainda está em tempo.

— Claro. Espero hoje ou amanhã uma carta dele.

— E que vai fazer?

— Ainda não sei, depende da carta.

De fato, a carta do doutor Sibier chegou.

Tenho a impressão de que ocorreu um pequeno erro nos nossos cálculos. Não sei bem e, creia-me, para mim é difícil aborrecê-lo por causa disso, mas estão faltando mil francos na conta. Será que omiti alguma coisa ou, ao contrário, anotamos uma cifra duas vezes?

Maurice respondeu imediatamente. Não sabe se houve algum erro, mas se houve algum, o responsável é ele, e então está pronto a enviar imediatamente a soma que falta. "Não interessa quanto, 1.000 ou 10.000 francos, não será caro se for para conservar a confiança que para mim é mais importante do que qualquer outra coisa".

Dezoito horas depois recebeu uma resposta telegráfica.

253

Não mande nada, não falta nada. Em nenhum momento se tratava do senhor. Mil perdões.

"Veja o que é uma boa e sólida educação", concluiu Buret, agitando o telegrama do doutor.

Embora eu conheça a absoluta falta de moral em que vive, tentei novamente obter explicações. Maurice Buret não é um desenfreado e nem um impulsivo. Aquilo que faz, faz com toda tranquilidade e sob sua inteira responsabilidade. Quero saber, portanto, se em seus atos não entra nenhum outro critério a não ser o da segurança pessoal. É penoso falar de "consciência", mas estou interessado em descobrir como funciona o mecanismo interior desse sujeito, seu sistema de reflexões e conversas íntimas, em que cada um de nós se julga, se absolve ou condena a si mesmo.

— Ora, funciona perfeitamente. Como um bom pulmão, como um bom estômago. Tenho uma consciência capaz de digerir as crises mais bravas. Isto é porque não engano a mim mesmo e não transformo em um problema moral aquilo que é apenas um problema técnico. Você jogou futebol alguma vez? Eu joguei. Seja como for, conhece o princípio geral: introduzir a bola no gol do adversário, respeitando porém, algumas regras. A mais importante é não tocar a bola com a mão. Perfeito. Se você quer jogar futebol precisa necessariamente aceitar essa regra e submeter-se a ela. Se não aceitar, não joga. Simples assim. Mas, uma coisa é respeitar a regra

254

e outra é *acreditar* nela. O fato de tocar ou não tocar a bola com a mão *em si* não tem absolutamente nenhum valor, nenhum significado. Só adquire um sentido no âmbito do jogo. Um moralista entendido em futebol não demoraria em decretar a natureza transcendental do toque com a mão. Pois bem, esta é uma questão a qual não dou relevo. Veja, a noção de "pecado" é para mim uma abstração. Não existe "pecado". Existe apenas falta de "tato".

* * *

Só fui umas duas vezes à casa de Buret no tempo em que vivia com sua mãe, nos apartamentos da Rue Vouillet. Nas duas vezes tive a impressão de incomodá-lo. Fechava cuidadosamente as portas e me conduzia apressado pelo corredor, até o seu quarto. Apenas uma vez espreitei por uma porta entreaberta uma senhora que cumprimentei atrapalhado, sem saber se devia me apresentar ou não. Ele só disse, de passagem, com displicência: "Não é nada, um amigo", e seguiu em frente.

Ele que fala sobre tantas coisas, nunca me falou nada de sua família. Há uma zona de privacidade que permanece fechada. Sobre mulheres, livros, amigos, sempre teve as mais abundantes conversas. Mas, nem uma palavra sequer sobre aquilo que fica ali estratificado, inalterável, no espírito de sua família de bretões transplantados a Paris, onde não deixaram de ser bretões. Com sua aparente cordialidade, com sua tremenda discrição, com sua paixão por conversas e "documentos" Maurice Buret continua sendo uma pessoa fechada, contida e reservada. Nunca o surpreendi em um momento de depressão ou de alegria que o fizesse falar livremente, com imprudência, talvez, mas livre, sem controle, sem reticências. Aquilo que se chama "a necessidade de se doar" para Maurice Buret é algo completamente estranho. Ele não tem efusões. Tem, quando muito, simpatias deliberadas. Em algum lugar em sua vida íntima, funciona um departamento de censura, que verifica toda e qualquer palavra, que suspeita de qualquer ímpeto, que reduz à frieza qualquer entusiasmo. Uma cerca de ferro guarda seus inexpugnáveis segredos estritamente pessoais.

Na semana passada, disse-me do nada. "Eu me mudei. Agora moro sozinho. Eu e minha mãe decidimos de comum acordo nos separar".

Fiquei surpreso, menos pela notícia que me comunicava do que pelo fato de comunicá-la.

— Por quê?

(Perguntei-lhe, por educação, para não deixá-lo sem resposta, mas não acreditei que respondesse, mesmo porque não tenho nenhum talento de pedir confissões. No entanto, respondeu, para minha surpresa, com explicações e detalhes.)

— Não sei como aconteceu. De uns tempos para cá percebi que não dava mais. Era uma pressão silenciosa que interferia lentamente, não sobre as minhas coisas, mas sobre os meus pensamentos. Quem diz que é livre na casa de seus pais engana-se.

"Veja, com meu pai acho que poderia facilmente morar junto. Ele é um homem frio e, para mim, isso é indiferente. Não creio ter trocado com ele alguma vez mais de cinco palavras seguidas. Não me interessa, não o amo, não me ama. Mas, com a mamãe é muito mais difícil. Nós no amamos e isto é intolerável. Eu posso suportar muito bem a hostilidade, mas não suporto um grande afeto. A hostilidade se opõe a mim e me define. O amor, ao contrário, é conciliador, pronto a transações sentimentais, pronto a falsas suposições. Principalmente o amor nas famílias, onde os laços são antigos, duráveis e invisíveis. Expliquei tudo isso para minha mãe. Não sei se entendeu, mas em todo caso, acatou. Fizemos um trato de bom entendimento: vamos nos ver duas vezes por semana".

Sem a presença física de Maurice Buret, sem seu sorriso modesto e atento, sem sua inteligência que simula tão facilmente a sensibilidade e, às vezes, a emoção, ele seria um personagem horrível. Clareza, ordem... basta isso para fazer um homem? Deus sabe o quanto andei à procura dessa ordem, quantas sombras se extinguiram na busca dessa clareza. Não é uma vitória seca demais, árida demais?

Transcrevo de Descartes para me vingar.

[...] ne recevoir jamais aucune chose pour vraie que je ne la connusse évidemment être elle: c'est-à-dire éviter

*soigneusement la précipitation et la prévention et... de
ne comprendre rien de plus en mes jugements, que ce
qui se présenterait si clairement et si distinctement à
mon esprit que je n'eusse aucune occasion de la mettre
en doute.* *

Coitada dessa lei.

---

* "... nunca aceitar como verdadeira qualquer coisa sem a conhecer
evidentemente como tal; isto é, evitar cuidadosamente a precipi-
tação e a prevenção; não incluir nos meus juízos nada que se não
apresentasse tão clara e tão distintamente ao meu espírito, que não
tivesse nenhuma ocasião para o pôr em dúvida". René Descartes,
Métodos Racionais. (N.T.)

IV

No bulevar Haussmann, escritório do Rice, esperava-me um personagem sensacional: Phillip Dunton. Não pude deixar de abraçá-lo, uma efusão que o deixou um pouco atordoado, pois conservava o cachimbo na boca, sem esperar tamanha explosão de entusiasmo.

— Desculpe Phill, mas é tão bom vê-lo...

Ele veio direto de Bucareste e não sei se, por força de alguma mola da memória, o seu aparecimento despertou, de repente, mil imagens de lá, pessoas, ruas, jornais, cinemas, cafés, tudo que aqui foi se apagando aos poucos pela sobreposição de tantas imagens recentes. Phillip Dunton é um rapaz meticuloso, que fala pausadamente (tique que adquiriu, não tenho dúvidas, no jogo de xadrez, onde precisa de um quarto de hora de meditação para cada movimento). Assediei-o com perguntas que não soube qual delas responder primeiro.

Vai ficar alguns dias aqui à espera do velho Ralph que também deve aparecer de um momento a outro. Depois, não sabe exatamente o que vai fazer. Porém, não volta para Uioara de jeito nenhum, onde não há mais trabalho para ele. Vai tentar obter uma licença de um ano na Exploração para ir à América, para atualizar algumas experiências e observações pessoais de laboratório. Talvez publique lá o trabalho cujo esboço terminou em Uioara. Depois de um ano, irá aonde quer que Rice o mande. Qualquer lugar: ele preferiria a Rússia.

Tomamos café juntos, eu impaciente por ouvi-lo falar, ele tranquilo e calmo como sempre o conheci. Morria de vontade de perguntar-lhe sobre a Marjorie, mas receava abrir uma ferida muito bem escondida. Temor inútil. Falou-me da Marjorie quando se lembrou dela sem nenhum esforço e, mais ainda, sem se acanhar. Aquilo que aconteceu, segundo ele, foi extremamente simples. Separaram-se como muito bons amigos. Ele compareceu à cerimônia civil e ela, por sua vez, conduziu-o até a estação três semanas depois.

"Jamais pensei que pudesse ter dificuldades com a Marjorie. Ela é verdadeiramente inteligente e esta foi a única coisa que tornou possível a nossa união durante tantos anos. Mais não podia pedir-lhe. Sabia que um dia iria embora e durante muito tempo só me preocupou a pergunta de "com quem iria embora". Quando fomos a Uioara e ela o conheceu, pensei que poderia ser você. Eu o seguia com bastante curiosidade e – sabe de uma coisa? – com bastante simpatia.

Não aconteceu nada, porém, não sei por quê. Depois, quando apareceu Pierre Dogany, pensei que seria ele. Confesso que só não pensei no Marin Dronțu. Quando percebi, dei risada: parecia-me grotesco. Agora, no entanto, à medida em que o tempo passou, observo que foi um acontecimento. O pobre Pierre Dogany tinha a grande desvantagem de amar a Marjorie e ela não precisava ser amada e sim amar. O Dronțu ela ama. Deveria tê-la visto saindo da prefeitura de braço dado com ele: estava radiante.

"É uma boa companheira. Acho que não vou esquecê-la nunca e é bem provável que um dia volte à Romênia para vê-la e conversar sobre o passado."

* * *

O velho T. Rice chegou há uns dois dias e me trouxe a resposta do contramestre ao meu relatório. Teoricamente, meu ponto de vista foi aceito. Se formos trabalhar, vamos trabalhar em Dieppe. As vantagens do terreno são evidentes e as desvantagens comerciais em relação a Le Havre não existem. E vamos trabalhar? Difícil dizer nesse momento. Rice está mais inclinado a dizer que não. A crise assustou-o seriamente. Mais do que a crise, assustou-o o estado de espírito da Romênia.

"Você está fora há apenas um ano", disse-me, "e se voltasse agora acho que não reconheceria muitas coisas. Não sei, tem algo acontecendo por lá, alguma coisa está fervilhando nos subterrâneos."

261

Ele só tomará uma decisão definitiva sobre a sorte da exploração na França mais tarde, no outono, quando espera obter elementos de juízo mais precisos. Por enquanto, parece decidido a restringir bastante as dimensões do empreendimento, do modo como foi planejado no início. Talvez faça uma rede de pequenos depósitos de distribuição e venda em toda a França, e vai tentar impor no mundo automobilístico a gasolina e o óleo Rice. Bem pouco, comparando com o que intencionava fazer em outros tempos.

Tentei saber com mais precisão de onde vem o alarme do velho, normalmente tão calmo e voluntarioso. Perguntei-lhe várias vezes, mas não soube me dar informações. Nem Phillip Dunton, muito mais plácido e cético em relação aos "graves eventos", nem ele sabia muita coisa.

Parece que em Uioara aconteceram no último ano alguns momentos difíceis: algumas greves parciais, não muito sérias, mas repetitivas, alguns pequenos embates entre os trabalhadores e a direção, uma série de acordos salariais. No mais, as eternas reclamações do pessoal de Uioara Nova sobre as suas eternas ameixeiras ou em relação a quantas vezes uma nova sonda perfura a terra e provoca mais uma onda de resíduos. Tudo isto, no entanto, não é suficiente para abalar a tranquilidade de um homem da estirpe de Ralph Rice. Deve haver algo mais, algo mais profundo. Escreverei ao contramestre para perguntar-lhe.

Tenho a impressão de que as coisas da Europa são mal vistas olhando de Paris. Observo com surpresa, e não é pela primeira vez desde que estou aqui, que Paris não é um bom lugar para a análise do continente. Há muitas certezas aqui, muitas percepções consistentes, enquanto que na Europa há muitas convulsões, muitas desconstruções, de modo que a paisagem não seja falseada caso você a observe de Paris. Seria preciso introduzir uma "cota de inquietação" aos problemas que são resolvidos à margem do Sena. A segurança não é um bom ambiente para o pensamento.

V

Vi na Rue La Boétie algumas telas de Chagall. Que tumulto! As flores são brancas, de sonho, mas debaixo delas, na sombra, aparecem as cabeças cansadas dos amantes com suas testas pálidas, com suas longas mãos, com o olhar esfumaçado. Tudo isso, as cores, as árvores, o céu, parece acontecer através de outras luzes que não são as do dia, através de outras sombras que não são as da noite. De onde vêm essas plantas estranhas, estas árvores acuadas e sem movimento? O sol é difuso, apagado, como se estivesse suportando o peso de alguns oceanos sobrepostos.

De que montes desce essa carroça com feno, azul como nas fotos posadas inverossímeis e solenes? É um tempo de cansaço, com luzes rememoradas, com campos sonhados, com janelas que se abrem dos interiores. Aqui e ali a grama é de um verde brutal, com um excesso de cor e um esforço vital que revela a nostalgia desesperada pelo sol.

A timidez do judeu diante do campo aberto. Sua relutância diante das plantas, sua reserva diante dos animais! Entre as solidões, essa é a mais difícil. É muito mais difícil aproximar-se com simplicidade de uma árvore se você nunca viveu ao lado de uma.

Chagall ama a grama, o feno, as árvores, mas não sabe como amá-los. Há muito fervor neste amor e, no final, muita tristeza. São ímpetos sufocados, efusões que não tem a coragem de se manifestar, gritos que tropeçam em um sorriso. Humor! Pode ser. Mas, principalmente, a incapacidade de se evadir, de renunciar a si mesmo, de rolar entre as pedras e o mato, de descer a porta de sua loja à noite com seus problemas íntimos e entrar em pleno sol sem lembranças, sem nostalgias.

* * *

A sinagoga da minha infância tinha janelas pequenas, com vidros azuis e vermelhos. A luz dos quadros de Marc Chagall vinha de lá. Lembro muito bem dos dois leões de bronze que escoravam à direita e à esquerda as tábuas de Moisés. Revejo-os nos desenhos de Chagall. É uma nova zoologia que passa primeiro pelo ouro, pelo bronze, pelos tecidos, um folclore de ornamentos. Chagall descende dessa velha tradição da sinagoga. É um talmudista cansado de abstrações, um chassídico que saiu a campo para observar admirado o passo preguiçoso dos bois, para sentir o cheiro da terra molhada,

265

seguir o voo curto dos pardais, mas sem esquecer em nenhum momento o balanço contínuo do leitor na sinagoga sobre os livros abertos.

* * *

Voltei à Rue La Boétie com Maurice Buret. É um bom observador de pintura, mas não gosta de Chagall. Sinto a sua hostilidade diante do quadro, uma hostilidade obrigatória para um homem que durante a vida toda só se permitiu emoções severamente comedidas. No ônibus ao voltarmos, explicou-me:

— Não gosto de tumulto. Você talvez fique emocionado, mas eu me sinto contrariado. Símbolos carregados, sonhos inconclusos, imagens confusas, que quer que eu faça com elas? Há algo retorcido aqui que me inquieta, que me incomoda.

— Você é muito cômodo.

— Sou. É vergonhoso? Todo homem sozinho é um homem cômodo, um homem que respeita a sua própria dignidade. Sou de fato um homem cômodo e não quero ficar à mercê de todos os acessos de lirismo da vida, dos livros, dos quadros. Não suporto nem mesmo as minhas próprias fraquezas, por que suportaria as dos outros? A vida só é possível entre homens comedidos, que controlam suas ideias, verificam seus sentimentos e guardam para si próprios as crises interiores. Sou francês. Mais ainda, sou bretão. Não me dou com os teutões e nem com os judeus.

— Antissemita?

— Sim. Não na política, mas na psicologia, sem dúvida. Você precisa entender e não ficar zangado.

— Caro Maurice, na minha longa carreira de judeu conheci tantos antissemitas furiosos que você em matéria de antissemitismo é apenas um diletante, um amador e, longe de me zangar, você me deleita.

— Agradeço a sua amabilidade, mas fique sabendo que não a mereço, já que, perigoso ou não, eu continuo sendo um antissemita. Ou então, para falar mais claramente, continuo sendo um adversário de alguns cacoetes da sensibilidade e da psicologia judaica. É esse espírito judeu agitado, convulsivo e febril que eu detesto. Essa ótica judaica que muda as proporções das coisas, que perturba a sua simetria, que ataca a sua realidade. A inclinação para o sonho que você elogiava em Chagall é o que denuncio em primeiro lugar. Eu sou um homem de vigília. Não gosto das pessoas acordadas só pela metade. O seu Chagall anda na fronteira entre o sono e a vigília, coisa que o desqualifica para a arte. Um judeu claro é um fenômeno. A grande maioria é de sonâmbulos.

— Antes de responder-lhe precisaríamos definir o significado do termo "clareza". Será que só existe um jeito de ser claro? Claro pode ser um tabelião e também um poeta, mas parece-me que não é a mesma coisa.

— Pode ser. No entanto, eu opto pela clareza do tabelião. Aquele que pensa dentro da mais pura linha da tradição francesa: uma palavra para cada ideia.

— E daí? Isso é quando muito um mérito de estilo, não de vida. A clareza pode ser estéril e o tumulto pode ser fértil. São coisas criadas na desordem, em alta temperatura, ali onde o olhar frio da clareza não resiste. São coisas que se entendem com o sangue ou não se entendem de jeito nenhum.

— Protesto, protesto energicamente. Há um grave erro anatômico no que você está afirmando. O órgão com o qual o homem compreende é a cabeça. O sangue serve para outras tarefas. Esta aberração do "sangue pensador" é alemã, eslava ou judaica. Um francês não diria isso nunca. Um anglo-saxão muito menos. Vejo com dó que você se torna patético, o que é sinônimo de judeu. Que pena: estou a ponto de perder um amigo.

Eis que estou aqui defendendo o direito do tumulto espiritual contra a lucidez. Ștefan Pârlea, se soubesse, ficaria feliz. Para ele, eu era um monstro cético. Para Maurice Buret sou, ao contrário, um metafísico.

Acho que no espírito judeu há sempre uma luta aberta entre a biologia e a inteligência, uma luta de extremos que nenhum de nós conseguiu apaziguar. Por isto, podemos ser para alguns monstros lúcidos e, para outros, monstros patéticos. Sempre haverá um Ștefan Pârlea para denunciar o nosso senso crítico e sempre haverá um Maurice Buret para detestar o nosso senso trágico. Seria preciso achar uma linha média, difícil de encontrar e, uma vez encontrada, difícil de ser mantida. Tomamos com imprudência, com paixão, um caminho ou outro que mais tarde pagamos com o nosso cansaço e com a hostilidade dos demais.

Maurice Buret é inocente se pensa que está me dizendo alguma novidade. Quantas vezes eu ouvi a mesma coisa e de forma mais contundente? Há em mim um personagem que ama a tensão, a vertigem, a voragem das ventanias. E há outro que ama as ideias frias, as definições exatas, a reserva, a espera. É difícil um acordo entre essas duas pessoas e todos os meus esforços pessoais buscam esse acordo que precisa ser celebrado e mantido.

O "antissemitismo" de Maurice Buret, no fundo, não passa de uma reserva psicológica, a única forma de antissemitismo possível na França. No mesmo sentido, eu posso ser anti-francês ou, falando com mais propriedade, anticartesiano. É uma definição de posições intelectuais, não uma hostilidade. Entre o espírito judeu e os valores franceses há uma zona de isolamento que o tempo certamente poderá atenuar e que as futuras gerações poderão suprimir, mas que no primeiro contato parece muito séria. Atravessar essa zona de frieza é um problema de ordem individual, em que cada um deve vencer as dificuldades de seu próprio temperamento.

No que me diz respeito, acho que esse caminho não seria difícil para mim se passasse por Montaigne e Stendhal.

* * *

Eu disse a Maurice Buret:

"Você nunca teve nojo de sua inteligência? Nunca lhe pareceu cansativa, presunçosa, insuficiente? Depois de discutir tudo, esclarecer tudo e entender tudo, será que não ficou para lá uma sombra ou uma luz fora de seu alcance?

"O que eu censuro em você e no espírito francês é o excesso de memória. Vocês lembram bem demais de tudo, têm tudo sob controle, como num laboratório em que cada proveta contém uma fórmula, uma série de reações conhecidas, uma série de certezas limitadas. Esse horizonte é estéril. Seguro, mas estéril.

"A sua vida não tem mistério e eu me pergunto como não se cansa vivendo-a. Em todo caso, ela deve se cansar terrivelmente na sua companhia. Você é um homem sem surpresas. Você se define como 'um homem de tato'. Que seja. Nunca vai vociferar, nunca vai quebrar nada, nunca vai enfrentar ninguém. A polidez é a sua metafísica.

"Você se supervisiona como um edifício público. O policiamento é a sua vocação. Tem andares e apartamentos internos para cada sentimento e pensamento, tem escadas e elevadores que o levam direto de um pensamento a outro. É o porteiro deste edifício: controla quem entra e quem sai, fecha as portas, apaga a luz, ordena tudo. Cuida com atenção das plantas do apartamento, corta os galhos que se atrevem a crescer caoticamente, escora os caules que se curvam, poda as copas altas demais. Você não suporta os bosques, só se sente bem nos parques. E você é o seu próprio parque.

"Gostaria de saber se nunca pressentiu a sombra da morte do outro lado das pequenas certezas que você cultiva... Se nunca o assaltou o sentimento de que aquilo que faz é miúdo, inútil, vazio, que todas essas 'experiências' são vãs, que a vida passa por cima de você... Gostaria de saber se nunca foi tomado pelo desejo absurdo e urgente de largar tudo e de sair perambulando ao acaso, entregando-se à sorte para que ela faça de você o que quiser...

"Você é um homem saudável e equilibrado, mas é saudável demais. Falta-lhe um pouco de desequilíbrio, sem o qual a vida nunca se abre diante de nós para além das perspectivas imediatas. Falta-lhe um sentido menos exato do que a visão, mas mais essencial do que ele: 'o senso do trágico.'"

VI

s.t. Haim está em Paris há dois dias. Hospedou-se na Rue Daunou, naquele pequeno e deslumbrante hotel em que prometo em meus sonhos mais delirantes morar algum dia. Sua mala está cheia de etiquetas multicoloridas, uma mala que deu a volta várias vezes pela Europa. Já estivera em Paris nos últimos meses, mas nunca sozinho. Há uma mulher em sua vida, sem dúvida, mas esse s.t.h. tão falador torna-se fechado e sombrio toda vez que se toca nesse assunto.

Juntos, caminhamos bastante. Do Louvre até Abbesses a pé e, de lá, subimos para a Place du Tertre.

Eu receava que não gostasse desse bairro que tanto amo.

— Você não imagina a impressão de cidade provinciana que dá Paris quando se vem da Europa. Você tem a sensação de que se perdeu em uma estação onde os trens expressos não param, tem cara de

272

1924, 1928 se muito. E nós estamos em 1931. Não só Berlim ou Viena, onde a tensão está no máximo, mas até em Bucareste estão mais vivos, mais atualizados. Quando você passa a fronteira de Bâle para Paris o relógio adianta uma hora, mas o tempo volta alguns anos. Você vai ver no outono, quando for embora. Vai encontrar na Europa, em qualquer lugar, uma febre que aqui não se sente e nem se intui.

— Não sei se vou embora no outono.

— Vai sim. Os serviços em Dieppe não acontecerão. Vai ver.

— Como sabe?

— Não sei. Vejo. Vejo os tempos que estão chegando e entendo o que pode e o que não pode.

* * *

Fiquei sabendo para a minha surpresa que o velho Ralph Rice conhece S.T.H. e muito bem. Eles dois ficaram conversando duas horas lá em cima no escritório do Bulevar Haussmann. No último ano, S.T.H. trabalhou para a Exploração Rice em Berlim, onde soube de informações e possibilidades comerciais que o velho Ralph aprecia.

Divertia-me a cara assustada do velho ouvindo o S.T.H., que media o escritório de ponta a ponta, descrevendo no ar com o dedo indicador gráficos de catástrofes.

"Acabou, meu senhor, acabou. Pode fechar a loja. Estamos caminhando para uma revolução, assim como dois e dois são quatro. A Alemanha não segura a tensão, a Áustria, nem se fala, o Extremo Oriente fervilha. Não se trata de uma crise de sete ou onze anos, dessas que falam nos livros de economia; é um naufrágio geral. Posso demonstrá-lo em cifras, mas não quero. Confio mais no seu senso de homem de negócios. Você está vindo da Europa. Diga-me: não percebeu um cheiro de dinamite coçando as suas narinas quando foi cheirar o petróleo?"

O velho Ralph olhava sombriamente para o tinteiro como se ali estivesse sobre a sua mesa a primeira carga de dinamite evocada por s.t. Haim.

* * *

Apresentei-o a Maurice Buret. Cansado de discussões sociais que mantivera comigo e com Rice, s.t.h. foi admirável. Quando não se preocupa mais com o destino do universo, é um rapaz bem humorado.

Fomos os três ao Concerto Colonne. No programa, *Horácio Vitorioso,* de Honegger. Linear, grave, conciso, com um enganador ar de simplicidade que triunfa sobre as dificuldades mais ocultas. Saí de lá refeito, leve. "A ordem domina no mundo – refleti comigo mesmo – já que semelhante vitória é possível".

Continuamos a noite em Montmartre onde havíamos descoberto há algum tempo um milagroso vinho de Anjou. s.t.h. estava no máximo de sua verve. Contava os meandros do escândalo Oustric do qual fazia um romance inteiro, com mulheres, aventuras, golpes na bolsa, tramas de alcova, tudo genialmente dirigido e precipitadamente exposto como num filme. Ele conhece uma porção de coisas e ainda por cima sabe relacioná-las com um pouco de abracadabras, mas com uma lógica difícil de refutar. As suas explicações têm algo de Ponson du Terrail, melodramático e sensacionalista e, se não justo, pelo menos plausível.

— Com as suas aptidões vai acabar no Serviço de Inteligência.

— É o único ofício que me interessaria. O único, de verdade, se não houvesse outra coisa mais decisiva, mais emocionante. Atuar como polícia em grande estilo é certamente apaixonante. Mas é pouco, é pobre. É um serviço de informes, de relações, de subordinação. Eu preciso de outra coisa. Vou falar no seu ouvido, para que não nos ouçam os vizinhos.

Inclinou-se sobre a mesa e confidenciou silabicamente: "o ab-so-lu-to".

"*Rien que ça?*",* perguntou Buret.

* * *

Há quatro dias que não vejo S.T.H. Essa manhã abri o jornal e encontro na terceira página: *Grandes prisões de comunistas na Romênia*. O nome de S.T. Haim é um dos primeiros da lista. Fico perplexo. Te-

---

* "Nada mais que isso?" Em francês no original. (N.T.)

lefonei ao hotel. Sim, é verdade: s.t.h. saiu de Paris no dia 12. Hoje é dia 18. Tempo suficiente de chegar a Bucareste e ser preso.

Escrevi a Pârlea e a Marin para obter notícias. Não entendo o que poderia ter acontecido. Estava tão seguro de si, tão calmo no fundo. Parece-me que há algo de romance policial nessa história. Aflige--me o pensamento de que o homem com quem há poucos dias passeava em Paris, estivesse agora em Bucareste entre baionetas. A vida deu uma guinada. Parecia haver outra ordem, outra lógica. Como assim? Caminhei ao lado dele, sentei-me com ele à mesa, conversamos, fumamos, bebemos e não percebi nada nele que indicasse a proximidade da queda. Nem um sinal que anunciasse, sequer de longe, que em algum lugar, naquela hora, estava sendo decidida a sua sorte.

Não consigo aceitar essa indiferença das coisas e persegue-me cada detalhe das nossas noitadas, como se cada um deles ocultasse um fragmento de explicação. Seu traje cinza, sua gravata azul de bolinhas brancas, os cigarros Chesterfield comprados pelo caminho na tabacaria perto de Châtelet...

* * *

Nem uma resposta de Pârlea, nem de Marin. Em compensação, um envelope de um quiosque com o endereço escrito por uma mão apressada. Abro: é de s.t.h.

"Lembra-se da hora do espasmo de que falamos certa vez? Chegou."

Ele tem uma memória extraordinária. Eu havia esquecido.

QUINTA PARTE

Mais adiante de Șerban Vodă, onde começam a rarear as casas, os automóveis provocam uma certa sensação, como em uma periferia provinciana. Surgem cabeças curiosas nas janelas, ouvem-se portas que se abrem à nossa passagem, seguem-nos grupos de crianças.

"Vocês vão ao crematório?", perguntou ao motorista uma mulher encostada no umbral da casa. "Vamos ao diabo que a carregue", respondeu-lhe ele, furioso com os buracos em que acabávamos de cair.

A campina abre-se à esquerda, triste, suja, com caixotes quebrados, velharias, latas, brasas de lixo queimado. Aqui e ali, uns tufos de grama que resistiram ao começo de novembro, uma árvore meio desfolhada, um cachorro vagabundo.

... Talvez seja um erro esta visita. Que vou dizer-lhe? O que tem a me dizer? Nada me desarma mais completamente do que uma situação solene, pois as palavras de praxe parecem-me pobres e as palavras mais elevadas me coíbem. Há três dias, desde que recebi meu salvo-conduto, não consigo pensar em outra coisa a não ser no momento do reencontro.

Ensaiei cada gesto dezenas de vezes e, cada vez, parecia-me ora exagerado, ora insuficiente. Até o pacote de cigarros que estou levando me atrapalha: não sei como devo entregá-lo. Gostaria de encontrar o gesto curto e quase desatento com o qual se oferece a cigarreira a alguém para que se sirva. Gostaria de simplesmente apertar a sua mão, como se fosse numa rua, dando a impressão de que nada mudou, que o nosso encontro aqui não é excepcional, que sua aparição entre baionetas não é uma catástrofe...

— Pare!

O motorista freou bruscamente, sacolejando pela última vez. "Chegamos", diz, e aponta com o dedo ao longe uma linha imaginária além da qual só se veem as pontas de três baionetas.

— Jilava?

— Sim, debaixo da terra.

O sino toca, os sentinelas gritam repetidamente ("cabo de revezamento!" ... "cabo de revezamento!"), controle de papéis, olhar inquisidor do oficial de plantão, é tudo simples, tudo suportável, menos essa pequena porta de madeira e ferro no final da galeria de pedra, só esse limiar pelo qual vai passar daqui a pouco, em poucos minutos, em poucos segundos, o meu velho S.T. Haim, só esse limiar é opressivo e sombrio. Não consigo afastar a vista daquele ponto. Ouvem-se passos do outro lado, afastados, estranhos, de outro mundo. Eis que se abre a porta agora, nesse instante. Deveria encontrar um sorriso, um sorriso a qualquer preço.

Bendito s.t.h.! Apareceu na porta, impetuoso como sempre, loiro, agitado, impaciente e com o rosto iluminado. Parou um instante na soleira, para me localizar a vinte metros do outro lado da cancela. Em quantos passos chegou até mim? Acho que apenas um.

Fala rapidamente, animado, apressado, com os olhos, com as mãos, com a mecha de cabelo que lhe cai sobre a testa, com todo o seu ser exposto a uma formidável pressão interior e exultante de alegria explosiva.

— Se soubesse como é bonito aqui! São pessoas, os primeiros seres humanos que conheço. Alguns séculos de prisão estão do lado de lá da porta. Que estou dizendo? Alguns milhares de anos. E ainda não é suficiente pelo que pode carregar essa gente nas costas sem reclamar. Teria vergonha de me queixar dos meus doze anos de sentença. Se não fossem os advogados e a mamãe, nem teria entrado com recurso. Dá tudo na mesma. Daqui não nos tira nem o conselho revisional, nem a corte de cassação. Essas piadas não me enganam. Virá uma cassação maior do que todas e virá logo, saiba disso. Não sei como estarão as coisas em Calea Victoriei, mas aqui na casamata há um tremendo cheiro de revolução. Não ria. Eu o sinto com precisão, fisicamente. Não passa uma noite em que eu não vá deitar com o pensamento de que na manhã seguinte encontraremos as portas

283

escancaradas. Quem sabe a primeira neve não nos encontre mais aqui.

Sua absurda certeza me deixa tonto. Não, não vou sacudi-lo pelos ombros para que acorde. Para quê? É melhor que acredite e que tenha esperança, mesmo se aquilo que ele espera não passe de uma lamentável sombra amparada em uma fantasia que segue seu voo para além do horizonte defendido por metralhadoras e fuzis.

Fique bem S.T.H... Dez minutos se passaram e o relógio de Jilava é mais preciso que o relógio da história. Ele calcula em minutos e segundos, você calcula em decênios e séculos.

* * *

Passei pela "Central", onde tinha certeza de que iria encontrar Pârlea. Ele não sai daqui, da manhã até depois da meia-noite. No fundo, à direita, perto do bar, há uma mesa que todos sabem ser propriedade dele. Há muito que não vai mais ao ministério. Pediu demissão para ser livre. Livre para quê? Não sei. Livre para "a grande noite". Gostaria de ter dito a ele que sua nova postura de niilista – cabeludo e desarrumado – é uma infantilidade. Receava, porém, que ele fosse esbravejar com sua típica exclamação: "O senhor, cale a boca! O senhor é um esteta!"

Gostaria muito de evitá-lo, mas é o único que pode me esclarecer qual é a situação de S.T.H.: por que foi preso, por que foi condenado e quais as suas chan-

284

ces futuras. Em seu dossiê há um informe da polícia alemã que o identificou em Berlim, três meses antes da detenção, em uma reunião comunista de bairro onde tomou a palavra. Há também o testemunho de um funcionário superior que o ouviu discutindo no Expresso Oriente, em voz alta, sobre "importantes segredos armamentistas". Além do mais, algumas declarações, algumas alusões, algumas pressuposições. É tudo vago, inconsistente, sem seriedade. É verdade, porém, que se trata de S.T. Haim, revolucionário disponível a qualquer hora do dia e da noite. Não seria surpresa se o pegassem com nitroglicerina no bolso do paletó. É um sujeito capaz de carregar com ele uma bomba como se fosse um guarda-chuva e deixá-la placidamente na chapeleira: "Por favor, guarde esta bomba no meu escaninho, mas cuidado para que não exploda".

Pârlea fica irritado com as minhas perguntas.

— Por que foi preso? Por que foi condenado? Bobagens, tolices. Foi preso porque precisava ser preso. Ontem ele, hoje eu, amanhã todos nós. Só assim se faz uma revolução: com pessoas enfiadas nas prisões. É culpado? Não é culpado? Pega cinco anos? Pega cinquenta e cinco anos? Problema dele. Para nós, só existe uma pergunta: explode este Estado ou não explode?

— Não sabia que você era comunista.

— E não sou. O que é isso? Comunista, reacionário, direita, esquerda... São superstições, meu caro, migalhas de ideias. Só existe um mundo velho e um

285

mundo novo. Só isso. Um mundo que se arrebenta e outro que nasce. Vou eu ficar agora chorando pelo s.t. Haim? Não tenho tempo. Simples assim. Nós caminhamos juntos pela noite adentro em multidão, um cai, outro não, cada um conforme sua sina. Ao amanhecer, faremos a contagem.

Nem aqui no café, entre dois copos vazios de cerveja e dominando com sua voz de barítono todas as mesas em volta e intimidando os jovens ouvintes assustados, nem aqui Ștefan D. Pârlea é ridículo. Tem uma cabeça inspirada e um punho decidido. Quando fala, seu olhar perpassa pelos que o rodeiam como que abrindo espaço para alvos invisíveis. Há alguns adolescentes que lhe fazem uma guarda permanente. Todos incomodados com as roupas civis que estão usando, suas primeiras roupas civis desde que deixaram o Liceu. Fumam muito e mal, ora exibindo um excesso de coragem, ora com um arrepio de medo, traindo a lembrança recente do banheiro em que acendiam os cigarros, às escondidas. Circulam entre eles diversos panfletos, lidos com avidez, comentados em voz alta, recitando versos, proclamações, manifestos. Eles se tratam de "tu", conhecem-se todos sem se terem apertado as mãos, sem nunca terem se visto antes. Na hora do almoço, entre a uma e as duas, a agitação aumenta de repente. Todos procuram por aqueles 26 *lei* necessários para a refeição. As moedas passam de uma mesa para outra, jogadas amigavelmente ou com xingamentos. As garotas são poucas, uma ou outra perdida no meio de um grupo de rapazes, pequenas fadas entediadas em suas capas, com a cabeça descoberta, com o cigarro apagado pela metade. Difícil definir a identidade delas: talvez estudantes, talvez dançarinas de teatro de revista, talvez moças da rua, pura e simplesmente.

Uma delas se parece assombrosamente com Louise Brooks em *Lulu*. Todos os rapazes a chamam pelo seu nome – Vally – e ela responde a todos com o mesmo sorriso gracioso e entediado. Usa um pulôver verde amarrado na cintura como os garotos e uma boina também verde caída de lado, que revela três quartos de sua cabeça bretã. Passou pela nossa mesa e cumprimentou Pârlea com um vago aceno levando o dedo à viseira de um quepe imaginário. Perguntou-me de passagem: "Tem um cigarro?" Estendi-lhe o meu maço de Regale do qual tirou um fazendo uma careta não sei por quê.

— Você parece a heroína de Wedekind.[*]

— Eu sei. Lulu.

— Como sabe?

— Já me disseram.

Seguiu adiante no seu passo, não preguiçoso, mas indeciso, indiferente.

Fiquei sabendo por que Vally fez cara feia diante do maço de Regale oferecido. Na "Central" só se

---

[*] Benjamin Franklin Wedekind (1864-1918). Ator, romancista e dramaturgo alemão, um dos precursores do expressionismo. (N.T.)

fuma "Funcionários", cigarros de cinquenta centavos, de tabaco negro. "Regala" é um cigarro burguês. Os poetas, os revolucionários, os homens livres, os homens de imaginação, os visionários, fumam apenas tabaco proletário. Meu pobre maço de 30 *lei* era uma insolência, uma provocação. A careta da moça que se parece com a Lulu de Wedekind queria deixar bem claro: "Já percebi com quem estou lidando".

Há outras regras de conduta na "Central". Não cumprimentar a não ser com um dedo e se usar chapéu, não tirá-lo de jeito nenhum. Não chamar ninguém de "senhor". Não se apresentar a ninguém. Todos aqui se conhecem por osmose. Não há tempo para delicadezas, mentiras, cacoetes, birras – estamos cansados, saturados, não é mesmo? Os homens ricos, importantes, os barrigudos, podem fazer quantas macaquices quiserem. Eles têm tempo, têm vontade de brincar. Nós, não.

Há um fervor contínuo na "Central" e, ao mesmo tempo, um ar opressivo de tédio, de inutilidade. Esses rapazes são apaixonados ou simulam a paixão, são desencorajados ou simulam o desalento. Há alguns muito jovens, agressivos, barulhentos, com as espinhas da puberdade na testa, rapazes incendiários sem ocupação, por enquanto. Entre eles, aqui e ali, um rosto bonito de adolescente. Há também alguns de barba e bigodes recentes, propositadamente descuidados, sombrios, proféticos. (Seria interessante observar a abundância de barbas nos períodos de convulsão social, nos anos de rebelião ou de decomposição. É o primeiro refúgio no desconhecido que está ao alcance da mão.)

Uma vez entrado na "Central" é difícil sair. Você fica ali por preguiça, com o falso pensamento de que espera por alguém, quando na verdade não espera ninguém, por tédio de caminhar pela rua, por indiferença... A porta giratória da entrada vira o tempo todo, introduzindo as mesmas pessoas que entram e saem, para voltar cinco minutos depois à mesa da qual se levantaram. É algo sonolento, que entorpece, que se desfaz no ar, um gosto de cinzas, uma evocação de borralhos.

Às vezes, acontece uma discussão de ideias ou de bofetadas em alguma das mesas, coisa que tira a todos do entorpecimento por um instante, até que a pequena sensação se perca no burburinho de sempre.

Há um bessarábio barbudo de uns vinte anos, de quem se diz que é filho de ferreiro e é um gênio. Traduziu Alexandru Blok* e, de vez em quando, recita um verso de "Os cítas" como um toque de trombeta.

* * *

Encontrei Vally sozinha, apoiada no balcão de costas para o bar, observando não sei o que com os olhos entreabertos, como se olhasse através da fuma-

---

* Aleksandr Aleksandrovitch Blok, poeta lírico russo (1880-1921). (N.T.)

ça espessa de um cigarro. (Na "Central", é costume olhar para o vazio.) É uma moça bonita e sua franja lisa lhe dá um ar de bem comportada que o cigarro não desfaz totalmente. Aproximei-me dela e lhe fiz uma proposta que a surpreendeu.

— Vamos dar uma volta na rua?

No começo, pareceu não entender. ("Na rua? Por quê?"). Na soleira, parou de novo, indecisa. Chovia.

— Espero que duas gotas de chuva não a assustem.

Levantou sem pressa a gola do casaco, enfiou as mãos no bolso e saiu à frente num pequeno gesto heroico desafiador de ventanias.

O velho prazer de caminhar na chuva! O brilho do asfalto molhado, o palpitar distante dos luminosos, a pressa dos transeuntes, o som estridente das buzinas dos táxis, a queda longa, generosa e abrangente da chuva sobre os telhados...

Caminhamos por um bom tempo, sem nos falarmos. Eu ouvia o seu passo no asfalto um tanto forçado e enérgico demais para ela, mas treinado a caminhar como em uma corrida de alguns quilômetros. Usava uma capa de borracha fina sobre a qual as gotas da chuva caíam fazendo um barulho exagerado que me dava a impressão de uma tempestade, embora não passasse de uma boa chuvinha.

— Por que vai sempre à "Central"?

Não me respondeu de pronto. Continuou andando, um pouco inclinada à frente, para proteger o rosto da chuva. Pouco depois, disse:

— Porque é barato. Vinte e seis *lei* o café da manhã.

290

— E por isso fica ali o dia inteiro? Tenho a impressão de que é estudante.

— Sim, de certo modo. Estou no terceiro ano com umas dependências do primeiro. Porém, me aborreço mortalmente... É difícil para mim ficar sozinha em casa. Tudo o que tento fazer sai errado, me aborreço, não aguento.

— E a "Central" a diverte.

— Sim, me diverte... Não, quer dizer, não sei. Não consigo sair de lá, é isso. De onde quer que eu venha e para onde quer que eu vá, passo por lá. Abro a porta para ver o que há de novo e começo a conversar com um, com outro e, quando percebo, o tempo passou.

Ela fala com uma voz límpida, indiferente, de tom desatento, que vem de um imenso tédio ou, então, de um igualmente imenso cansaço.

— Nunca tentou sair de lá?

— Sim, mas não consegui. No final das contas, sinto-me bem do jeito que sou. Você acha que faz grande proeza se não for à "Central"?

— Por que me trata de "você"? Só me conhece há três dias. Não sabe nem quem sou, nem o que quero.

— Não tem nenhuma importância. Trato de "você" porque me acostumei a tratar qualquer um de "você". Acho que você é suficientemente inteligente para não se zangar.

— Obrigado pela confiança. Mas trata-se da senhora, não de mim. Não a incomoda o abuso de intimidade? O tratamento "Senhora" e "Vós" não é apenas uma polidez, é uma arma de defesa pessoal.

— Muito sutil, mas não entendo. "Você" é mais curto e mais simples. "Arma de defesa pessoal". Você é engraçado, de verdade. O que quer que eu defenda?

Continuamos caminhando, sem falar. Mais tarde, parei um táxi.

— Aonde vamos?

— Não sei. Aonde quiser.

Tomei-a nos braços e ela não ficou nem um pouco contrariada. Deixou-se beijar e me beijou, mas sem entusiasmo, indiferente, ausente, como se tivesse fumado. Por um momento, pensei em levá-la à minha casa, mas o motorista embicou para a Calea Victoriei e fiquei com preguiça de pedir-lhe que voltasse. Deixei-a na "Central". Da soleira, fez sua saudação militar com o dedo no mesmo quepe imaginário e esboçou uma espécie de sorriso que não dizia nada.

Voltei ontem à "Central" e fiquei a noite toda. Não tinha outra coisa a fazer, era muito cedo para voltar para casa e o tempo estava muito feio lá fora para passear. Cinco minutos, outros cinco, outros cinco. Veio um e me pediu 26 *lei*; outro, um cigarro; outro, 3 *lei* para um jornal. Parecia-me conhecer a todos eles e, talvez, verdadeiramente os conhecesse da rua, do bonde ou sei lá de onde.

"Eu deveria ir embora", disse a mim mesmo algumas vezes, mas estava com preguiça de me levantar. Vally, ao passar de uma mesa a outra, mandou-me, por cima dos ombros uma saudação de reconhecimento.

"Você ainda está aqui?" E seguiu em frente, sem esperar uma resposta às suas palavras jogadas ao acaso. No grupo de Ștefan Pârlea, debatia-se sobre a "decomposição".* Os rapazes acompanhavam a discussão muito atentamente, como se cada um seguisse em seu íntimo as fases dessa decomposição. Ao vê-los entregar-se ao debate como se ele fosse um estupefaciente, pálidos uns, violentos e irritados outros, gostaria de ter dado um murro na mesa para acordá-los. "É preciso enxotá-los – pensava eu – é preciso tirá-los daqui urgentemente, pois sozinhos não vão sair nunca". Como num começo de sono contra o qual você briga, eu não conseguia me levantar do lugar. *Oblomov*,** pensei, lembrando-me da preguiça do herói eslavo. "Um café cheio de oblomovs, eu entre eles, em vias de me tornar mais um."

Saímos tarde, em grupo. Na rua, despedíamos nas esquinas, ora um, ora outro, seguindo em direção aos bairros em grupos menores, o debate que não acabava mais. Quando dei por mim, estava para lá de Lipscani com um sujeito que caminhava ao meu lado.

— O senhor mora perto do Parque Carol?

— Sim... De certa forma...

---

* Referência ao pensamento do filósofo romeno Emil Cioran (1911-1995), que mais tarde (1949) publicaria o *Tratado da decomposição*. (N.T.)
** *Oblomov*, romance do escritor russo Ivan Goncharov (1812-1891). (N.T.)

Para mim, era penoso caminhar ao lado de um rapaz que não conhecia e a quem não tinha nada a dizer. Tentei algumas vezes entabular uma conversa, pois o silêncio era insuportável, mas não deu certo de jeito nenhum. Nem eu encontrava grande coisa para dizer e nem ele tinha vontade de responder.

Na Sfinții Apostoli virei à esquerda, pensando que ele seguiria o caminho pela Antim. Mas ele dobrou a esquina junto comigo. Fiz uma última tentativa pela rua Emigratului, muito pequena e desconhecida para que seu caminho também passasse por ali. Ele me seguiu. Eu estava furioso com ele e gostaria de ter parado para perguntar-lhe logo e de uma vez por todas aonde ia. Entretanto, contive-me, pois só me faltavam uns duzentos passos até a minha porta, onde lhe estendi a mão rapidamente, gesto que o surpreendeu, pois demorou em estender-me a dele, deixando a minha despedida pela metade.

— Como? Já vai embora?

— Sim. Boa noite.

Ele ficou na calçada em frente à porta encostado no poste, com as mãos nos bolsos, aparentemente desorientado, como se tivesse perdido um trem. Dei alguns passos no quintal, indeciso se devia voltar ou não. Tinha um sentimento veemente de alívio que uma voz interna resumia, sem rodeios: "ele que vá para o diabo". Mas, ao mesmo tempo, percebia que o que eu estava fazendo "não se fazia". Tinha uma sensação obscura de comiseração que não me daria paz. Eu me conheço. Não sou incapaz de cometer algumas pequenas infâmias para proteger a minha paz pessoal. Entretanto, uma vez cometidas, a lembrança delas me persegue como um cisco nos olhos.

Voltei aborrecido e perguntei-lhe rudemente:

— O que faz o senhor aqui? Por que não vai dormir?

Deu de ombros e sorriu (provavelmente, pela ingenuidade da pergunta).

— Onde o senhor mora?

— Hum! Onde der...

O meu primeiro pensamento foi "que gostoso deve estar lá em cima, no meu quarto; sozinho na cama, espalhando-me à vontade, acender o abajur do criado-mudo, ler". Parecia-me que nunca me sentiria mais feliz de estar sozinho do que agora.

— Então, tudo bem, venha dormir em casa.

Fui entrando, maldizendo-o em pensamento com toda a minha fúria e maldizendo a mim mesmo por esse azar que me tocou de repente. Tiramos a roupa, calados, eu furioso, ele indiferente.

Que coisa esquisita um homem desconhecido. Um homem desconhecido dormindo ao seu lado. Ouço a respiração dele como se ouvisse a sua vida inteira, com seus processos ocultos, com a sua palpitação de sangue nas veias, com suas milhões de pequenas decomposições e combustões que se juntam obscuras, para criá-lo e mantê-lo.

Não vou conseguir dormir. É inútil fechar os olhos, inútil ficar furioso, não vou conseguir dormir. É melhor aceitar a insônia e resignar-me em ficar acor-

295

dado. Ele está extenuado. O que lhe aconteceu essa noite, acontece-lhe provavelmente todas as noites. Nada que o perturbe, portanto, nada que o inquiete.

Um homem desconhecido dorme ao meu lado, como uma pedra ao lado de outra pedra.

É a primeira pessoa que entra na minha vida sem bater à porta. Todos os que conheço, conheço com base em um pacto subentendido de privacidade. "Veja, eu sou esse, você é esse outro; isto é o que eu posso oferecer e isto é o que você vai me oferecer. Apertamos as mãos um do outro e com esse gesto nos comprometemos a compartilhar algumas coisas, algumas ideias, algumas lembranças – o resto ficará trancado, ficará dentro de nós e, como somos bem-educados, não vamos ultrapassar os limites, não vamos nunca abrir as nossas portas fechadas." O pacto é preciso e as partes estão definidas, eu, você.

Apenas um homem desconhecido dorme ao meu lado e tenho a sensação de que uma multidão entrou com ele. Não me disse nada, eu não lhe disse nada, mas sinto que não tenho nada mais a dizer e nem o que esconder.

* * *

"Revolução... Pode ser, sim. Em um mês, em dois, em três" – dizem os rapazes da "Central". Ștefan Pârlea, determina: "No dia de São Jorge as forcas irão funcionar". Talvez esteja enganado quanto à data e quanto aos instrumentos. Não se engana, porém, no que diz respeito à atmosfera que é sufocante.

De onde vieram estes rapazes lunáticos, sem casa, sem rumo, de cabeças vazias, com as mãos vazias, com identidades duvidosas, com esperanças incertas? Hoje eles dormem aqui, amanhã dormem ali e depois de amanhã, não dormem nada. A vida passa de uma mesa a outra à procura de uma moeda, à procura de um cigarro, à procura de uma cama. Às vezes, abre-se espaço entre eles, às cotoveladas, alguém que recebe um chamado, uma mensagem a ser comunicada a todos, uma verdade absoluta. Um dia ou dois depois, uma semana ou duas, tudo se esfumaça no cansaço deles próprios ou no dos outros.

"Vamos colocá-los no paredão." Ouvi essa frase uma centena de vezes, mil vezes. Em cada esquina encontro um vingador.

Quem irão colocar no paredão? Por enquanto, não está claro. "Os burgueses, os velhos, os barrigudos, os bem-nutridos." É tudo muito confuso, surdo, tumultuado. No conjunto, estão desencorajados e febris. A espera os cansa, essa espera que não se satisfaz, que não se acaba, que consome as horas, os dias, os anos e continua faminta, essa espera sem alvo, sem prazos, sem objetivo, uma espera pura e simples, feita apenas de nervos e tensões.

— Precisa estourar, precisa sem falta, estourar...

— O quê?

— Tudo.

II

Fui a Snagov com o contramestre e o professor Ghiță para ver o lote. É um pequeno condomínio de casas do Corpo Acadêmico, onde Blidaru reservou há tempos uns 200 metros quadrados com a ideia de construir, mais tarde, uma casa. Não parece nem um pouco disposto a fazê-lo agora. O lugar tem uma localização muito boa na parte oposta a Bucareste com uma perspectiva elevada sobre o lago que daria oportunidade a um terraço magnífico. Gostaria de construir essa casa só pela alegria desse terraço. O contramestre e eu tentamos convencê-lo, mas o professor parece decidido a não começar nada.

"Não insistam, por favor, não insistam. Tenho a sensação de que nada é mais ridículo hoje em dia do que construir alguma coisa, não importa o quê. Sei, com certeza, que amanhã a terra vai estremecer e eu, hoje, iria erguer uma casa? Digam vocês se não é cômico. Não dá. Agora é tempo de derrubar, não de construir."

* * *

Ele mora na mesma casa desde 1923. Tudo continua como conheci antes: a janela comprida, retangular, sem cortinas, uma cama de campanha, os livros, o pequeno Bruegel na parede... Ele mesmo, num roupão comprido sob a luz da mesma lâmpada de escritório, parece não ter mudado. Fala pausadamente, separando as coisas, verificando todas as hipóteses, dando a si mesmo as réplicas, rebatendo as objeções. Calmo e comedido como é, quem diria quão ardentes são os problemas que o preocupam? Ouvindo-o agora, tenho a impressão de que me encontro diante de um químico que, com uma ampola de ácido pícrico na mão, disserta sobre as suas qualidades explosivas. E esse homem frio é o mais apaixonado e o mais tumultuoso dos homens.

Lembrei-lhe as nossas primeiras conversas aqui, nas aulas de 1923 sobre "A evolução da noção de valor", a indignação dos especialistas, a nossa admiração como estudantes... Tirei da biblioteca um atlas geográfico e abri um mapa da Europa para anotar com o lápis os centros de crise onde se verificam hoje, as previsões dele de outrora.

Ele tirou o lápis de minha mão e o levou até o meio do mapa: Viena.

"O nó está aqui. Aqui vai ser o estopim. Observe como, de uma questão fundamentalmente minúscula, como é o *Anschluss*,* foi criado um ponto de resistência totalmente desproporcional. Todo mundo se engaja nesse jogo, todo mundo quer participar e, quanto mais fatal for o desenrolar desse nó, tanto mais desesperado será o desfiar da trama. Depois de desfeito, tudo ficará desarranjado.

Inclinado sobre o mapa, ele parecia um general observando as fases de uma batalha ainda não declarada, mas inevitável.

* * *

Como não há muito trabalho no ateliê, vou quase regularmente ao curso de Ghiță Blidaru. A queda da libra na Inglaterra alimenta as aulas há três semanas com uma vivacidade de romance-folhetim. De uma palestra a outra, uma nova série de certezas monetárias se desmancham. O professor recebe o boletim dos desastres com uma serenidade de apreciações técnicas sob as quais não é difícil adivinhar sua satisfação em acompanhar as etapas da decomposição geral. Por outro lado, não acredito que esteja interessado no fenômeno monetário em si, mas apenas como sintoma da liquidação e como elemento dela. Uma moeda forte significa um eixo de valores que garante por reflexo a estabilidade de todos os valores em

---

* *Anschluss*, em alemão no original. Significa "anexação" e é usada em referência à anexação da Áustria pela Alemanha em 1938. (N.T.)

300

qualquer plano em que estejam, na economia ou na cultura. Uma estabilidade provisória, evidentemente, mas por enquanto, real. Ao contrário, uma inflação monetária provoca inflações simultâneas em todos os âmbitos da vida e, em primeiro lugar, no plano da psicologia coletiva. (A Alemanha revolucionária não se deve em boa parte aos anos de inflação? Uma pergunta a ser feita a Blidaru.)

Às vezes tenho a impressão, nas aulas do professor, de que estamos reunidos em uma espécie de pequeno quartel general ideológico, em uma imensa guerra mundial e que esperamos de um momento para outro os telegramas das catástrofes, sobre cujas cinzas sonhamos construir um novo mundo.

No momento, no entanto, as velhas camadas se desprendem insensíveis. Ghiță Blidaru tem ouvido aguçado.

III

O primeiro telegrama de Uioara não parece ser tão grave. "Pessoal da sonda A-19 recusa-se trabalhar." Já aconteceu antes. Só acho estranho que estejam telegrafando, quando há tantas linhas telefônicas livres. No entanto, na sede da Exploração, na Praça Rosetti, todos estavam calmos.

À tarde tentaram entrar em contato com Uioara, mas foi impossível. O escritório de Câmpina respondeu uma hora depois, taxativamente: "Uioara não atende. Provavelmente, cabos danificados". Era bastante plausível, mas a coisa me parecia suspeita. "Deveriam avisar o velho Ralph", propus vagamente. Deram risada. "E onde vamos encontrá-lo? Teríamos que procurá-lo pela Europa inteira. E depois, não vamos incomodá-lo por qualquer bobagem."

À noite, lá pelas sete, Hacker, da contabilidade, irrompeu na Exploração. Vinha diretamente de Uioara, com dois pneus estourados, com o motor fervendo prestes a fundir, com o para-brisa trincado, com a capota meio arrancada dos fechos. Nós estávamos no ateliê e fomos imediatamente chamados à Praça Rosetti. No caminho, o contramestre estava calmo e pálido.

Para dizer a verdade, as notícias trazidas por Hacker eram menos inquietantes do que a sua própria aparência. Ele tinha tido a imprudência de passar por Uioara Nova, onde as pessoas fizeram um pequeno protesto com pedras, coisa que na verdade não é nada sério. O problema maior teria sido em Uioara Velha, nas sondas e na refinaria, se é que aconteceu. Por enquanto lá não havia mais do que um começo de greve, um pouco mais nervosa do que de costume.

"Tenho medo pela refinaria", dizia Hacker. "Juntaram-se todos por lá em grandes grupos e discutiam. O pessoal da refinaria ainda estava trabalhando quando eu saí, mas quem é que sabe o que mais aconteceu nesse meio-tempo? Se pelo menos trabalhasse o pessoal da usina, para termos luz. Deus nos livre da escuridão. Acho que não podia esperar-se outra coisa dos alambiqueiros de *ţuică* de Uioara Nova. Eles cortaram os cabos do telefone."

Ficamos aguardando notícias a noite inteira. Não de Uioara, onde a comunicação estava interrompida, mas do Ministério do Interior e da prefeitura de Prahova. Na Exploração a coisa fervia. Até Marjorie veio com Marin, muito preocupada, mas muito comedida. Queria partir imediatamente para Uioara com o carro de Hacker, dizendo que iria dirigi-lo sozinha. O contramestre parecia ausente. Só uma vez me disse: "Ficaria triste se destruíssem Uioara".

* * *

Os jornais da manhã são alarmantes e confusos. Ninguém sabe exatamente o que está acontecendo. Dois diretores da Exploração foram para lá para as negociações, acompanhados de um delegado do Ministério do Trabalho, precedidos por alguns pelotões de gendarmes. As coisas poderiam se resolver se fosse apenas um conflito trabalhista. Será só isso? Duvido.

Por mais vagas que sejam as informações que recebemos de Uioara até agora, há dois movimentos diferentes, embora misturados na mesma fogueira. Para começar, há o movimento dos trabalhadores das sondas, da refinaria e da usina, todos de Uioara Velha; e depois tem o movimento dos viticultores de Uioara Nova. Os primeiros reivindicam salários e os outros não fazem nenhum tipo de reivindicação a não ser o desejo de ir para a velha Uioara e derrubar tudo. É a revolta das sondas e a revolta das ameixeiras.

Na "Central", o entusiasmo é unânime. Na Calea Victoriei há um rumor de guerra. Está vindo! Está vindo! Está vindo! Quem está vindo? A revolução, evidentemente.

Ștefan Pârlea parecia transfigurado hoje de manhã ao falar comigo.

"Chegou o nosso tempo. Acho que estamos saindo da mediocridade. Com sangue, com chamas, mas estamos saindo. Não poderia ser de outra forma ou então nos atrofiaríamos. Quando você está sufocado em uma casa inundada de gás, você não fica abrindo as janelas: você as quebra."

* * *

Tentamos, em surdina, ir a Uioara, o contramestre, Dronțu e eu no Ford do Hacker, que não tem mais nada a perder. Mas foi inútil. Os gendarmes nos mandaram de volta ao chegarmos a Câmpina.

Que terá acontecido ali? Ninguém sabe. Circulam os mais sinistros boatos. Que os viticultores de Uioara Nova botaram fogo na refinaria, que esvaziaram as cisternas inundando com alcatrão toda a linha interior, que entrincheiraram os americanos nos escritórios, que atacaram com pedras os policiais, que os policiais atiraram, que há sessenta mortos...

Um tempo de espasmo! Um tempo de espasmo! Parece que estou ouvindo a voz de s.t.h.

* * *

Vieru está deprimido. Ele acreditou na durabilidade dos serviços em Uioara e agora a explosão inesperada do desastre, desorienta-o. São tantos anos de trabalho que se desfazem em uma noite, em um instante. Se as notícias sobre o incêndio forem confirmadas, que vai restar das construções dele? Alguns painéis, algumas fotografias...

305

Ghiță Blidaru triunfa, sem se sentir orgulhoso. Acho que também sem alegria. Veio ao ateliê para ver o contramestre e surpreendeu-me a sua expressão contraída.

— O senhor ganhou? — perguntou-lhe Vieru, esboçando um sorriso.

— Infelizmente, ainda não. Com um incêndio não se faz uma revolução. O que acontece agora em Uioara está certamente na ordem natural das coisas. Por dez anos falaram as sondas, agora falam as ameixeiras. Sua voz vem de longe e por isso era necessário fazer-se ouvir. Mas não nos enganemos. Por enquanto, é insuficiente. Temos que queimar uma história inteira, não apenas três sondas. Há muitas coisas por destruir ainda e Uioara não é o final de nada. Estamos apenas no começo.

* * *

Uma aparição sensacional na Exploração: Eva Nicholson. Veio sozinha, em um carro de dois lugares e vai embora daqui a duas horas. Estava usando um traje esportivo sobre o qual jogou um impermeável branco de borracha. Está pálida, calma e muito cansada, mas completamente despida de emoção.

— Vim comprar algodão, iodo e ataduras. É necessário lá. Não pude obter em Ploiești, onde teria sido suspeito.

— Senhora, como foi que se aliou aos rebeldes? Perguntou-lhe alguém da diretoria.

— Não são rebeldes, são feridos.

Contudo, as coisas em Uioara não são tão graves assim. Eva Nicholson tranquilizou-nos. Em primeiro lugar, nada foi destruído, ou quase nada. Houve alguns roubos aqui e ali, muita confusão. Os policiais atiraram. Os trabalhadores se trancaram na usina e na refinaria. Se em 24 horas não saírem de lá, a polícia vai atirar de novo. Em três dias, no máximo, tudo terá acabado.

* * *

Calmaria. O velho Ralph T. Rice chegou ontem. O último boletim de Uioara anuncia a evacuação de todos os edifícios. No momento estão fazendo a averiguação dos "instigadores" e abrindo inquérito. É possível que na próxima semana seja retomado o trabalho nas sondas e na refinaria. Na central elétrica o trabalho já começou, com equipes reduzidas. O comunicado do Ministério do Interior fala de quatro mortos e alguns feridos leves. Comenta-se, à boca pequena, coisas horríveis.

IV

Várias vezes tentei trabalhar, mas tudo me parece em vão. Você está em um navio que naufraga. De que serve manter seu posto de vigia? Os desastres não se organizam, eles se suportam.

Nunca antes me pareceu tão intolerável o meu quarto, meus livros, os meus papéis. Sempre achei que as únicas derrotas e as únicas vitórias que decidem a vida são as que você perde ou ganha sozinho, perante si mesmo. Sempre acreditei no direito de colocar entre mim e o mundo uma porta fechada, cuja chave deve ficar comigo. Eis que está escancarada essa porta. Todas as portas franqueadas, todas as entradas livres, todos os refúgios descobertos.

Ficar sozinho é uma dignidade perdida. Talvez um vício curado. Vamos nos lembrar das nossas obrigações como espécie e vamos viver amontoados, um por cima do outro, espremendo alguns, salvando outros, ao acaso, reintegrados em uma ordem zoológica da qual saímos um a um. Quem sabe? Talvez um terreno que por dezenas de anos seguidos só deu plantas selecionadas, crisântemos e angélicas, precise, para regenerar-se de uma força criadora, de uma explosão de ervas daninhas, urtigas, meimendros, louro-selvagem. É o tempo das plantas amargas.

Brinquei tempo demais no terreno da lucidez e perdi. Será preciso acostumar os meus olhos à escuridão que desce. Será preciso pensar no sono natural de todas as coisas, que a luz ordena e que também cansa. A vida só começa na escuridão. Seu poder de germinação só acontece na obscuridade. Há uma noite para cada dia, há uma sombra para cada luz.

Ninguém vai me pedir que aceite essas sombras com alegria. É mais do que suficiente que as aceite.

* * *

Entregar-se às chuvas e aos ventos, submeter-se às noites vindouras, perder-se na multidão que passa, não há nada mais relaxante do que isso. Não tentarei mais procurar o caminho que leva até mim. Mas também não posso esperar que apareçam do nada horizontes que ainda não se veem. O desespero é um entusiasmo que reprimi há muito tempo, sabendo como é opressor da sensibilidade do judeu. Não vou voltar aos fantasmas dos quais me desliguei. "Aquela grande noite" virá? Que venha. Enquanto não vier, resta-me um longo fim de dia, para aquilo que amei e ainda amo.

Vou construir a casa de Snagov. Sem falta. Se for preciso, contra a vontade de Blidaru. Quero fazer uma casa linear, simples, com grandes janelas, com um terraço reto, uma casa para o sol.

Falei disso com o professor e embora não esteja convencido, vai consentir. Pedi-lhe plena liberdade de escolha e de trabalho. Prometeu que não irá passar por lá enquanto eu não o chamar.

Ştefan Pârlea fala sempre de um grande incêndio histórico que se aproxima. Tanto melhor. Terei algo a oferecer a esse incêndio.

SEXTA PARTE

I

Eu estava indo ao ateliê para ver o contramestre. Desde que comecei os trabalhos em Snagov é raro encontrar-me com ele. Decidi ir à cidade só uma vez por semana, aos sábados. Caso contrário, seria difícil terminar a obra até setembro.

Na esquina do Bulevar Elisabeta havia um grupo de rapazes de uniforme que vendia jornais. "Os mistérios de Kahal!* Morte aos judeus!"

Não sei por que parei. Normalmente, sigo adiante sem me preocupar, pois essa manchete é velha, quase familiar. Desta vez, porém, fiquei surpreso com o local, como se pela primeira vez tivesse entendido o sentido destas sílabas. É curioso. Essas pessoas falam sobre a morte e, mais precisamente, a minha morte. E eu passo desatento ao lado deles,

---

* Igreja, sinagoga, congregação judaica. (N.T.)

com o pensamento em outras coisas, ouvindo-os só pela metade.

Por que será tão fácil lançar em uma rua romena o grito de "morte!", sem que ninguém sequer vire a cabeça? Eu ainda acho que a morte é algo bastante sério. Até um cachorro atropelado pelas rodas de um automóvel merece ter um instante de silêncio.

Se alguém se instalasse no meio da rua para pedir – sei lá eu – "morte aos texugos", acho que despertaria algum espanto entre os transeuntes.

Pensando bem, o fato de três rapazes se sentarem na esquina de uma rua para gritar "morte aos porcos judeus" não é grave, mas sim que seu grito possa passar despercebido, sem qualquer resistência, como o tilintar de um bonde.

Acontece-me algumas vezes, quando estou sozinho em casa, começar a ouvir o tique-taque do relógio. Sempre esteve comigo e sempre bateu as horas, mas por falta de atenção ou por costume, não o ouvia. Perdia-se entre outros sons miúdos e corriqueiros, em um ambiente silencioso que suprime o rumor das coisas que nos cercam. Nessa imobilidade sobressai bruscamente a batida dentada do relógio, com uma violência e uma energia insuspeitas. O seu tique-taque é curto, com toques secos, como pequenos golpes de metal. Não é mais um relógio, é uma metralhadora. Seu som cobre tudo, enche o quarto, sacode os nervos. Escondo-o no armário, mas ele ainda rebate de lá. Enfio-o debaixo do travesseiro, o som continua, abafado, mas incisivo. Não há outro jeito a não ser resignar-se. Preciso esperar. Algum tempo depois, por algum milagre, o ataque diminui, as engrenagens se aquietam e o ponteiro se acalma. Não se ouve mais nada: o tique-taque submerge no silêncio geral da casa, desmanchando-se no burburinho insensível de todos os objetos.

Acontece exatamente a mesma coisa com esse grito de morte que sempre anda pelas ruas romenas e que só se ouve de tempos em tempos. Ano após ano esse grito passa pelos ouvidos das pessoas trabalhadoras, indiferentes, apressadas, preocupadas com outras coisas, ano após ano esse grito flutua e se agita em todos os caminhos e ninguém o escuta. Um belo dia, de repente, eis que ele surge do silêncio que o envolvia, eis que brota dos esconderijos, debaixo de todas as pedras.

De repente? Estou exagerando. É preciso para isto um tempo de cansaço, de nervosismo, um tempo de espera extenuada, um tempo de desesperança. Aí então, ouvem-se as vozes que não se ouviam.

* * *

Em Snagov, nas obras, nos canteiros, entre os trabalhadores, entre as pedras, cimento e toras não havia problemas. Os problemas começavam assim que eu ia à cidade.

Aconteceu alguma coisa nos últimos meses. Rompeu-se alguma mola invisível que mantinha a espera. Só vejo gente cansada, só encontro gente abatida.

A revolução deveria vir e não veio. O episódio das duas Uioaras foi um breve momento de explosão, um simples estalo.

Diziam:

"Aqui acaba tudo – aqui começa tudo." Eis que não acabou nada e nem se começou nada.

A festa de São Jorge já passou faz tempo. Os enforcamentos com os quais sonhava Pârlea no dia do santo não se realizaram. Todos os vaticínios resultaram enganosos, todos os prazos foram adiados.

É preciso fazer alguma coisa para os nervos que não resistem mais, é preciso abrir uma nova janela para essa espera sufocada.

Há alguns rapazes que gritam na rua "morte aos porcos judeus". Não está mal para o momento.

* * *

É difícil acompanhar dia após dia o aumento progressivo das hostilidades. De repente você está cercado de todos os lados, sem saber como nem quando. Pequenos fatos isolados, pequenos gestos insignificantes, pequenas ameaças jogadas ao vento. Hoje uma briga no bonde, amanhã um artigo no jornal, depois de amanhã uma janela quebrada. Tudo parece casual, sem conexões, meio de brincadeira. Até que um certo dia você percebe que não consegue mais respirar.

O mais difícil de entender é que ninguém, absolutamente ninguém, tem culpa nessa história.

* * *

Um momento terrível no ateliê. Discuti com Dronțu.

Brigamos feio. Não é a primeira vez, pois ele é uma pessoa que diz as coisas na cara e eu também não fico escolhendo as palavras. Normalmente tudo acaba logo, ele com um palavrão, eu com outro e, no final, apertamos as mãos em sinal de paz.

Desta vez não sei por que nos atracamos. Acho que se tratava do tinteiro de nanquim que eu teria escondido não sei onde e que Marin estava precisando com urgência. Enfrentamo-nos um pouco de brincadeira e acabamos por nos confrontar e, sem perceber, estávamos frente a frente, muito bravos. Marin me olhava com olhos que eu não conhecia. Por um instante, apenas um instante, pensei que estava brincando e que de um momento a outro irromperia em risadas. Gostaria de ter-lhe estendido a mão, mas felizmente não tive tempo nem de esboçar o gesto, pois ele explodiu:

"Não me venha com judaísmos! Eu sou olteano.[*] Não fale comigo em judeu."

Fiquei pálido. Não havia mais nada a fazer: tudo entre nós dois, lembranças, amizade, camaradagem

---

[*] De Oltênia, província romena, localizada entre o Danúbio e os Montes Cárpatos. (N.T.)

no trabalho, tudo caía por terra. Senti violentamente que o homem à minha frente tornava-se um completo estranho, assim como alguns homens que ficam grisalhos em um minuto, pelo que se diz...

Tornou-se tão estranho, tão distante e inacessível que responder-lhe seria tão estúpido como falar com uma pedra.

Deveria estar triste. Eis que não estou. É como se tivesse tomado uma bala no ombro e agora espero sentir dor. E não dói.

Tenho a bizarra impressão de que Marin Dronțu é um nome estrangeiro, de um livro. Nunca pensei que fosse possível esquecer uma pessoa tão profundamente, tão bruscamente, tão absolutamente.

Dormi tranquilamente, sem sonhos. Trabalhei o dia inteiro.

* * *

Marjorie esteve em Snagov. Eu estava no canteiro de obras e quando a vi ao longe, de branco, estremeci, como se estivesse revendo anos atrás em Uioara a imagem de Marjorie Dunton. Convidei-a ao meu quarto a cem passos da construção, perto do lago. Só agora percebia como se assemelhava esse cômodo à nossa velha cabana de antes.

Marjorie veio por iniciativa própria.

— O que aconteceu ontem foi atroz. Marin contou-me tudo. É absurdo. Dois homens sérios como vocês... Você precisa entender. Um momento de nervosismo, um momento de desatenção. Não se rompe uma amizade de dez anos por uma coisa como essa. Você entende, não é mesmo? Diga-me que entende!

— Querida Marjorie, eu entendo. Entendi desde o primeiro momento.

— Vocês vão se reconciliar, não é mesmo?

Dei de ombros.

— Claro, meu Deus! Você mesma disse: não somos crianças.

À tarde, no lago, com Marjorie e com Marin. Ficamos vexados durante um bom tempo. Apertamos as mãos sem explicações. É mais simples.

Do lago, via-se muito bonita a casa de Blidaru da qual, na escuridão, só se conseguia enxergar as paredes erguidas. Os andaimes, os carrinhos de cal, os entulhos desapareciam nas sombras. Essa casa me descansa só de olhar para ela. Gostaria de esticar o mais possível o prazo para terminá-la.

Ficamos quietos um bom tempo e Marjorie entendeu isso. Pediu a Marin que remasse até a margem.

— Estou cansada, rapazes. Vamos, peguem-me no colo. Vocês se lembram? Como em Uioara.

Claro que nos lembramos... Nós a carregamos fazendo-lhe uma cadeirinha com os braços e Marjorie lembrando-se desse gesto naquele dia de setembro, tirou o chapéu da cabeça, agitando-o como uma bandeira e começou a cantar como naquele dia:

It's a long way to Tipperary,
It's a long way to go.

Eu percebia muito bem que era apenas um esforço por recuperar entre nós sombras do passado, mas isso não me impediu de estremecer diante de uma emoção que eu reconhecia.

Quando os levei até o ônibus, Dronţu disse-me com certo desânimo, certa apatia e um tom de tristeza que resgatava muita coisa:

— Amigo, a vida é uma porcaria. Obriga-nos a fazer uma série de coisas e nem nos pergunta. Uma porcaria, saiba disso. Ninguém tem nenhuma culpa.

Verdade: ninguém tem culpa. Tudo acaba aqui, num dia ou noutro. Sei disso tão bem, pelas minhas lembranças, pelo sentimento profundo da inutilidade de qualquer esforço, sei tão bem, tão bem, que as coisas não podem acontecer de outra maneira...

II

Sami Winkler foi embora. Com seu blusão de trabalhador, de cabeça descoberta. Pela janela do vagão de terceira classe, com uma pequena mochila nos ombros, ele parecia um excursionista indo às montanhas por dois dias.

Perguntei-lhe, brincando:

— Esse equipamento não é sumário demais para quem vai fazer história?

— Não. É exatamente o que preciso. O resto ficou aqui.

— Foi difícil?

— Bastante difícil. Por isso cortei pela raiz. É mais simples separar-se de tudo de uma vez, do que por partes.

Estava sozinho na estação. Proibiu a vinda de parentes e os colegas de viagem haviam partido antes para Constanţa, onde iriam esperá-lo no navio. Na quinta-feira seguinte estariam em Haifa.

— E depois?

Respondeu abrindo os braços, gesto com o qual talvez quisesse expressar uma resposta grande demais para uma só palavra: "tudo", "vida", "vitória", "paz"... estava muito tranquilo, sem emoção, sem pressa.

Passaram por nós dois rapazes que vendiam uma gazeta cuzista:[*] "Peguem um, senhores, é contra os porcos judeus". Sorrimos os dois com o oportuno chamado deles. Os símbolos chegam às vezes com facilidade.

Winkler chamou os dois rapazes e comprou um exemplar.

"Eu não tinha mesmo nada para ler no caminho."

De fato, não levava nenhum livro com ele, nem um sequer. Verdade seja dita que nunca se interessou muito pelos livros.

Apertamos as mãos. Teria gostado de dar-lhe um abraço, mas tive receio de provocar algum embaraço com este tipo de efusão na nossa contida despedida. Ficamos só no aperto de mãos.

* * *

Gostaria que triunfasse, mas acho difícil acreditar em sua vitória. Gostaria que encontrasse entre os laranjais palestinos a paz que cada um procura

---

[*] Referência a Alexandru Ioan Cuza, importante político romeno, responsável pela união de vários principados. (N.T.)

onde nos foi destinada; S.T. Haim em Jilava, Abraham Sulitzer nas viagens e nos livros, Arnold Max na poesia, eu no canteiro de obras, construindo. O navio que vai levá-lo a Haifa, vai cortar entre as ondas um caminho que talvez leve a uma nova história judia. Levará a uma paz judia? Não sei, não acredito, não me atrevo a acreditar.

Dois mil anos não podem ser suprimidos com uma partida. Deveriam ser esquecidos, a ferida cauterizada a ferro, a melancolia capinada. Na verdade, são anos demais para nos desfazermos deles. Vivemos sempre com a sua lembrança difusa, vinda de longe e cercando na névoa os horizontes futuros. Muito raramente permeia nessa neblina a luz de uma história de armas, de vitórias, de reinos. É possível fazer história com apenas isto?

* * *

Winkler tem muitas coisas para conquistar – e vai conquistá-las – mas tem uma coisa a perder que não sei se conseguirá perder. Tem a perder o costume de sofrer, tem a perder a vocação para a dor. É uma aptidão desenvolvida demais, um instinto muito arraigado para ceder diante de uma vida mais simples. Essa raiz amarga resiste a todas as intempéries e nunca será tarde demais para dar de si os tristes frutos no mais calmo verão do coração pacificado, de uma tranquilidade sempre enganosa. Um belo dia haverá um momento de espanto e vai aprender de

novo aquilo que sempre aprendeu e sempre esqueceu: que é possível escapar de qualquer lugar, mas
não de si mesmo.

Gostaria de reproduzir textualmente, estenograficamente, a conversa que tive ontem à noite com Mircea Vieru.

Ele veio me ver no serviço. Ele também estava interessado na casa de Blidaru. O que mais lhe interessava era a minha construção, a primeira que faço sozinho. Não queria me fazer críticas. Fazia questão de me ver levando tudo a bom termo, sob minha única responsabilidade, coisa que de um lado me encanta e de outro, me intimida. Não sei bem se estou verdadeiramente no bom caminho. Às vezes, tudo me parece vívido, límpido, articulado. Outras vezes, ao contrário, tudo é inerte, frio, esquemático. Chamei o professor, mas ele não quis vir.

— Não. Cuide do seu trabalho, faça o que quiser, trabalhe como quiser. Foi assim que combinamos. Quando estiver pronto, você me chama. Por enquanto, é a sua casa.

Saindo da obra, fui com Vieru jantar na estrada que leva a Bucareste. Já fazia cinco semanas que não saía de Snagov.

— Você não aparece mais na cidade. Por quê?

— Porque me dá nojo. A agitação de lá me envenena. Em cada esquina, um apóstolo. E em cada apóstolo, um exterminador de judeus. Isto me cansa, me deprime.

Não respondeu. Ficou pensativo por um segundo, hesitando, um pouco embaraçado como se quisesse mudar de assunto.

Depois, após uma curta deliberação íntima, dirigiu-se a mim com aquele gesto decidido de quem quer tirar um peso da consciência.

— Tem razão. No entanto, existe um problema judeu que precisa ser resolvido. Não é possível suportar um milhão e oitocentos mil judeus. Se eu tivesse poder tentaria eliminar algumas centenas de milhares.

Acho que não consegui conter um espasmo de surpresa. A única pessoa que eu considerava verdadeiramente incapaz de ser antissemita era ele, Mircea Vieru e, mesmo assim, eis que ele também... Ele percebeu o meu abalo e apressou-se em explicar.

— Vamos nos entender. Eu não sou antissemita. Já lhe disse isso e mantenho. Mas sou romeno. E nessa condição, considero perigoso tudo o que se opõe a mim. Há um espírito judeu irritante. Contra o qual devo defender-me. Na imprensa, nas finanças, no exército, em toda parte sinto a pressão deles. Se os nossos órgãos estatais fossem atuantes eu não ligaria. Mas não são. São desprezíveis, fracos e corruptos. E, por isto, devo lutar contra os agentes da decomposição.

Calei-me por alguns segundos, coisa que o admirou. Poderia ter respondido alguma coisa, por polidez, para manter a conversa, mas não consegui.

— Surpreendi você?

— Não. Você me deprimiu. Veja, eu conheço dois tipos de antissemitas. Antissemitas pura e simplesmente e antissemitas com argumentos. Com os primeiros posso me entender, pois tudo entre eles e mim está claro. Com os outros, no entanto, é difícil.

— Por achar difícil responder-lhes?

— Não. Porque é inútil responder-lhes. Veja, caro mestre, o seu erro começa exatamente onde começam os seus argumentos. Ser antissemita é um fato. Ser antissemita com argumentos é uma perda de tempo, um embuste, pois nem o seu antissemitismo, nem o antissemitismo romeno precisam de argumentos. Digamos que eu possa responder a esses argumentos. E daí? Acha que esclareceria alguma coisa? Pense que todas as acusações possíveis contra os judeus da Romênia sejam apenas fatos locais, enquanto que o antissemitismo é universal e eterno. Não só os romenos são antissemitas. Antissemitas são os alemães, os húngaros, os gregos, os franceses, os americanos – todos, absolutamente todos no seu âmbito de interesses, com seus métodos, com seu temperamento. E os antissemitas não apareceram agora, depois da guerra, pois existiam antes da guerra, não apenas neste século, mas também no século passado e em todos os séculos. O que acontece agora no mundo é uma piada comparando com o que acontecia em 1300.

"Pois bem, se o antissemitismo é verdadeiramente um fato tão persistente e generalizado, é inútil procurar as causas específicas romenas, não é mesmo? Hoje, causas políticas, ontem, causas econômicas, anteontem, causas religiosas – há muitas coisas e muito particulares para explicar um fato de tamanha generalidade histórica."

— Você é capcioso — interrompeu-me Vieru. — Então, como você considera que o antissemitismo é eterno quer torná-lo inexplicável? E os judeus, inocentes?

— Deus me livre! Não só o antissemitismo me parece explicável, mas também os judeus me parecem ser os únicos culpados. Só gostaria que você reconhecesse que a essência do antissemitismo não é de ordem religiosa, nem de ordem política, nem de ordem econômica. Acho que é pura e simplesmente de essência metafísica. Não se assuste. Existe uma obrigação metafísica do judeu de ser detestado. Esta é a sua função no mundo. Por quê? Não sei. É a sua maldição, seu destino. Se quiser, é problema dele. Peço que acredite que não digo isso por orgulho, nem por desafio. Ao contrário, digo com tristeza, com cansaço, com amargura. Acredito neste fato implacável e tenho a consciência de que nem você, nem eu, nem ninguém pode mudar nada disso. Se pudéssemos ser exterminados, estaria muito bem. Seria algo simples. Mas nem isso é possível. A nossa obrigação de estar sempre no mundo é comprovada por milhares e milhares de anos, que, como bem sabe, não foram complacentes.

"Então é preciso aceitar – e eu aceito – essa alternância entre massacre e paz, que é o impulso da vida judaica. Individualmente, cada judeu pode perguntar-se com horror o que deve fazer. Fugir, morrer, suicidar-se ou batizar-se. Questão de opção pessoal, no qual entram infinitas dores que você, homem sensível, não ignora, mas que não passam de uma "questão de opção pessoal". Do ponto de vista coletivo, porém, existe apenas um único caminho: a espera, a submissão ao destino. Não acho que isto signifique desertar da vida; ao contrário, é uma reentrada na biologia com a consciência de que a vida continua por cima de todas estas mortes individuais que são um fato da vida, como também é um fato da vida a queda das folhas para a árvore, o definhar da árvore para a floresta e a morte da floresta para a flora da Terra."

— Você está sendo ardiloso de novo — ele continuou. — Desvia completamente a discussão. Não fique bravo, mas eu não estou interessado no tema do povo judeu. Problema dele, como você bem dizia. O que me interessa pura e simplesmente é a solução da questão judaica na Romênia. Não de um ponto de vista metafísico, que me recuso a acompanhar, mas do ponto de vista político, social e econômico, por mais que você se assuste com isso. Eu considero que a ameaça judaica na Romênia é uma realidade, uma

329

realidade que precisa ser compreendida e delimitada com tato, com moderação, mas também com decisão. Você me responde falando dos *pogroms* de 1300, isso é fugir da discussão, pois uma coisa era aquele antissemitismo, um fenômeno religioso, e outra coisa é – por assim dizer – *meu* antissemitismo, um fenômeno político e econômico. Não há nenhuma relação entre uma postura e outra. São planos diferentes. Admira-me que faça conscientemente semelhantes confusões lógicas. Voltemos ao que se chama simplesmente de "a questão judaica" na Romênia. Há um milhão e oitocentos mil judeus na Romênia? O que fazer com eles? Essa é a questão.

— Voltemos, se você me permite, com uma pequena, uma bem pequena observação sobre as minhas confusões lógicas. Você acha, de verdade, que é tão diferente o antissemitismo de hoje daquele de 600 anos atrás? Religioso então, político hoje, acha que são realmente dois fenômenos sem relação entre si? Parece-me que está enganado. Pense bem e diga-me se no fundo não são duas faces da mesma moeda. Certamente o antissemitismo de 1933 é econômico e aquele de 1333 era religioso. Mas isso acontecia porque a essência daquele século era a religião, ao passo que a de hoje é a economia. Se amanhã a estrutura social vier a se centrar não na religião, nem na política e nem na economia, mas digamos, na apicultura, o judeu será detestado do ponto de vista dos criadores de abelhas. Não ria, porque é assim mesmo. Aquilo que muda no antissemitismo, como

330

fenômeno eterno, é o plano em que se manifesta, não as suas causas primeiras. Já os pontos de vista são outros, sempre outros, enquanto que a essência do fenômeno é a mesma, sempre a mesma. E ela se chama, por mais que você proteste, a obrigação judaica de sofrer.

"Não se zangue, peço-lhe que não se zangue, mas me recuso a responder. Essência, causas primeiras, metafísica – não aceito nada disso tudo. Vou chamá--lo à ordem. Eu sou um pensador, você parece um visionário. Não vamos nos entender se você continuar.

— E vamos nos entender menos ainda se eu não continuar. Veja, vou fazer o seu gosto e retomar os seus argumentos. Verá como agora as coisas se confundem. O que você chama de "argumentos" na verdade não passam de "desculpas". Você não é antissemita porque acredita em certa ameaça judaica: acredita nesse perigo por ser antissemita.

— Observe que isto parece um pouco a história do ovo e da galinha. O que veio primeiro? O ovo ou a galinha? O antissemitismo ou a ameaça judaica? O talmudismo, meu amigo, o talmudismo.

— Que seja o talmudismo, se quiser. Ouça-me, por favor. E para não continuarmos discutindo generalidades, tomemos um exemplo concreto. Você dizia há pouco que existem na Romênia um milhão e oitocentos mil judeus. De onde tirou esse número?

— Como de onde? Eu sei. Todos sabem.

— "Todos sabem" é um tanto quanto vago. De onde se sabe isso? Quem é que estimou? Quem conferiu? Ninguém, naturalmente. Pelas contas dos judeus eles não são mais do que uns 800 ou 900 mil. De nenhuma maneira um milhão. Segundo a versão das autoridades, do fisco, das prefeituras, das listas eleitorais, são pouco mais de um milhão: algumas dezenas de milhares a mais. E você diz, de repente, simplificando a controvérsia, um milhão e oitocentos mil. Por quê? Não será porque estes setecentos ou oitocentos mil a mais satisfazem melhor o seu sentimento antissemita, pré-existente a qualquer cifra e a qualquer ameaça?

— Faz mal em abusar deste argumento. Naturalmente não tenho meios de precisar quantos são os judeus. Digamos que não são mais do que um milhão. E daí? Você acha que sendo um milhão não são suficientes para se tornarem uma ameaça?

— Veja, meu caro mestre, agora é sua vez de ser ardiloso, pois não é disso que se trata. Não de quantos são, mas de quantos você acha que são. Por que você que em arquitetura e na crítica é tão rigoroso com qualquer dado, qualquer afirmação, por que você que é tão severo com seu próprio pensamento e com a sua própria consciência quando se trata de ciência ou de arte, no momento em que se fala de judeus torna-se, de repente, negligente e apressado, aceita com tanta facilidade uma aproximação de 90 por cento, quando em qualquer outra ordem de ideias uma aproximação de 0,01 por cento o assustaria? Por que a sua probidade intelectual que tantas vezes considerei tão rígida e tão arrojada quando,

332

ao defender uma verdade mínima, colocou em jogo uma situação material importante, por que essa probidade não funciona mais aqui em nossa discussão sobre os judeus?

Não respondeu nada por uns instantes. Levantou-se de seu lugar, deu alguns passos no terraço, parou na minha frente, parecia querer dizer alguma coisa, arrependeu-se e depois continuou caminhando pelo terraço, comedido, pensativo. Finalmente falou, muito calmo, sem a costumeira rispidez de suas réplicas.

— Você tinha razão. É bem difícil nos entendermos. Tudo isto pode ser virado e revirado em mil interpretações. Para um fato existem dez, para dez, cem; para um argumento cinco, para cinco, quinhentos. E não acaba nunca.

— Veja, não é você que recusa as explicações metafísicas?

— Não, é sério. A verdade é que não somos estatísticos. Se fôssemos, seria tão simples como dar bom-dia. Diríamos: há tantos romenos e tantos judeus. Tantos judeus bons e tantos judeus perigosos. E tudo ficaria claro. Mas, como não podemos nem contá-los, nem julgá-los, devemos nos contentar com alguns indícios, com algumas intuições. Eu sei, por exemplo, que na Romênia há dois banqueiros judeus que comandam os nossos políticos, as nossas instituições públicas, o nosso aparelho estatal. Tenho a sensação de que esses dois exemplos expressam uma mentalidade judaica completamente dominadora e intolerante. Você me pede números quando se trata de uma intuição? Que somos nós? Homens que contam ou homens que pensam?

— Nem uma coisa nem outra, desta vez. Somos homens que sentem. Você mesmo disse: "tenho a sensação de que..." Veja, nisto estamos de acordo. Trata-se de um sentimento, não de um juízo. Por isto, a discussão me parece inútil. Lembre-se de que tentei evitá-la. Mas você me acusou de ser metafísico. Estou tão convencido de que esta sua sensação, esta "intuição" se preferir, é tão intocável, que sei de antemão que todos os argumentos, bons ou maus, cairão por terra. Àqueles dois banqueiros judeus dos quais você falava, eu poderia contrapor vinte, dois mil, duzentos mil trabalhadores judeus infelizes, miseráveis, debatendo-se entre o pão e a fome do dia a dia. E daí? Será que isto derrubaria as suas intuições? Deus o livre! Não percebe que aquilo que você denomina de "intuição" e aquilo que eu denomino de "seu antissemitismo", reserva para si certos exemplos que podem alimentá-lo e ignora aqueles que podem rebatê-lo?

"Na sensibilidade romena sempre houve algo que a impulsionou a contar os nossos desertores e a não contar os mortos e feridos. É má-fé? Não, estou convencido de que não. Por desconfiança, por suspeitas, pelo costume de um velho sentimento de repulsa.

"Creia-me, não censuro você. E digo isso de coração. Aqui existe uma fatalidade contra a qual não há nada a fazer. Por acaso, os seus argumentos são injustos. Poderiam ser excelentes e, de qualquer forma, chegaríamos ao mesmo lugar. Acredito, com muita tranquilidade, com triste tranquilidade, que em tudo isso não há nada a fazer. Por mais boa vontade que tenham alguns e por mais boa-fé que tenham outros, a causa está perdida de antemão. Para mim, é doloroso falar de mim mesmo, mas já que chegamos aqui é melhor falarmos sem reservas. Veja, estou convencido de que um dia, se fosse necessário, morreria na primeira linha de um *front* romeno. Seria heroísmo? Certamente que não. Mas acho que não sou covarde e que não fui feito para fugir de um lugar onde está sendo debatido algo decisivo. Que em qualquer parte, na vida, na guerra, no amor, ficaria para cumprir o meu destino. Tantos anos de amizade e de relacionamento dão-me o direito de dizer-lhe isto com clareza. Você acha que essa última hora vai comprovar alguma coisa? De um modo ou de outro, serei sempre um estranho, um suspeito a ser sempre deixado de lado.

"Não, não, creia-me, dá tudo na mesma e, além disso, esta sensação de inutilidade é o meu único consolo."

Durante um bom tempo ele ficou calado e pensativo. Eu nem percebia mais se estava acompanhando o que eu dizia ou se então, ausente, continuava suas próprias reflexões. Finalmente dirigiu-se a mim com certo ar de cansaço.

— Você me desencoraja. Não sei por que, mas tenho a impressão de que para cada porta que você fecha abrem-se outras dez. Decididamente, seria difícil responder-lhe. Perderíamos mais do que o cerne da questão. Do cerne do drama, se preferir, para comprazê-lo. Você é apaixonadamente judeu e eu sou contidamente romeno, para que nos entendamos. Tanto numa discussão como, bem entendido, tudo mais na vida, permita-me não ser tão sombrio como você e lhe dizer que com judeus como você a paz será sempre possível. Mais do que a paz: o amor.

— "Com judeus como você..." já ouvi essa frase antes. "Se todos os judeus fossem como você..." é uma amabilidade tão velha e tão humilhante. Estou cansado, creia-me.

— Cansado e intolerante. Você não me deixa terminar e não deixa que eu entenda o que você está dizendo. Reconheça que você não é um interlocutor confortável. Eu teimo em acreditar que o seu desconsolo "metafísico" provoca muitas complicações para uma questão prática, difícil talvez, mas passível de solução. O fato de acreditar é um começo de solução. Faltaria que você também acreditasse – que vocês acreditassem – e tudo se resolveria.

— Você tem um espírito ingênuo.

— Você tem um espírito trágico.

Acendemos um cigarro, tentamos mudar de assunto, coisa que não deu certo e nos despedimos tarde, já de noite, um pouco constrangidos, com um aperto de mãos intencionalmente caloroso.

IV

Conferência de Ștefan D. Pârlea na Fundação sobre "Os valores de ouro e os valores de sangue". Uma incrível multidão, nos balcões, nas escadas, nos degraus da arquibancada. Foi difícil para Pârlea abrir espaço até a cátedra. Estava pálido e decidido, aparentemente esmagado pela multidão, mas irrompendo às vezes de forma violenta e direta, pois a respiração de todos parecia querer agarrar-se em seu braço, para puxá-lo de alguma forma.

Não sei o que ele disse. Várias vezes tentei livrar-me da enchente em que estávamos envolvidos nas ondas de sua fala, meio sussurrada, meio impetuosa. Tentei encontrar uma ilha nesse naufrágio para deter por um instante a enxurrada de perguntas, gritos de ordem e trovões, para reter um pensamento, um juízo, uma direção. Tudo parecia esmagador, urgente, irremediável, como em um terremoto em que você não tem nem um décimo de segundo para reunir os seus pensamentos. Eu não reconhecia mais aquele homem que falava. Era uma imagem longínqua, uma presença turva, sonolenta, um braço de uma lenda.

Fui acordado pelas aclamações, gritos, aplausos estrondosos. Nas galerias havia um canto que eu reconhecia:

Pois estranhos e judeus
Nos sugam o tempo todo, sempre nos sugam.

Evidentemente.

* * *

Um tempo de espasmo, de espasmo... Um mundo que morre, um mundo que nasce... A história se divide em duas... Uma era morta... Uma era viva...

Não se assustem, meus veneráveis senhores. Não irão perder nada, nem o que acreditaram, nem o que não acreditaram, nem a cabeça, nem o dinheiro, nem suas pequenas certezas, nem suas pequenas dúvidas. Tudo ficará no devido lugar, tudo será como é. Às vezes, ouve-se um apelo que volta de tempos em tempos, para acalmar as grandes indignações e apaziguar as grandes revoluções. Existe uma morte barata, mais fácil de pedir do que a morte cara de vocês. Há um tipo de gente pronta a pagar por vocês, pelos satisfeitos, pelos famintos, pelos brancos, pelos vermelhos, pelos magros, pelos gordos. Vocês não dizem que é um povo de banqueiros? Pois que paguem então.

* * *

Não, não, não. Mil vezes não. Não posso retomar desde o começo o caderno de 1923. Se eu não cortar de imediato esse meu gosto pelo martírio, estou perdido. Eu sei: é infinitamente mais fácil reunir as minhas desilusões e viver de suas brasas, mergulhar em águas paradas, nas águas mornas da tristeza, acreditar no orgulho dessa tristeza – é muito mais fácil do que ficar de vigília, ser complacente com os outros e severo comigo. Ficarei de guarda, mesmo que seja a guarda dos meus últimos dias.

("A guarda dos meus últimos dias" é retórico demais. Quase um clamor. Meu caro amigo, já há pessoas que clamam de sobra. Você procure falar ou então, cale-se.)

* * *

Perguntei a Pârlea:

— Você não receia que a coisa acabe outra vez em algumas cabeças e vidros quebrados? Você não se pergunta se isto não vai desembocar de novo em distúrbios antissemitas, sem passar daí? Não acha que a sua "revolução" é uma palavra nova demais para uma miséria antiga demais?

Ele franziu o cenho e respondeu:

— Olhe, estamos na seca e estou esperando a chegada da chuva. E você fica aí dizendo: "A chuva será boa e seria ótimo que viesse, mas, e se vier com granizo? E se vier uma tormenta? E se estragar as minhas plantações?" Pois bem, eu respondo: não sei como será essa chuva. Só quero que venha. Isso é tudo. Com granizo, com tormenta ou com raios, mas que venha. Que faça estragos, que inunde, que arrase, mas que venha. Do dilúvio podem escapar um ou dois. Da seca, não escapa ninguém. Se a revolução exige um *pogrom,* que se faça o *pogrom.* Não se trata nem de mim, nem de você, nem dele. Trata-se de todos. Quem morre ou não, pouco me importa, mesmo que seja eu a morrer. Só uma coisa me importa: que estamos na seca e a chuva faz falta. Fora disso, não quero nada, não espero nada, nem pergunto nada.

Poderia ter respondido a ele. Poderia ter-lhe dito que uma metáfora não basta para respaldar um massacre. Que a aceitação platônica da morte não equivale à séria decisão de matar. Que, ao longo dos séculos sempre ocorreram grandes imundícies históricas e todas encontraram um símbolo igualmente grande para justificá-las. E que, portanto, seria bom ter muita cautela em relação às grandes certezas, os grandes preceitos, as grandes "secas" e as grandes "chuvas". E que um pouco, uma centelha de desânimo não cairia mal em nossas efusões mais violentas.

Poderia ter dito isso a ele. E de que adiantaria? Tenho a simples, serena e inexplicável sensação de que tudo o que está acontecendo faz parte da ordem normal das coisas e de que estou esperando um tempo que virá e passará, porque já veio e já passou.

* * *

"Você é um homem perigoso", me diz Pârlea. "Lúcido demais para nós. O que nós precisamos é de uma geração de pessoas fartas de sempre serem inteligentes. Gente capaz de enfiar os pés pelas mãos." Pârlea não está brincando. Como qualquer missionário, não suporta as atitudes de espera, de observação. Sacudiu-me várias vezes: "Responda, homem, preto ou branco? Sim ou não?"

A intolerância dos homens inspirados é atroz. Pensei que fosse uma tara do judeu, mas me enganei: é uma tara do fervor. Em outros tempos, s.t. Haim censurava em mim o mesmo que Ștefan Pârlea hoje: a falta voluntária de entusiasmo. Se eu lhes dissesse que eu também tenho os meus fantasmas, não me acreditariam. A diferença entre nós é que eles estimulam a sua própria febre ao passo que eu vigio a minha.

Vou resistir sempre aos chamados do fervor e vou resistir com tanto mais firmeza quanto mais tentadores forem. É grande demais a voluptuosidade de deixar-se levar ao sabor das ondas para ela não ser suspeita.

A minha sorte foi ter crescido perto do Danúbio onde o mais simples barqueiro manejando o remo, maneja um instrumento de verificações contínuas.

Não conheço barqueiros inspirados, apenas atentos. Duas dúzias de intuições nebulosas não valem no Danúbio nem uma migalha de decisão certeira.

Se não me assustasse uma meditação íntima longa demais, tentaria estabelecer em que medida eu sou um homem do Danúbio antes de ser qualquer outra coisa. Ali é a minha pátria. Sempre tive dificuldade em dizer com simplicidade essas duas palavras: "minha pátria". Desde pequeno fui acostumado a ser questionado em minha boa-fé e sendo sensível a não parecer ridículo, nunca insisti em fazer afirmações que ninguém estava disposto a acatar.

Nós, romenos... Era quase inevitável no Liceu, na aula de história, ao narrar uma guerra, empregarem a primeira pessoa do plural: *nós, romenos...* ("quais romenos?", gritou-me certa vez alguém lá de sua carteira, proibindo-me por muito tempo a solidariedade com a história de Ștefan, o Grande.[*]) Eu evitava, por precaução, termos que pudessem ser considerados hipócritas, embora naquela idade fosse prazeroso escutar palavras solenes. País, pátria, povo, heróis, um vocabulário inteiro proibido. Como exercício intelectual não foi ruim, pois fui obrigado desde cedo a vigiar as minhas palavras para dizer exatamente o que precisava ser dito. No entanto, por mais consolo

---

[*] Ștefan cel Mare ou Estêvão III da Moldávia, foi um príncipe moldavo que governou entre 1457 e 1504. Ficou famoso em toda a Europa em virtude da resistência que ofereceu à expansão do Império Otomano. (N.T.)

que se tenha pelo sentimento de injustiça que lhe foi feita, o jogo nem sempre é alegre. Uma sombra de terror cobre todas as minhas lembranças escolares da infância.

Hoje, avalio com bastante rigor a minha eventual inclinação a me sentir perseguido e não me perdoo os acessos de patetismo, mas tenho dificuldade em esquecer a primeira noite de guarda no exército, anos atrás, quando me foi comunicado que o posto número 3 do oficialato não poderia ser atribuído a mim. ("Há uma ordem especial para os judeus", explicou um pouco embaraçado o alferes.) Ou seja, na cabeça deles, se eu não era um traidor comprovado era, certamente, um traidor provável. Uma "ordem especial" suprimia de uma vez a minha vida nessa terra, a vida dos meus pais, dos meus avós, dos meus tataravós, uma ordem "especial" apagava com um número de registro quase dois séculos de lembranças em uma terra que, sem dúvida, não era a "minha pátria", já que eu poderia vendê-la em uma noite de guarda.

Ao escrever tenho a impressão de estar lamentando-me pela "minha triste sorte", por assim dizer, o que não é a minha intenção, de jeito nenhum. É bom lembrar de novo que decidi de uma vez por todas não ser um mártir, um papel grave demais para mim. Aqui só explico a minha sincera inaptidão para algumas palavras maiores, para algumas noções suntuosas. Para mim será sempre impossível falar da "minha pátria romena" sem um sentimento brusco de pudor, pois não posso conquistar à força um direito que não me

343

foi possível conquistar, nem com o tempo de espera, nem com a boa-fé sempre desconsiderada, nem com a sinceridade posta em dúvida. Vou falar de uma pátria minha e por ela vou enfrentar o risco de ser ridículo, amando aquilo que não me dão o direito de amar. Vou falar de Bărăgan* e do Danúbio, como algo que me pertence, não no sentido jurídico e abstrato, pela constituição, tratados e leis, mas no sentido físico, pelas lembranças, pelas alegrias e tristezas. Vou falar do espírito desse lugar, de certa inteligência específica desse clima, sobre a lucidez que apreendi aqui na luz branca do sol na planície e sobre a melancolia que decifrei na paisagem do Danúbio, que se espreguiça à direita da cidade, na várzea.

Está na hora de parar. Fiquei me lamentando de tudo e me tornei retórico. Vamos retomar amanhã, menos sentimental.

* * *

Na sensibilidade romena há uma região moral em que me sinto em casa: a Muntênia. É um posto de observação da cultura do país, posto de controle, de verificação, de avaliação. A Moldávia é mais fértil, mas também mais confusa: seus recursos criativos são infinitamente mais complexos, embora desiguais,

---

* Bărăgan – planície no Sudeste da Romênia. (N.T.)

atrapalhados, tumultuados. O espírito munteano tem uma frieza na qual reconheço com alegria o jogo um tanto estéril, mas organizador, da inteligência. Há mais metal do lado de cá de Milcov.[*]

Na hostilidade de Pârlea não subjaz apenas a discrepância romeno/judeu, mas também a oposição moldavo/munteano. Disse-lhe isso e ele deu risada. "Ora, agora você é valáquio". Recebi a piada sem me zangar e aceitei meditar seriamente sobre isso. Se a Valáquia não é apenas uma região geográfica, mas também psicológica e se o povo valáquio não existe, mas apenas um clima valáquio, então eu sou, na ordem dos valores romenos, um valáquio, um munteano. O amontoado de pensamentos de Pârlea, suas obscuridades, suas reviravoltas, sua ingenuidade generosa, tudo vem de uma emotividade desgrenhada, lírica, retórica, com a qual o falticeano[**] s.t.h. pode simpatizar, mas que à luz do dia da planície danubiana parece uma espécie de corrida inútil atrás de sombras que não existem.

* * *

Nunca vou deixar de ser judeu. Este não é um cargo do qual você pode pedir demissão. Você é ou não é. Não se trata de orgulho, nem de constrangimento.

---

[*] Milcov – pequena vila na região da Muntênia. (N.T.)
[**] De Fălticeni, cidade da Moldávia. (N.T.)

É um fato. Se eu tentasse me esquecer disso seria inútil. Se alguém tentasse contestá-lo seria igualmente inútil. Ao mesmo tempo, não vou deixar de ser um homem do Danúbio. E este também é um fato. Se alguém quiser reconhecer ou não reconhecer o fato, problema dele. Problema exclusivamente dele.

A dificuldade não está e nunca esteve no reconhecimento jurídico da minha situação, um pequeno detalhe que não me diz respeito, pois não tenho reivindicações, nem me arrogo direitos. (Fico pensando em um comício dos salgueiros dos charcos de Brăila* reivindicando seu direito de serem salgueiros.) Eu sei o que sou e as dificuldades, se existirem, só podem estar naquilo que sou, não no que está escrito nos registros oficiais. Autorizo o Estado a me considerar navio, urso polar ou máquina fotográfica, mas nem por isso vou deixar de ser judeu, romeno e danubiano. "Muitas coisas juntas" sussurra a minha voz antissemita (porque eu também tenho uma voz antissemita com a qual converso nas horas de meditação). Muitas coisas, certamente. Todas verdadeiras, porém. Não digo que a aliança entre elas esteja livre de dissonâncias, não pretendo que a concórdia seja imediata. Ao contrário, sei que este acordo é lento e que essa convivência entre elas apresenta dificuldades internas, íntimas. Discutir sobre a solução política do problema judeu

---

* Brăila: cidade da Muntênia, porto do Rio Danúbio. (N.T.)

é para mim algo completamente vazio. Interessa-me apenas uma solução, a psicológica, a espiritual. Acho que o único jeito de esclarecer alguma coisa nesta dor tão antiga é que eu tente resolver por mim mesmo, por minha própria vida, o nó da adversidade e os conflitos que me conectam à vida romena. Não acho que este ensimesmamento seja uma fuga, uma falta de solidariedade com os meus, ao contrário, pois não é possível que a experiência de um homem só que aceita e vive com sinceridade o seu drama, não represente uma norma para todos os demais. Parece-me mais urgente e mais eficaz harmonizar em minha vida individual os valores judeus e os valores romenos dos quais é feita esta vida, do que obter ou perder sei lá quais direitos cívicos. Gostaria de conhecer, por exemplo, os decretos antissemitas que pudessem anular no meu ser o fato irrevogável de ter nascido no Danúbio e de amar esta terra.

Quem mais precisaria de uma pátria, de uma terra, de um horizonte com plantas e animais? Tudo o que em mim é abstração já foi corrigido e, em boa parte, curado com uma simples visão do Danúbio. Toda a febre foi acalmada, ordenada. Não sei como seria se tivesse nascido em outro lugar. Só estou convencido de que seria outra pessoa. Diante do meu gosto judeu pelas catástrofes íntimas, o rio interpôs o exemplo de sua majestosa indiferença. Diante das minhas complicações interiores interpôs a simplicidade da paisagem. E diante da insegurança, da inquietação, mostrou o fluxo das ondas, efêmero e eterno.

O símbolo é barato. Barato ou caro, não é menos consolador.

V

Fiquei ontem até tarde em Snagov, até terminar tudo, o polimento do parquê, a limpeza dos vidros, a instalação das fechaduras das portas. Esperei que todos fossem embora um a um e fiquei por último, sozinho no umbral da porta.

É a casa que sonhei. Uma casa para o sol. Quando a tarde cai, a sombra vai se estendendo sobre o lago, como a sombra de uma planta.

Ghiță Blidaru percorreu todos os cômodos sem dizer uma palavra. Paramos no terraço onde a manhã de setembro abria-se ao longe, do outro lado do lago, branca no sol morno de outono e levemente cansada de seu próprio esplendor.

Eu estava feliz porque não me dizia nada e entendia em seu silêncio que se reconhecia em casa.

Construir é uma alegria, e maior ainda é a de separar-se do que você construiu.

Não esqueceremos a minha branca vila de Snagov, você por receber o sol todos os dias através das amplas janelas e eu por levantar outros muros igualmente bons para serem esquecidos.

Aqui os nossos caminhos se separam: você é aquilo que eu sempre sonhei ser – algo simples, limpo e calmo, com um coração igualmente aberto a todas as estações.

Mihail Sebastian é uma figura central da literatura romena do século XX. Iosif Hechter, seu nome real, nasceu em 1907 numa família judia e cresceu em Brăila, uma cidade portuária às margens do rio Danúbio. Autor de ensaios, romances e peças de teatro, fazia parte de um influente círculo de intelectuais romenos que incluía Mircea Eliade, Eugene Ionesco e Emil Cioran (representado em *Por dois mil anos* como o personagem Ştefan D. Pârlea).

O romance *Por dois mil anos* é sua obra mais conhecida. Publicada em 1934, causou grande polêmica na imprensa por conta de sua posição política ambígua. Críticos à direita e à esquerda o acusaram (os primeiros, de sionismo; os últimos, de antissemitismo). A celeuma tem origem em 1923, ano em que uma nova constituição romena garantiu cidadania a minorias étnicas e religiosas, algo que não foi tolerado pelo fascismo em ascensão, que logo assumiria o poder.

A primeira edição do romance trazia um prefácio do filósofo Nae Ionescu repleto de pesados ataques antissemitas. Ionescu foi um dos principais mentores de Sebastian e é a inspiração para a figura do personagem Ghită Blidaru, professor do protagonista de *Por dois mil anos*. As razões pelas quais Sebastian decidiu manter o prefácio são tema de debate até hoje. No ensaio *Como me tornei um hooligan*, de 1935, Sebastian defendeu a necessidade de refletir da maneira mais lúcida possível em um momento histórico de grande radicalismo político. Em seus diários, Sebastian manifestou a vontade de republicar *Por dois mil anos* sem o controverso prefácio, opção adotada por esta edição brasileira.

Seus outros livros, escritos após esta polêmica, incluem romances menos políticos inspirados pelo modernismo francês. À medida que a Guarda de Ferro fascista subia ao poder na Romênia, Sebastian foi impedido de trabalhar como jornalista e se viu abandonado pelos amigos célebres – uma experiência narrada no diário que ele manteve de 1935 a 1944. Depois de sobreviver à guerra e ao Holocausto, Sebastian morreu atravessando a rua, atropelado por um caminhão, aos 38 anos.

A publicação de seus diários em 1996, reacendeu a controvérsia sobre a responsabilidade da sociedade romena por crimes de guerra e antissemitismo cometidos no passado.

Eugenia Flavian é tradutora juramentada, jornalista, cronista e gozadora. Estudou Comunicações e Letras na USP.

Natural da Romênia, morou em vários países. Fez importantes traduções literárias e elaborou livros didáticos e paradidáticos, inclusive um dicionário bilíngue espanhol/português. Para a Amarilys, traduziu *O retorno do hooligan*, de Norman Manea.